ひきこまり
吸《きゅう》血《けつ》姫《き》の悶々《もんもん》
3
Hikikomari the Vampire Countess no Monmon

テラコマリ・ガンデスブラッド

ヴィルヘイズ
サクナ・メモワール
リゾートin 夢想楽園

ゲラ＝アルカ共和国 八英将
ネリア・カニンガム
「さて、状況を整理しましょうか」
ネリアのメイド
ガートルード

作戦会議……？
コマリのメイド
ヴィル
「なるほど……」
ネリアのメイド？
コマリ
「オムライス～～♪」
天照楽土 五剣帝
アマツ・カルラ

【孤《こ》紅《こう》の恤《とむらい》】剣《けん》山《ざん》刀《とう》樹《じゅ》

【尽劉《みなごろし》の剣《けん》花《か》】

ひ

ひきこまり吸血姫の悶々３

小林湖底

GA文庫

カバー・口絵　本文イラスト
りいちゅ

ひ【0】ぷろろーぐ

Hikikomari the Vampire Count no Monmon

血が飛ぶ。怒号が飛ぶ。魔法が飛ぶ。

ついでにヨハンの首が飛ぶ。

だだっ広い草原のいたるところで、見るだに恐ろしい殺し合いが繰り広げられている。

東軍、吸血鬼だけを揃《そろ》えた少数精鋭。ムルナイト帝国軍。

西軍、刀剣の民《たみ》による戦闘集団。ゲラ=アルカ共和国軍。

「閣下！　例の〝月桃姫《げっとうき》〟の部隊が乗り込んできます！　迎え撃ちましょう！」

カオステルが叫んだ。叫ぶ間にもわけのわからん空間切断魔法で迫りくる敵どもをずたずたにしている。他の連中も血走った目で敵軍に突貫してバッタバッタと翦劉《せんりゅう》種たちを粉砕。粉砕された翦劉種の真《ま》っ赤《か》な血液が噴水のように飛び散って草原を潤した。

「死ねやゴラァァァァッ！」「ゲラ=アルカの鉄クズどもがぁぁぁッ！」「閣下にお褒めいただくのはこの俺《おれ》だァァァ！」「おいてめえそれは俺の獲物だぞ！」「ふざけんな俺が先に見つけたんだよッ！」「横取りなんざ許さねえぞ死ねやあああ！」「ぎゃああああああああ！」

…………。

……。

「お喜びくださいコマリ様。敵がドン引きしております」

「喜べるわけないだろ⁉」

私は魂の絶叫をあげた。

核領域である。つまり戦争である。野獣のように暴《あば》れ回る部下たちを眺めながらドキドキハラハラするのはいつものことだが、今回に限っては状況が違う。

既に第七部隊の半分は戦闘不能なのだった。

ベリウスは負傷して動けない。ヨハンはいつの間にか死んでた。残っている幹部は私のそばで獅子奮迅《ししふんじん》の働きをしているカオステルと、私のそばで謎《なぞ》のダンスを踊っているメラコンシーと、私のそばで暢気《のんき》にお饅頭《まんじゅう》を食べているヴィルだけだった。

「それにしても此度《こたび》の戦いは凄《すさ》まじいですね。敵がすぐそこまで迫っています」

「他人事みたいに言いやがって！　なんでおやつ食べてるんだよ！」

「アマツ殿からの贈り物が残っていたので……コマリ様も食べます？」

「食べてる場合じゃないだろ！　食べるけど！」

私は手渡されたお饅頭を引《ひ》っ手繰《たく》って口に運んだ。あんこが入っていた。甘かった。この饅頭も、私の考えも、何もかも――

そのとき、前方から勢いよく飛んできた刀が私の足元にグサリと突き刺さった。

私は慌《あわ》ててヴィルの背後に隠れながら敵軍の様子をうかがう。翦劉種たちは第七部隊の本陣目がけて死に物狂いで驀進《ばくしん》している。下手をすればうちの連中が突破されてしまうかもしれない。怖い。

「くそ……なんでこんな状況になってるんだよ！」

「それは敵が強いからですね。かの月桃姫は今をときめくアルカの大将軍。前回の一件で、世間的な評価はコマリ様と同等になりました」

「実際の実力はミジンコと恐竜くらい違うだろ」

「コマリ様が恐竜ですね」

「なわけあるか〜っ！」

私はヴィルの背中をぽかぽかと叩《たた》いた。いや、こんな腹の足しにもならない掛け合いをしている場合じゃないんだ。すぐそこに〝死〟が迫ってるんだよ……！

「閣下。これは少々まずいですね」

カオステルが脱獄に失敗して刑期が延びた受刑者のような表情で言った。

「我が軍の被害が甚大《じんだい》です。一方で月桃姫の陣営はそれほど崩れていません。チームを組んで必ず二対一になるよう上手《うま》く立ち回っているのです。なんと卑劣な……！」

うちが単純バカすぎるだけだろ！――と言いたいところだが言えない。

部下の期待を裏切るわけにはいかない。新進気鋭の七紅天《しちぐてん》ということになっている私は、こんな状況でも余裕ぶっこかなければならないのだ。心底嫌だけどな！

「安心しろ。私に考えがある」

私は不敵に笑って言った。ちなみに考えはない。

「だが、それを私の口から言ってしまっては面白《おもしろ》みに欠ける。なあヴィル、聡明なお前のことだ。私の考えに考えが及《およ》んでいるんじゃないか?」

「私の考えではコマリ様の考えに考えが及びません」

「及べよ!!」

「閣下! 月桃姫が――ネリア・カニンガムが現れました!」

そのとき、鉄のにおいのする旋風《せんぷう》が草原を駆け巡った。

私はびくりとして敵軍のほうを見やる。

そいつは積み上げられた吸血鬼の屍《しかばね》を背に傲然《ごうぜん》と立っていた。

桃色の髪。ガーリーな軍服。

両手に携えた鋭利な双剣が真っ赤に濡《ぬ》れている――刀剣の国のお姫様、月桃姫ことネリア・カニンガム。

私と同い年の殺人鬼は、あどけない笑みを浮かべると、まるで旧来の友達に接するかのような態度で、しかしあくまで高圧的にこう言うのだった。

「――やっと辿《たど》り着いた。コマリ、私のしもべになりなさい」

少し考えてみよう。六つの種族のうちでもっとも凶暴なのはどれか。

もちろん吸血鬼は凶暴である。うちの部隊が何よりの証拠だろう。

お隣の獣人だって凶暴だし、北方の蒼玉《そうぎょく》だってそれなりに危険なやつらだ。

だが――「ほしいものは殺してでも手に入れる」、そんなことを公然と言ってのけるばかりでなく実際に実行してしまう連中もぶっ飛んでいると思う。

そう、翦劉種《せんりゅう》。

刀剣に愛された鉄の戦闘民族。

彼らは恋人を得るときにも相手をボコボコにして従わせるのだという。そして私はボコボコにされてあいつのモノにされる寸前の状態に陥《おちい》っていた。

どうしてこんなことになってしまったのだろう。

思えば、あいつの招待状を受け取ったときから歯車が狂ってしまったのだ。

嗚呼《ああ》。あのリゾートにさえ行かなければ――

1 翦劉《せんりゅう》茶会

招待状　テラコマリ・ガンデスブラッド様
ムルナイト帝国軍の皆々様

鉄飛沫《てつしぶき》も盛りを迎えた候《こう》　皆様におかれましては益々《ますます》ご清栄のこととお慶《よろこ》び申し上げます。
さて翦劉《せんりゅう》の流儀に則《のっと》って直截簡明《ちょくせつかんめい》に申し上げますが我が国ゲラ＝アルカと貴国は不幸な行き違いにより未曾有《みぞう》の艱難《かんなん》を迎えつつあります。そこで両国の緊張緩和を図るべく細《ささ》やかながら茶会を催したくペンを執《と》らせていただきました。核領域フララール州のリゾート〝夢想楽園〟にてお待ちしております。万障《ばんしょう》お繰《く》り合わせの上ご出席くださいませ。願わくは吸血鬼と翦劉の強い結束により六国泰平《りっこくたいへい》の悲願が成就《じょうじゅ》せんことを。

ゲラ＝アルカ共和国八英将《はちえいしょう》
ネリア・カニンガム

夏は引きこもるべき季節である。

もともと私がインドア派であることは言うまでもないが、それに加えてアホみたいな猛暑となれば〝動かざること山の如《ごと》し〟の境地に達するのは当然のことだった。

だから今日も思う存分引きこもるつもりでいた。

そもそも私には引きこもる権利があるのだ。

思い出してみよう。つい先日開催された、はた迷惑な乱痴気騒《らんちき》ぎ——七紅天闘争《しちぐてん》のことを。

正直言って終盤の展開はイマイチ覚えていないが、とにもかくにも私は生き残り、テロリストグループ〝逆《さか》さ月〟の陰謀も粉々に破壊され、私の後輩・サクナも過去を清算して新たなる一歩を踏み出すことに成功した。

めでたしめでたし、である。

さらにめでたいことに、私はこの闘争によって二週間の休暇を獲得した。なんかよくわかんないけど私率いる第七部隊が優勝していたのである。たぶん部下たちが暴《あば》れ回ってくれたおかげだろう。戦闘バカも意外なところでプラスに働くこともあるから無下《むげ》にはできない。

いずれにせよ、勝ったご褒美として獲得したのである。二週間の休暇を。

そう、二週間の休暇。

二週間の——

「休暇なのに海とか聞いてないよぉ……」

青い空。白い雲。潮《しお》のにおい、さんさんと降りそそぐ陽光、キラキラと輝く海――漠々《ばくばく》と広がる砂浜の上で、第七部隊の連中が楽しそうにビーチバレーをしている。しかしどこか上の空といった様子で、ときおり私のほうにチラチラと視線を向けてくるのは何故《なぜ》だろうか。べつに仕事じゃないんだから思う存分遊べばいいのに。怒ったりしないよ？

「コマリ様、アイスはいかがですか？」

声をかけられたので振り返る。

そこにはクールな青髪の女の子が立っていた。いつもの変態メイドではない――今日に限っては大胆なビキニ姿である。よくも人前でそんな格好ができるものだなぁと尊敬の念すら覚える。目のやり場に困った私はそっぽを向いてアイスキャンディーだけを受け取った。

あ、美味《おい》しい。やっぱり夏は冷たいものに限るね。

と思っていたら、水着のメイド――ヴィルヘイズが呆《あき》れたように息を吐き、

「パラソルの下でお休みになるのもいいですが、せっかく海に来たのですから遊ばないともったいないですよ。一緒に泳ぎましょう」

「いやだ」

「なぜですか」

「くらげがいるかもしれない」

「いません。いても私が捕まえて夕飯のおかずにします」

「……お前だって知ってるだろ。自慢じゃないが私は本物のカナヅチもびっくりするほどのカナヅチなんだ。小さい頃、妹にお風呂《ふろ》に突き落とされて溺《おぼ》れたこともある。あんな大海《たいかい》の荒波に揉《も》まれたら一瞬で流されて死んでしまう」

「大丈夫です。私が手取り足取り泳ぎ方を教えますのでまずはその邪魔すぎるラッシュガードを脱ぎ捨てて水着になりましょう」

「やめろぉーっ！　さわるな！　脱いだら日焼けしちゃうだろ！」

「では日焼け止めを塗って差し上げますので全裸になってください」

「いいよ自分でやるから！　だいたいな、海に来たからって水着になって遊ばなくちゃいけないルールがどこにあるんだ！　私は日陰でずっと本を読んで――ってこらぁ！　寄るな、服を引っ張るな！　ちょっ、やめろっ！　この変態メイド――――――――――、あべちゃ。

　私の持っていたアイスがヴィルの胸に直撃した。べとべとが白い肌に付着している。

「……コマリ様」

「ご、ごめん」

「食べ物を粗末にしてはいけません。舐《な》めてください」

「舐めるかぁっ!!」

もはや我慢の限界に達した私は脱兎《だっと》の勢いでその場を離脱した。のだが、

「きゃっ」

「うわっ⁉」

柔らかい何かに激突して尻餅《しりもち》をついてしまった。いったい何事かと思って視線を上に向ける。そこに立っていたのは白銀の少女、サクナ・メモワールだった。

例によって彼女も水着である。

しかもなんかヒラヒラした飾りのついためちゃくちゃ気合入ってそうなやつ。

「だ、大丈夫ですか？　立てます？」

「ああ……ごめん」

私は手を引かれて立ち上がった。そして彼女の身体をまじまじと見つめてみる。

白い。何もかもが白い。

あまりにきれいだったので私は夏の暑さも忘れて束《つか》の間呆《まほう》けてしまった。

ふと思い起こされるのは先日の騒動である。

彼女は政府高官連続殺人事件を起こしたことによって罰を受けた。といっても情状酌量《じょうじょうしゃくりょう》の余地ありだったので大した罰ではない。「一週間ムルナイト宮殿のくそながい廊下を雑巾《ぞうきん》がけしなくちゃいけない刑」、ついでに「他国とめちゃくちゃ戦争しなくちゃいけない刑」である。雑巾がけはともかく後者の刑は馬鹿《ばか》げているとしか言いようがなかった。皇帝はサクナ率

いる第六部隊を他国の軍勢と戦争させまくったのである。意味不明である。本人曰《いわ》くこの一週間で五回戦って三回勝ったとのことだが、つまり二回死んでいるわけであり、あまりにもスパルタすぎる皇帝の所業に抗議の一つでもしてやろうかと私は奮起したのだがサクナ本人に「大丈夫ですから」と止められてしまったので激怒《げきど》の矛《ほこ》をおさめた。なんて真面目《まじめ》な子なんだろう。

それはともかく。

不意にサクナが恥ずかしそうに頬《ほお》を染めて視線をそらした。

「コマリさん。その……一緒に遊びませんか？」

「え」

「せっかく来たのに海らしいことをしないのは、少しもったいないと思います」

「………………」

客観的に考えればサクナの言うことには一理ある。わざわざ核領域のリゾートまで来たのにやることが読書では味気《あじけ》ないような気がしなくもなかった。

「コマリさんは泳ぐの苦手でしたよね。よかったら泳ぎ方、お教えしましょうか？」

「むぅ……いつか泳げるようにはなりたいと思うけど……」

「ならちょっと海に入ってみましょう。無理しなくてもいいので」

「でも……」

「大丈夫ですよ。私がずっと見ててあげますから」

サクナは顔を赤くしたままそう言った。

それはちょっと卑怯《ひきょう》だぞ。そんな態度を取られたら断ったほうが悪者みたいじゃん。

「……し、仕方ないな。何事も経験だ。よければ私と一緒に遊んでくれないか？」

「はい、是非《ぜひ》！――じゃあ服、脱がせますね」

サクナの手が私の上着のファスナーに添えられた。しかし私は躊躇《ちゅうちょ》してしまった。

「ま、待ってくれ。……サクナは恥ずかしくないの？」

「水着ですか？　そ、そうですね。……私ひとりだと恥ずかしいので、コマリさんも水着になりませんか？」

正直言ってめちゃくちゃ嫌である。でもサクナの頼みなら断ることはできない。

まあせっかくの海だし。海といったら水着だし。水に慣れておくことも重要だし――ええいしょうがない、やってやろうじゃないか！

私は決意を固めると、ゆっくりとファスナーを下ろしていった。

ラッシュガードが砂の上に落ちる。むき出しの肌が潮風にさらされて妙に心地よかった。

その瞬間、どこかで歓声があがった。何事かと思って声のしたほうを見る。部下たちは私のほうなど見向きもせずビーチバレーに興じていた。……？　まあいいか。

「ほ、ほら、脱いだぞ。これでおそろいだ」

「はい。とってもお似合いですよ、水着」

顔に熱がのぼってくる。褒められたって少しも嬉《うれ》しくない。こんなの下着で外を出歩くのと何が違うんだ。変態メイドと同類じゃないか。ばかじゃないのか。――と思っていたら、

「ひゃうっ⁉」

変な声が出てしまった。いきなりサクナが私のお腹《なか》を指でツンとつついたからだ。サクナは悪戯《いたずら》が成功した子供のようにくすくすと笑っていた。

「……ふふ。やっぱりコマリさんも私と一緒ですね」

私はちょっとした反抗心を覚えてしまった。いきなり触ってくるとはいい度胸ではないか。

「こ、このぉー！　私がくすぐりに弱いことは知ってるだろー！」

「え、そうなんですか？――ひゃっ」

「お返しだ！　笑い転げて幸せになってしまえ～！」

「や、コマリさ、くすぐらないで～っ！　あはははははは」

サクナは身をよじって走り出した。逃がすものか！――と私は彼女に追いすがる。

普段の私ならばこんなことは絶対にしない。テンションがおかしくなっていたのだ。水着の羞恥心《しゅうちしん》を紛《まぎ》らわすためのヤケクソ行動だったのだろう――そんな感じで冷静に自己分析していると、不意に背後から冷徹な視線を感じた。ヴィルがジト目でこちらを見ていた。

「……コマリ様。なぜメモワール殿にはいとも容易《たやす》く懐柔《かいじゅう》されるのですか」

そこで我に返った。何をやってるんだ私は。

「べ、べつに懐柔されたわけじゃない。サクナに付き合ってやってるだけだ」

「では私に付き合ってくださってもよいのではないですか？　これはれっきとした差別だと思いますよ。あ、スマイルください」パシャッ
「やめろ撮るな！　どこからカメラ取り出したんだよ！　そういう恥ずかしい行動を躊躇なく実行してくるから警戒せざるを得ないんだ！」

「コマリさ～ん！　海、気持ちいいですよ～！」

遠くでサクナが手を振っていた。満面の笑み。美少女すぎて目が眩《くら》んでしまう。

「……後輩が私を呼んでいる。行くのも吝《やぶさ》かではない」

「まあいいです。コマリ様が遊びに興味を持ってくれたのは嬉しいですから」

「いや、だから興味を持ったわけじゃない。本当なら日陰でずっと本を読んでいたいんだ。でもサクナに誘われちゃったから仕方なく――」

「御託《ごたく》はいいので海に入りましょう。私とも遊んでくださいね」

「あ、おい、引っ張るな！　ちょっと待って、浮き輪取ってくるから！」

「浮き輪ならここにあるので大丈夫です！」

「用意がいいなお前⁉」

ぱんぱんに空気の入った浮き輪を手渡される。これがあれば溺れる心配もないだろう。ヴィ

ルと一緒に軽いストレッチをしてから、彼女に手を引かれるまま海水に足を踏み入れた。

冷たい。気持ちいい。未知の感覚だ。海って、こんな感じなんだ――

「コマリ様、こっちを向いてください」

「え？――ひゃあああああ⁉」

いきなり海水の塊が飛んできて尻餅をついてしまった。

全身ずぶ濡《ぬ》れ。一瞬何が起こったのか理解できなかった。しかしヴィルがニヤニヤしながらこっちを見ているのに気づいてすべてを察した。察した瞬間怒りが燃え上がるのを感じた。

こいつ――よくもやりやがったな！

「食らえーっ！」

私はお返しと言わんばかりに飛沫《しぶき》を巻き上げた。

ヴィルはなぜか避けなかった。悲鳴すらあげずに海水を全身で浴びる。

え？　なんで？――疑問に思った瞬間、ヴィルが「ふふふ」と不敵に笑い、

「これで反撃をする権利を獲得しましたね」

「なッ……先に仕掛けてきたのはそっちだろ！」

「関係ありません。戦争の始まりです！　敗者は勝者に絶対服従ですからね！」

「勝敗の基準が全然わからな――　わあああああ！　おい水鉄砲なんて卑怯だぞ！　サクナ、援護してくれ！　協力してあいつを倒すんだ！」

「は、はい！　ごめんなさいヴィルヘイズさん！」

「二対一⁉　いいでしょう――私の魔法で二人まとめて水着を取っ払って差し上げます！」

こうして戦いの火蓋《ひぶた》は切られてしまった。

言うまでもないことだが私は希代の賢者である。今は七紅天大将軍などという物騒な仕事に就《つ》いているが、ゆくゆくは面白《おもしろ》い小説を完成させて作家デビューする予定である。

作家になるためには色々な経験が必要だ。海で遊んだこともないようでは作家になれないだろう。だからこれは将来への投資なのである。決して浮かれているわけじゃない。

サクナやヴィルに付き合ってやる必要もあるしな。うん。

だから浮かれているわけじゃない。

浮かれている、わけじゃない、はず……

……あれ？

ちょっと楽しいかも……

☆

核領域。六つの魔核《まかく》の影響範囲が重なり合う特殊地帯である。ここではあらゆる種族が魔核の恩恵を受けられるため、各国がエンターテインメント（笑）を開催する際にしばしば利用される。といっても今回は戦争をしに来たわけではない。リゾートで暢気《のんき》に遊んでいることから考えても「これから殺し合いを始めます」といった雰囲気とは程遠い。

何を隠そう、お茶会に招待されたのである。

しかも、会ったことすらない他国の将軍から。

招待状の差出人はゲラ＝アルカ共和国・八英将のひとり、ネリア・カニンガム。六国の将軍の中でもかなーり強い部類だと噂《うわさ》されている翦劉種の少女で、〝月桃姫《げっとうき》〟とかいう大仰な二つ名まで持っているらしい。どういうわけか、このネリアという人は面識もないのに私と第七部隊をリゾートに招いてくれたのだ（ちなみにサクナは勝手についてきた）。しかも貸し切り状態。

最初は何かの罠《わな》かと思った。ヴィルも罠だと言っていた。ところが皇帝陛下曰く、

「ゲラ＝アルカとは先日の件で関係が悪化している。この招待状は一見すると両国の仲を修復するためのもののように思えるが、あの曲者《くせもの》どものことだ、腹の内では何を考えているかわからん。おそらくネリア・カニンガムとやらは、これから殺害する相手の実力を見定めようとしているのだ。よしコマリ、誘いに乗れ。そして逆に敵の実力を推《お》し測ってやれ」

ようするに罠に向かって全力前進しろというのである。

アホか！　私は部屋でアイス食べながら読書していたいんだよ！――と訴えても無意味であることは百も承知だった。私は七紅天大将軍。皇帝の命令に背《そむ》けば爆発《ばくはつ》して死ぬ危険性があるのだ。そろそろ本気で転職を考えたほうがいいな。さすがに私が小説家デビューしたら皇

帝のやつも「両立は難しいだろうから将軍やめていいぞ」ってなるかもしれない。

とにもかくにもそんな事情で核領域の海までやってきたわけである。

ちなみにネリア・カニンガムとはまだ会えていない。相手方のメイドさんからは「準備ができるまで海でお寛《くつろ》ぎください」と言われている。噂によれば件《くだん》の月桃姫はかなりのお寝坊さんらしい。なんか親しみがわくな。まあそれはおいといて——


「——あはははははは！　ヴィル、どこ見てるの！　そっち行ったよ～！」

私ははしゃいでいた。年甲斐《としがい》もなく大はしゃぎしていた。

だがこれは小説の取材の一環である。本心からはしゃいでいるわけではない。楽しいか楽しくないかといえば楽しいけど心の奥底には氷のような冷静さが——

「コマリさん！　パスです！」

「うん！　わわ、と」

私は飛んできたスイカ柄のビーチボールを辛《かろ》うじて弾《はじ》き飛ばす。

海面についたら負け。そういうルールだ。

弾かれたボールは上手《うま》いことヴィルのほうへと飛んでいった。ヴィルのやつはいつもの俊敏さを発揮させてボールのほうへと駆け寄るが、寸前で足を滑らせたらしく、顔面からばしゃーん!!　と海の中に沈んでしまう。

私は声をあげて笑ってしまった。ヴィル、意外とおっちょこちょいなとこあるな。

「はいヴィルの負け〜！　罰ゲーム決定だな！」

「悔しいです……」

ヴィルが海面からぬっと頭を出した。いかにも納得いかないといった表情である。彼女のそういう顔はあんまり見られないため、なんだか嬉しくなってしまった。

よしよし。この調子で変態メイドを負かしていこうじゃないか。

次はスイカ割りをしようかな。砂のお城コンテストも開催したい。運動は苦手だけどビーチバレーもやってみたいし……いやいや勝負だけが遊びじゃないな。浮き輪につかまってゆったり海を漂うのも面白いかもしれない――なんだか楽しすぎてワクワクしてきたぞ！

「コマリさん、罰ゲームって何するんですか？」

「え？　うーん」

何も考えてなかった。ちなみに負けたら勝った人の言うことをなんでもきくという罰ゲームである。冷静に考えたらハイリスクすぎる条件だが、私が勝ったので何も問題はないな。

「そうだ、ジュース買ってきてよ。桃味がいいな」

「あ。じゃあ私は烏龍茶で……」

「承知しました。買ってきましょう」

そう言ってヴィルは立ち上がった。

上の水着が消えていた。

私とサクナは悲鳴をあげてヴィルのほうに駆け寄った。

「待てえええええ！　取れてる！　取れてるよ！」

「は、はやくつけてください！　あっちには第七部隊の人たちもいますから……」

「でも罰ゲームなのでジュース買ってこないわけには参りません」

「そんなの後でいいだろ！　サクナ、水着探してくれ！」

「はい！」サクナが慌《あわ》てて周囲に視線を走らせた。かわりに私はヴィルの目の前に立って彼女の進路を塞《ふさ》ぐ。

「おいやめろ！　恥ずかしいだろ——って止まれよ！　何やってんだよ！」

私はヴィルに抱き着くようにして彼女の動きを封じた。

「止めないでください！　私にはジュースを買ってくるという大事な使命があるのです！」

「そんな使命捨てろ！　命令は変更だ、はやく隠せ！」

「命令を変更できるというルールはありません。どうしても変更したいなら私の命令を聞いてください」

「むちゃくちゃだな！　いいよ、言ってみろよ！」

「今の負けをなかったことにしてもう一度勝負しましょう」

どんだけ負けず嫌いなんだよ。

うわぁ
あぁっ!

「ありました‼」サクナが埋蔵金を発見したかのようなテンションで叫んだ。「ヴィルヘイズさん、はやくこれを……！」

「それをつけるには条件があります」

「わかったよ！　もう一回勝負してやるから！」

「いえそれは隠すための条件であってつけるための条件ではありません」

「ああああああああああめんどくさいな！　何がお望みなんだ⁉」

「望みは簡単です。――コマリ様、そろそろ泳ぎの練習をしてみてはいかがでしょうか」

は？――と言葉をつまらせてしまった。ヴィルはトップレスのまま淡々と語った。

「以前川で溺れてヘルデウス・ヘブン様に助けていただいたでしょう？　次に溺れたとき助けてくれる人がいるとは限りませんから、泳ぎの技術は身につけておいて損はないかと」

「…………」

ちなみに私が泳げないことは周知の事実になっている。ヘルデウスが言いふらしたわけではない。あの川でのエピソードを通行人に見られていたのだ。失望した部下たちに下克上されるのではないかと思ったが全然そんなことはなく、「欠点があるほうが親しみやすい」「むしろ可愛《かわい》い」といったご意見が多数寄せられた。泳げないのが可愛いという感性が少しも理解できない。いずれにせよなんだかんだで優しいな、第七部隊。いやそれはともかく。

「泳ぐといっても……私は水に顔をつけることもできないんだぞ？」

「大丈夫ですよコマリさん。私がお教えします。ずっと手を握っていますから」

サクナが私の手を握りしめる。そんなキラキラした目で見られたら断りづらい。まあ確かに泳げたほうがいいよな。遊びの幅も広がるし——いや違う。間違えた。遊びたいわけじゃなくて自己研鑽《けんさん》のためだ。いずれはイルカの群れと一緒に泳げるようになろう。

「……わかった。サクナ、よろしければ私に色々とレクチャーしてくれないか？」

「はい是非！」

「お待ちください！」ヴィルが口をはさんだ。口をはさむ前に水着を着ろ。「メモワール殿のお手を煩《わずら》わせるわけには参りません。コマリ様には私が教えます」

「で、でも私、教えるのに自信があります」

「私のほうが適任です。伊達《だて》に『コマリ様の浮き輪』を名乗ってません」

名乗ってねえだろ。

「じゃあ私は『コマリさんのシュノーケル』です！」

ごめんサクナ、意味がわからない。

「浮き輪でもシュノーケルでもコマリ様が必要と思うものこそ必要なのです。さあコマリ様、私とメモワール殿、どちらから教わりたいですか？」

「サクナ」

「本当ですか⁉」

サクナは飛び上がらんばかりの勢いで喜んだ。これに対してヴィルは狐に頬を引きちぎられたような顔をして立ち尽くしている。おい、せめて前を隠せ。

「な、何故ですか……？　私に教われば一日でトビウオを凌駕《りょうが》する力を獲得できるのに……」

「そういう問題じゃない。私はサクナのほうがいいと思ったんだ。よろしくな、サクナ」

「はい、よろしくお願いします」

「考え直してくださいコマリ様！」

ぐいっと腕を引っ張られた。やめろ、力を込めるな、胸を押し付けるな！

「メモワール殿は危険人物です。泳ぎ方を教えるついでにコマリ様の身体を触りまくるどころか隙《すき》を見て水着を奪おうとするに決まっています！　現に私のは奪われました！」

「う、奪ってません！　お返しします！　あとコマリさんには私が教えますからっ！」

ぐいっと腕を引っ張られた。おいサクナ、ヴィルと張り合う必要なんかないぞ⁉

「ヴィルヘイズさんのほうこそ怪しいです。どうせ変なこと考えてるんじゃないですか？」

「根拠もなしに疑うなんてどうかしています。ねえコマリ様」

「根拠もなしにサクナを疑ったのはお前だろ！　っていうかさっさと放せ！」

「根拠はあります。メモワール殿はコマリ様のグッズを違法作成している危険人物ですから」

「ッ――わ、悪気はありません。最近はグッズ作るのも控えめにしてますし」

「でも未《いま》だに盗撮はしてますよね？」

「…………………………………………………………………………………………してないですよ？」

「え？　サクナ？　なにその間」

「私はよく知っています。メモワール殿は枕《まくら》の下に盗撮した写真を仕込んでコマリ様とあんなことやこんなことをする夢を見ようと努力しているんですよね」

「どうしてそんなことまで……⁉　いえ、でも、それはコマリさんが好きだからです！　ヴィルヘイズさんに文句を言う権利はないと思います！」

「もちろん文句を言う権利はありません。私もやってますからね。コマリ様が好きなので」

「やってるのかよ⁉」

「それだけではありません。コマリ様の枕にも私の写真を仕込んで私の夢を見てもらう作戦を決行中です。さすがにこれはメモワール殿には真似《まね》できないでしょう？」

「最近お前が夢に出てくるのはそのせいかぁーっ！」

「ぐ……そ、それがどうしたんですか？　私だって、魔法を使ってコマリさんの脳をいじれば確実に私の夢を見てもらうことができますし」

「…………」

最近サクナのブレーキも壊れてきた気がする。私は二人の腕を振り払って叫んだ。

「ええい！　もう！　さっきから何を口論してるんだ！　私はサクナに教えてもらうって決めたんだよ！　ヴィルは近くで見守ってくれていれば——」

「よ、よおテラコマリ！　調子はどうだ⁉」

いきなり名前を呼ばれてビクリとしてしまった。

サーフパンツ一丁の金髪男が砂浜のほうから私たちを見下ろしている。私は光の速さでヴィルのほうを見た。ヴィルは光の速さで水着を装着していた。あ、あぶねえ……。まあそれはともかく金髪男、ヨハン・ヘルダースだ。彼は緊張したような足取りで近づいてきて、

「あれだな。今日はいい天気だな」

「まあそうだけど……なんかお前、挙動不審じゃないか？」

「べ、べつにそんなことないぜ。ところでテラコマリ」

「なに？」

「その水着、似合ってるな！」

「え？　ありがと……」

急に何を言ってるんだ。ちょっと恥ずかしいぞ——と思っていたら、
パンッ！　と何かが割れる爆音がした。ヴィルがスイカのビーチボールを素手で破裂させたらしい——ってなんでだよ⁉　ものは大切に扱えよ！

「そうだ。せっかく海に来たんだし泳ぎの練習でもしろよ。もしよかったら僕が教えてあげてもいいけどヴゴェッ⁉」

ヨハンが私の手を取ろうとした瞬間、彼の全身は残像を棚引かせながら吹っ飛んでいった。

まるで水切りのような具合で海面をバウンドすること計三回、ぽちゃん！　と波の狭間《はざま》に沈んで見えなくなってしまう。何事かと思って振り返った瞬間、まるで人食いザメのような形相をした吸血鬼どもが沈んだヨハンのもとへと駆けていった。

「てめえゴラ何閣下に話しかけとるんじゃあああ!!』『ふざけやがって……ふざけやがってえええええ!!」「抜け駆け野郎には正義の鉄槌《てっつい》を!!」「死ねオラ三回くらい死ね!!」「『その水着似合ってるな』だと……？　当たり前じゃボケエエエエエエ!!」

しかも超高速で餅《もち》つきをするかの如《ごと》く斧《おの》だのハンマーだのを海面に叩《たた》きつけている。あれはヨハン死んだな――いやいやいやいやいや！　なんでそんなことするんだよ!?

「おいお前ら！　いくらなんでも唐突すぎるだろっ!?」

「閣下！　お怪我《けが》はありませんでしたか!?」

カオステルが焦《あせ》ったような顔で話しかけてきた。しかし十メートルくらいの距離がある。

「いや、べつに元気だけど。なんか遠くないか、お前」

「閣下の半径十メートルに入ってはならない。そういう掟《おきて》があるのです」

「な、なんでだよ。それじゃみんなで遊べないじゃん……」

「!?!?!?――い、いえ。それは非常にありがたいことですが……しかし、まずは独断専行で変態行為を働いた不埒《ふらち》な野獣を死刑に処す必要があるのです！」

カオステルがわけのわからんことを叫んだのとほぼ同時、

どかあああん！　と海面上に火柱があがった。火だるまになった吸血鬼どもが「あちいあちい」と言いながら海に沈んでいく。そしてその火柱の中心に立っていたのは――

「――ってえなちくしょうがあああ！　殺されてぇのか、あァッ⁉」

ヨハン・ヘルダースである。彼の怒りはもっともである。

「それはこちらの台詞《せりふ》ですよ。水着姿の閣下に無遠慮に話しかけるなど厚かましいにもほどがあります。あまつさえその小さく柔らかな御手に触れようとするなど言語道断《ごんごどうだん》ッ！」

「僕はテラコマリに泳ぎ方を教えようとしただけだ！　それなのに人を変態みたいに扱いやがって……むしろ変な掟を作って遠くから眺めてるほうがキモいだろ！」

「おい、お前たち……」

「キモいからこそ距離を取るのです！　我々のような下賤《げせん》の民《たみ》が許可もなしに少女たちの語らいに割り込めば絵画《かいが》にとまったハエどころかゴキブリもいいところ！　ねえベリウス」

「お前が言うのか？」

「とにかくヨハン、あなたは自分が汚物の一種であることを自覚するべきです！」

「んだとコラァ⁉　第七部隊はテラコマリの役に立つことが仕事だろ！　テラコマリが泳げるようにサポートする！　これのどこに間違ってる部分があるんだよ！」

「おい、私の話を――」

「ふん、脳みそ下半身が何を言っているのですか？　欲望が丸見えですよ？　そもそも泳ぎのレクチャーをするなら他に適役がいるはずです。炎使いなどお呼びでない！」

「はっ、てめえみたいな変態に教えられるとでも？　絶対にさせねえぞ！」

「そこまで豪語するのでしたら殺し合いで白黒つけようではないですか。それがムルナイトの流儀ですからね……どうです？　ここにいる者でバトルロイヤルを開催し、勝った者が閣下に泳ぎ方を教えて差し上げるというのは。もちろん閣下の許可を頂けたらの話ですが」

「おお」『名案だ』『それならば誰《だれ》も文句はない』『やってやろうじゃねえか！』『ああああ滾《たぎ》ってきたあああああ！』『まいったな。俺《おれ》の右手が今にも暴れ出《だ》しそうだ」

部下どもが盛り上がりを見せ始めた。いつものアレである。

武器が抜かれる。魔力が渦巻きはじめる。殺意が辺りに充満する。

その光景を見た私は、

「……こ、……こらぁ――――――――――――――――――――っ‼」

私は勇気を振り絞って大声をあげていた。

部下どもがきょとんとした表情で注目してくる。一瞬だけ怯《ひる》んでしまったが怯んでいる場合ではない。こんなところで喧嘩《けんか》をおっ始められたら流れ弾で死ぬ。私が。

言いたいことは山ほどあった。私は深呼吸をしてから一気にまくし立てた。

「――なんで海まで来たのに仲良くできないんだよ！　物事を決めるのに毎回殺し合いをしていたら本当に困ったときに対応できないだろうが！　前回の七紅天闘争のときだってそう

だったじゃないか！　ここが核領域だってことを忘れてるわけじゃないだろうな⁉　いつ敵が攻めてくるかもわからないのに隊の人数減らすのはバカのすることだぞ！」

「「「…………………………………」」」

しん、と場が静まり返った。

そうして私は空前絶後の過《あやま》ちを犯したことに気がついた。

あれ。ちょっと待て。普通に叱《しか》っちゃったぞ……？　ヴィル、どうしたらいいかな？

「正論お見事です。コマリ様も将軍として成長していらっしゃるようで安心しました。しかし第七部隊に関しては正論をぶつけると逆切れして下克上につながる可能性がありますね」

あああああああああああああああ‼　やっちゃったやっちゃったあああああああああ‼

とりあえずお菓子を配ってご機嫌《きげん》取りをするしかねえ！――と思っていたら、いきなり部下どもが「「「すみませんでした‼」」」と一斉に頭を下げた。

面食らって動けなくなってしまう。カオステルが申し訳なさそうに開口した。

「配慮が欠けておりました。すべてを武力で決めるのは野蛮でしたね。深く反省いたします」

「う、うむ。わかってくれたのなら嬉しい」

「おいテラコマリ！　じゃあ誰がお前に泳ぎを教えるんだよ！」

「え？　いや、それはサクナが」

「閣下、こういうのはいかがでしょう。戦闘以外で何らかの競争を開催し、優勝した者が閣下にスイミング・レクチャーをするというのは」

　相変わらず話を聞かねえやつらである。なんかもう面倒くさくなってしまった。

「……わかったよ。じゃあいちばん泳ぎが上手いやつが教えてくれ」

「え？　まじで？」「まずいな……俺泳げねえぞ」「俺もだ……」「右に同じく」「これでは勝てない」『これでは閣下に泳ぎ方を教えられない』

　こいつらバカなのか？　自分が言ってることを理解しているのか？

「ではビーチフラッグスなどはどうだ？　ちょうど砂浜にいるのだからな」

　ベリウスが腕を組みながら言う。この犬頭は最初から海に入るつもりはないらしく、私の笑顔がプリントされた閣下Tシャツ第二弾を着ていた。あいつにも後で文句を言う必要がある。

「名案ですねえ。しかし旗がありません。どこかによさそうなものは――」カオステルがきょろきょろと辺りを見渡して、「――お。あれなんかはどうでしょう？」

　彼が人差し指で示したのは、海とは正反対の方向だった。

　山の向こうに巨大な塔らしきものが立っている。真夏の太陽を受けて黒々と照っている様子からは別次元の存在であるかのような印象を受ける――けれど、あれってゲラ＝アルカが用意してくれたホテルじゃん。近未来的な感じだから泊まるの楽しみにしてたんだよね。

「あそこに一早く辿《たど》り着いた者が優勝ということで構いませんね？」

「「「っしゃあああああああああああああああああああああああ!!」」」

部下たちは砂煙をあげて走り去っていった。

いや、もうこれ全然ビーチフラッグスじゃねえだろ――というツッコミをする必要はなかった。私たちは彼らのことなど忘れて三人で仲良く遊んでいればいいのだから。

私はヴィルたちのほうを振り向いて笑みを浮かべた。

「……よし！　泳ぎの練習はとりあえずおいといて、まずはヴィルのお望み通り、もう一度勝負をしようじゃないか。まあ何度やっても私の勝ちだろうけどな！」

「はい。今度こそ負けませんよ――いえお待ちください」

ヴィルが右手を耳に当てた。通信用鉱石で誰かと連絡を取っているらしい。

しばらく待っていると、ヴィルは「なるほど」と頷《うなず》いて通話を切った。

「コマリ様、遊びの時間は終わりです」

「えーっ⁉　なんでだよ～！　もっと遊ぼうよ～っ！」

「駄々をこねないでください。偵察中のメラコンシー大尉から連絡が入りました。どうやらネリア・カニンガムが起床したようです。そろそろ迎えの人間が来る頃でしょう」

え？　ねりあ？　なんだっけそれ――と一瞬呆けてしまったがすべてを思い出した。

そうだ。私は遊ぶためにここに来たのではない。敵の情報を探るために来たのだ……！

「ど、どうしようヴィル！　心の準備ができてないよ！」

「ご安心ください。私の【パンドラポイズン】がありますから」

「おお……！」

そういえばヴィルには未来を視《み》る特殊能力があるのだった。前回の七紅天会議もそのパンドラナントカで乗り切ったわけだし、今回も期待させてもらってよいのだろうか……？

「……ヴィル、私はこの後どうなるんだ？」

「すみません。遊びに夢中で発動させるのを忘れていました。これから視ます」

「ぐ……仕方ないな。海、楽しかったもんな。ちょっと今から視てもらえるか？」

「はい。ですがお茶会の当事者の誰かに私の血を飲んでいただく必要があります。本来ならば相手側であるゲラ＝アルカの人間に飲ませるのが望ましいのですが現状不可能です。もちろんコマリ様に飲んでいただくわけにもいきません」

「じゃあどうするんだよ」

「簡単です。ちょうどメモワール殿がいますので」

ヴィルがサクナのほうを向いた。サクナは「え？」と首を傾《かし》げた。

「メモワール殿。私の血を吸ってください」

「え、……え？　えええええええ⁉　ヴィルへイズさん……⁉」

「何を恥ずかしがっているのですか？　これはあくまで仕事です。コマリ様のためですよ」

「そ、そうですけど……でも吸血って……ヴィルへイズさんは、いいんですか……？」

「大丈夫です。さあ、お願いします」

かぷ。

ヴィルがサクナのほうに一歩近づいた。サクナはしばらく視線をきょろきょろさせて狼狽《ろうばい》していたが、変態メイドの表情に冗談などないことを悟《さと》ったらしい。小さな声で「失礼します」と断りを入れると、背後からヴィルを抱きしめるようにして彼女の首筋に歯を立てる。

かぷ。

ヴィルが短い声を漏《も》らした。傷口からあふれた血液をサクナの舌がなめとるごとに彼女は身体をよじらせ息を荒らげる。一方でサクナは獲物を逃がすまいとがっちりヴィルの身体を抱きすくめ、頬を紅潮させながら一心不乱に血液を貪《むさぼ》っていた。

吸血鬼とは本能的に血を欲する生き物なのだ――一度血を吸い始めたら変なスイッチが入ってしまうのだ――血を飲めない私には絶対に味わうことができない世界がそこに広がっているのだ――って、こいつら白昼堂々何やってんだ⁉

「ふ、二人とも！　そういうのは恋人同士とかでやることでしょ⁉」

私は両手の指の隙間《すきま》から二人の行為を眺めつつ、辛うじて言葉を発した。

しかしやつらには私の声など聞こえていなかった。

私は呆然《ぼうぜん》と事の成り行きを見守ることしかできなかった。約十五秒という永遠にも思える短い時間が過ぎたとき、にわかにサクナが唇をヴィルの首筋からはなす。

ヴィルは恨めしそうな目で背後のサクナを睨《にら》んだ。

「す、吸いすぎですよ……」

「ごめんなさい！　つい……」

「いえ。でも……お上手でした」

「は、はい。私も……美味しかったです」

……なんだこれ。私は何を見せられたんだ。

なんかすごくモヤモヤする。なんだこの気持ちは。なんなんだこの絶望的な仲間外れ感は。まるで今まで普通に遊んでいた友達が私の知らないうちに大人の階段をのぼっていたことに気づかされたような感覚。というかそれそのものじゃないか？

「コマリ様、どうなされたのです？――あ、コマリ様には刺激が強すぎましたね」

「は、はあ!?　私とお前は同い年だろ！　むしろ私のほうが二月生まれでお姉さんだ！」

何も言わずにヴィルはくすくすと笑った。

悶々《もんもん》とした気分である。子供扱いしやがって。しかし私はふと気づいた。

ヴィルの両目が血のような紅色に輝いているのだ。烈核解放《れっかくかいほう》というやつだろう。

「視えました。ネリア・カニンガム――サクナ・メモワール――第七部隊――大丈夫です。コマリ様は死にません。今回に関しては工作をする必要もないでしょう」

「そ、そうだよな。みんながいるもんな」

私は動揺を抑えつけながら言った。そうだ。今はいかにして生き残るかを考えることが大切なのだ。お茶会を無事に終わらせてもう一度みんなで遊ぶんだ……！

「あ、お迎えの方が来たみたいですよ」

不意にサクナが呟《つぶや》いた。そのときだった。

ふわり、と、何者かが大地に降り立つ気配を感じた。

私は何気なく視線を向ける。

白い砂浜の上にゴシックなメイド服を着た女の子が立っていた。幼さの残るほがらかな笑顔が眩《まぶ》しい翦劉種。リゾートに到着した私たちを最初に出迎えてくれた子だった。

「お楽しみのところ失礼いたします！」

彼女は洗練された動作で優雅に一礼をすると、見る者に親しみを抱かせるような笑みを一切《いっさい》崩すことなくこう言うのだった。

「さあ、ネリア様がやっとお目覚めです。どうぞこちらへ！」

☆

「……ねえヴィル、ネリア・カニンガムってどんな人？」

「殺人が大好きな人です」

「おっと浜辺に忘れ物だ。すぐ戻るから待ってて」

がしっと腕をつかまれた。

「はーなーせー！　もう新しい殺人鬼と知り合うのはこりごりなんだよ！」

「世間的にはコマリ様も殺人鬼ですからね。殺人鬼同士は引かれ合う……昔から唱えられている定説です」

「そんな定説初めて聞いたよっ！　というか無理だ！　いくら私が殺人大好きアピールをしても内側からあふれ出る善のオーラは隠しようもない！」

「私が悪のオーラを放つので大丈夫です」

「悪口雑言《あっこうぞうごん》で場をかき乱すだけだろっ！　今日は大人しくしていてくれよ頼むから」

「はい。ですが心配はいりません。【パンドラポイズン】で視ましたので」

「むぅ……」

「だ、大丈夫ですよコマリさん。こんなに素敵な場所に招待してくれたんですから、ネリア・カニンガムさんはきっといい人です……！」

「いい人かもしれないけど！　……でも、私の予感だとネリアって人もヤバイやつな気がしてならないんだ。私が将軍になってからマトモな人に会ったことないし……」

「でも私はマトモな人ですよ？」

「え？」

「……え？　ち、違うんですか？」

「いや、うん、違くないな。ネリアもサクナみたいに良い子かもしれない」

微妙な空気になってしまった。

シャワーを浴びていつもの軍服に着替えた私たちは、海岸に建っている巨大な屋敷の一室に案内された。先ほどのメイドさん曰く「もう少しで準備ができますので少々お待ちください」とのこと。広い部屋の中央にでかい円卓が置かれている様子はいつかの七紅天会議を連想させる。あんな命がけの話し合いなんて二度とごめんである。

まあ、ヴィルの言葉を鵜呑《うの》みにするならば死なないってことになってるらしいし……今のところは大人しくしておくか。

「……なあヴィル。根本的な話で悪いんだけど、翦劉種ってどんなやつなんだ？」

「端的に言えば〝刀剣使い〟ですね。身体の一部も金属でできているという噂です。彼らがよく〝鉄錆《てつさび》〟と揶揄《やゆ》されるのはこのためでしょう」

そういえば聞いたことがある。ゲラ＝アルカの民は肌身離さず刃物を持ち歩いているのだという。銃刀法違反とかないのだろうか。ないんだろうな——そんなふうに早くも身の危険を感じていると、サクナが思い出したように呟いた。

「そういえば、今日のお茶会って公《おおやけ》には秘密なんでしょうか？」

「？　みたいだな。告知していたら捏造《ねつぞう》新聞記者の一人や二人がいてもおかしくない」

「じゃあ完全に個人的なお誘いなんですね。ネリアさんが送ってきた手紙にもゲラ＝アルカの国章はありませんでした。国家間の正式な文書なら大統領の封蠟《ふうろう》がされているはずですし」

それがどうしたのだろう。

サクナは変なことを気にするんだなあ――と何気なく考えていたときのことだった。

どばーん！　と勢いよく部屋の扉が開かれた。

びっくりしすぎて心臓が飛び出るかと思った。

入口のあたりに女の子が立っていた。

第一印象としては〝桃色〟。ツーサイドアップにされた桃色の髪が窓から吹き込む潮風に揺れている。まとう衣服はゲラ＝アルカの軍服、しかし異様なほどガーリーな色合いをしているあたり特注のものなのだろう。


「――蒴劉茶会へようこそ。テラコマリ・ガンデスブラッドさん」


自信に満ち溢《あふ》れた瞳《ひとみ》に射貫《いぬ》かれる。

おそらく年齢は十五か六か。しかし彼女から発せられる雰囲気は私と全然違う。よく言えば歴戦の勇士、悪く言えば戦争バカ、もっと悪く言えばバーサーカーのそれだった。だって腰に二本の剣を装備している。普通はお茶会にそんなもん持ってこない。

ネリア・カニンガム――〝月桃姫《げっとうき》〟なる二つ名をほしいままにする蒴劉の女の子は、きびきびとした動作で私たちの対面に腰を掛けた。彼女の斜め後ろには先ほどのメイドがニコニコしながら控えている。それを見たヴィルが慌てて立ち上がって私の斜め後ろに立った。いや対抗しなくてもいいだろ。

「はじめまして、私はネリア。十五歳。ゲラ＝アルカ共和国八英将のひとりよ。遠路はるばるお越しいただいたテラコマリさんに最上の感謝を捧《ささ》げるわ」

「うむ。私はテラコマリだ。こちらこそ誘っていただいてありがとう」

「ふふふ……そう固くなることはない。今日は無礼講よ。我が国とムルナイト帝国の未来を一緒に語り合いましょう」

妙に貫禄《かんろく》のあるしゃべり方だな、と思った。

それもそのはず、この子は私のような似非《えせ》将軍とは違うのだ。実際に軍隊を率いて縦横無尽に敵を殺しまくっている正真正銘の殺人鬼。立ち居振る舞いだけ参考にしてみようかな。

ネリアは試すような目で私たちの顔を順々に見定めて、

「さて、さっそくお茶会を始めようと思うんだけど——ところで、そっちの白い子は？」

「す、すみません。七紅天のサクナ・メモワールです。……あの、招待されてないのに来ちゃったんですけど、まずかったでしょうか？」

「まあ……まずくはないわ。あなたはテラコマリさんの一部みたいなものでしょう？」

「は、はい。そうですけど」

そうじゃねえだろ。

「ならば何も問題はない。他の七紅天は別だけど、あなたはテラコマリさんに絶対服従——そういう本質が透けて見える。それに、パーティーは一人でも多いほうが楽しいからね。——さあガートルード、この子たちにとっておきの紅茶をご用意するのよ！」

「了解ですネリア様！」

ガートルードと呼ばれたメイドは大急ぎで走り出して——ばたーん！　と盛大に転んだ。

沈黙が場を支配した。しかし彼女はめげずにのそのそと起き上がると、笑顔で私たちを振り返って「ふへへ」と頰を掻《か》いた。そして何事もなかったかのように部屋を出て行く。

……な、なんというか元気な子だなあ。うちのメイドとは正反対だ。

「騒がしくて悪いわね。あいつは昔からドジなのよ。今日なんかも六時に起こせって言ったのにあいつ自身が八時まで爆睡してるから結局私が起きるのは十時になっちゃって……ってそんな話はどうでもいいわよね」

ネリアは不敵な笑みを私に向けて、

「改めてご挨拶《あいさつ》をしましょう。ようこそ翦劉茶会へ。本当ならゲラ＝アルカまで来てほしかったんだけど、さすがにこの国際情勢じゃ厳しいからね」

「いや、招待してくれて嬉しいよ。第七部隊のみんなも大喜びだ。……ところでこんなことを聞くのもアレだけどさ、どうして私に手紙を出してくれたんだ？　初対面だよな？」

「前に会ったことあるでしょ？」

「え？」

記憶をたどってみる。ゲラ＝アルカ共和国とは一度だけ戦ったことがあるけれど、そのときの相手は目の前の桃色少女じゃなくて怖い顔をしたおじさんだった。いったいどこで会ったのだろう——頭を悩ませていると、ネリアは「やっぱりね」と寂《さび》しそうに言った。

「どうせ覚えてないだろうと思ってたけど——大昔、ムルナイト帝国で行われた交流パーティーで会ったことがあるのよ。そこでプリンについて話したわ」

「へえ。そういえばそうだったような気がしなくもないような……」

全然覚えてない。引きこもる前の記憶は霞のようにぼんやりとしていて思い出せない。

私は取り繕《とつくろ》うように話題を変えた。

「そ、それはさておき。どうして私を招待してくれたんだ？　もちろん嬉しいけどさ」

「呼び出して暗殺するため——って言ったらどうする？」

頭がフリーズした。メイドに脇腹《わきばら》をつつかれて頭が再起動した。

「ど、どうするもこうするも反撃するに決まってるだろう！　一瞬で海のもずくにして酢と和えて晩御飯のおかずにして食べてやろうじゃないか！」

「ふふっ、面白いことを言うのね。——冗談よ、そんなに肩ひじ張らなくても大丈夫。私があなたを呼んだ理由はね、コマリ、単にあなたと話してみたかったからよ」

疑わしい。ゲラ＝アルカ共和国はムルナイト帝国と肩を並べるほどの脳筋国家だ。暗殺くらい呼吸をするようにやってのけてしまうに決まっている。そう考えると先ほどまで海ではしゃいでいた自分が間抜けの権化《ごんげ》みたいに思えてきた。

「あ、コマリって呼んでいい？　私のこともネリアって呼んでいいから」

「うむ。構わない」

「ありがとう。これで仲が深まった気がするわ」ネリアはにこりと笑い、「でも、まだまだあなたと仲を深めていきたい。そのためにはどうしたらいいと思う？」

「そうですね。殴り合いをするのがよろしいかと」

「おいヴィルやめろ余計なこと言うんじゃねえ！――違うんだ、仲良くしたいのならおしゃべりをすればいいと思う！　ともに世界平和について語らおうではないか」

「そうね。矛を交えなくたって言葉を交わせば相手のことがよくわかる――さて。六国に名を轟《とどろ》かせる新進気鋭の七紅天大将軍、テラコマリ・ガンデスブラッド。その輝かしい武名の裏に隠された正体は如何《いか》なるものなのでしょうね？」

え？　隠された正体……？

冷や汗が垂れた。まさかこいつ――

「このお茶会は名目上アルカとムルナイトの関係を修復するためのものだけど、私の真の目的はべつにある。テラコマリ・ガンデスブラッドの力と本質を確かめたかったのよ」

「そうかそうか。まあ私ほどわかりやすい吸血鬼もいないだろうな。私はみんなから『殺戮《さつりく》の覇者《はしゃ》』とか『最強の吸血鬼』とか色々言われているけど何を隠そう全部真実なんだ。あんまり話さなくても私に対する周囲の評価を真に受けてくれればそれでいいよ。うん」

「周囲の評価はあてにならないわ。人の本質は対話を重ねることで見えてくるものだから。でも確かにあなたはわかりやすいわよね。ちょっと話しただけでもすぐにわかっちゃう」

「わっはっは！　そうだろうそうだろう。前々から思っていたけどこの世は平和すぎるんだよなあ。もうちょっと戦いが頻繁に起こってもいいのに」

「まったくもって素晴らしいわ、コマリ」

「え？」

「あなたの言葉の端々には貫禄がある。殺戮の覇者としての貫禄がね」

う――

嘘《うそ》だろおおおおおお⁉　普通に騙《だま》されてるんだけど⁉

「そ、そうかな？　隠してたけどバレちゃった？」

「ばればれよ。あなたほど美しい殺意を振りまいている人間は見たことがないわ！」

「やめてくれ。照れるよ」

「照れなくたっていいじゃない。だってあなた、どう見ても人を殺してそうな顔してるもん」

ぐさり。心に突き刺さる一言だった。

一億年に一度の美少女が人を殺すはずないだろ！――と言ってやりたいところだが先ほど殺人鬼の仮面をかぶってネリアに接してしまったのだ。いまさら「すみません。実は平和主義者なんです」などと言い出せるわけもない。殺戮主義者を貫くしかない。

「……コマリ様、勘違いされているぶんには何も問題ありませんよ。もともと虚言をほざいて他者を誑《たぶら》かしていくのがコマリ様のやり口ですからね」

「いやまあそうだけどさ……人を殺してそうな顔とか初めて言われたよ……ていうかその言い方やめてよ……詐欺師みたいじゃん……」

ショックだった。色々と。

「気に入ったわ――あとでアルカの基地を案内してあげる。この近くにあるのよ」

「そ、そうか。核領域に基地なんてあるんだな。ムルナイト帝国にはそんなのないよ」

「勝手に造ってるの。べつに誰も住んでなかったしね」

「それ違法行為じゃ……」

「確かに違法行為かもね。でも実際に造ってしまったら誰も手出しできないわ。武力で実効支配、それがゲラ＝アルカのやり方だもの。あなたの国もそうよね。核領域の城塞都市フォールなんか、軍事基地でこそないけれど、ムルナイトが力で支配している領土でしょ？」

全然知らん。どこだよそれ。

「とにかくこの世は戦国時代なのよ。自国の魔核が届かない場所は例外だけれど、核領域のような場所はどんな手段を使ってでも手に入れる。——あなたも共感できるでしょう？」

　共感できるわけがないのは言うまでもない。私の顔を見ていたネリアが一瞬「おや？」と面白そうに目元を細めた。もしや虚勢がバレたか？——と思ったが杞憂《きゆう》だったらしく、

「ねえコマリ、あなたは今まで何人殺してきたの？」

「五千人くらいかな」

「奇遇ね！　私もよ」

　誰か警察を呼べ。こいつは五千人殺しの大犯罪者だ。

「それだけ殺していれば合格ね。私があなたを呼んだのは本質を見定めること——だけじゃない。もしその本質が私の期待に沿うものだった場合、誘おうと思ってたのよ」

「何に？」

「世界征服計画に」

　ドヤ顔でネリアは言った。やばい。常人の思考回路ではない。

　私は物事が最悪の方向に進んでいるのを悟った。しかも今までの最悪とはタイプの違う最悪である。もっとタチの悪い最悪。

「私とあなたが手を結べば天下無敵よ？　白極連邦《はっきょくれんぽう》も天照楽土《てんしょうらくど》も敵じゃないわ。ムルナイトとゲラ＝アルカ、東西の大国で世界を支配するの」

「いやあ世界は厳しいんじゃないかなぁ」

「なんでそこで謙遜《けんそん》するの？　さっきまで自信満々だったじゃない」

「も、もちろん私が本気を出せば天上天下を焦土に変えることなんてお茶の子さいさい屁《へ》の河童《かっぱ》だが、世界征服なんて大それたことを考えるほど私は野心家ではないよ」

「隠したって無駄よ。ここにあなたの赤裸々な本心が綴《つづ》られているもの」

ネリアはどこからともなく新聞を取り出した。

見覚えのある字面《じづら》が私の目に飛び込んできた。

『全世界をオムライスにしてやる』

私は心の底からあの捏造新聞記者を恨んだ。ネリアは私の記事を切り抜きまくっているらしい。オムライス以外にも『敵兵はハンバーグの具に』『今日のディナーはチンパンジー』みたいなわけのわからん記事まである。知らないよあんなの、完全な捏造じゃねえか！

「いくら善人アピールをしても内側からあふれ出る悪のオーラは隠しようもない。私に協力してくれるでしょ？」

「ま、待て。世界征服計画と言われてもピンとこないな。それはどういう計画なんだ？」

「まず最近調子に乗ってる天照楽土《てんしょうらくど》を滅ぼす。次に生意気な白極連邦《はっきょくれんぽう》を滅ぼす。次に中立を気取っている天仙郷《ようせんきょう》を滅ぼす。ついでにラペリコ王国を滅ぼす。——完璧《かんぺき》じゃない？」

穴だらけだと思う。

「そもそも、なぜ世界征服する必要があるのかなと……」

「我が武名を世界に轟かせるため！　それ以外に理由があると思う？」

「ま、まあそうだな。武名は大切だよな。でも私が協力する必要ないよな？」

「あるわ。さすがにゲラ＝アルカが強国とはいえ、他の国と戦っている間にムルナイトに攻められたら面倒だもの。それにコマリと一緒ならどんなことでも成し遂げられると思う。あなたとなら世界を狙《ねら》える……そんな気がするの」

それはまさに夢見る乙女の表情だった。夢が物騒《ぶっそう》すぎてまったく共感できない。

とはいえ下手に断ったら「私のお願いが聞けないのね……じゃあ殺すわ」ってなるに決まっている。ひとまず返事を保留にするしかない。いったんムルナイトに持ち帰って皇帝とかとよく相談してから手紙を送ろう。面倒なことは後回し作戦。これしかない。

「そうだな。世界征服も一興かな。ちょっと考えておくから返事はまた後で――」

「せ、世界征服なんてダメだと思います！」

場に響きわたる高い声。私は目を見張った。

白銀の吸血鬼――サクナが立ち上がってネリアを睨んでいた。

「やっぱり平和がいちばんです。無益な争いは、憎しみの連鎖を生み出すだけです！」

「あらサクナ・メモワール。私とコマリの野望に口をはさもうってわけ？」

「コマリさんは可能な限り話し合いで物事を解決しようとする人です。ネリアさんの野望に協力することはできませんっ！　ねえコマリさん」

え。サクナ。ちょっと待って。言ってることはド真理なのだが私にも作戦というものがあってだな――ねえヴィル。サクナ止めてよ。交渉決裂して殺されちゃうよ。

「そうですよカニンガム様。コマリ様はひとりで世界征服をします。あなたのような大して強くも有名でもない将軍Aとわざわざ手を組む必要はないのです！　ねえコマリ様」

別角度から邪魔してくるんじゃねえええええ!!　明らかにお前ケンカ売ってるだろ!?　ああいうタイプの人間にその手の挑発をするのはな、私に対して「お前背が小さいな（笑）」って煽《あお》るのと同じくらい効果的なんだぞ！　大憤激の導火線に火をつけたようなものなんだぞ！

ほら見ろ、ネリアの顔がみるみる――

「――ふん、私の力は必要ないっていうの？　心外ね。本当に心外だわ」

普通に怒ってるじゃん!!　めちゃくちゃ不機嫌そうにほっぺ膨《ふく》らませてるじゃん!!

「ま、待て。べつにそんなつもりじゃないんだ。誤解なんだ」

「……そうね。確かに早計だったかもしれないわ。まずはお茶でも飲んでお互いの理解をゆっくり深めていきましょう？　ほらガートルード」

「はいお待たせしましたー！　美味しい紅茶をおつぎしますよ！」

元気のよい返事とともにメイドが戻ってくる。ガートルードはカップにストレーナーを添えながら紅茶を注《そそ》いでいった。いい香りである――が、私は絶望的な真実に気づいた。吸血鬼である私はこのニオイに敏感なのだ。ネリアが「どう？」と両手で頬杖《ほおづえ》をつきながら、

「血液入りのフレーバーティーよ。吸血鬼のあなたなら気に入ると思って」

「………誰の血？」

「私の血！」

満面の笑みでネリアは言った。人に出すお茶に自分の血を混ぜる神経が理解できない。いやムルナイト帝国ではそういう風習もあるみたいだけど。

「それを飲んで私と言葉を交わしましょう。そうすればお互いの考えがわかるはずよ」

「そ、そうだな！　気が向いたらな」

「……どうしたの？　飲まないの？」

「いや、まあ、ちょっと心の準備が……」

「準備なんていらないわ。それとも私の血が飲めないっていうの？」

「そういうわけじゃない！　これはだな、その……」

口ごもってしまった。その通り、私は血が飲めないのだ。無理をすれば飲めないこともないかもしれないけど、戻してしまう可能性があった。ネリアの前でそんなことはできない。しかし断るのは失礼だったし、かといって正直に「血は飲めないんすよ」と申告しようものなら私が最強の吸血鬼であるというハッタリに疑問を持たれて殺されるかもしれない。

というわけで私はヴィルに助けを求めることにした。アイコンタクト（ウインク）を送ると、彼女は「お任せくださいコマリ様」と呟いて私の手からティーカップを奪い取り、

「カニンガム殿。コマリ様はあなたの血が入った紅茶が気持ち悪くて飲めないそうです」

「直球すぎるだろ⁉」

「き、気持ち悪い……⁉　コマリ、本当なの⁉」

「本当じゃない！」

「本当です」

「本当じゃないって言ってるだろ！」

「本当なのね……いいわ、ガートルード。代わりのお茶を用意しなさい」

「はい。……私だったらネリア様の血、喜んで飲むのに」

ガートルードが恨めしそうに私を睨みながら部屋を出て行った。

なんで初対面の相手に嫌われなくちゃならないんだ。全部ヴィルのせいじゃないか——私も恨めしい気分で隣のメイドを睨む。彼女は私から奪ったカップに口をつけて、

「血液と紅茶が上手くマッチしていませんね。四十点」

「おい余計な品評するんじゃねえよネリアに聞こえたらどうするんだよ」

「聞こえてるわよッ！　……知ってるわ、吸血鬼社会では自分が認めた相手の血しか吸わないっていう風習があるらしいわね。つまりこれはそういうことなの？　私みたいな将軍Aじゃ、テラコマリ・ガンデスブラッドと手を組む資格はないと？」

「ま、待て。確かにネリアと組むつもりはない。でもそれはきみの実力を疑っているわけじゃ

なくて私に世界征服をする意志などさらさらないからだ！」

「嘘よ！　だって新聞にあなたの発言が書いてあるもの！『──予言しよう。世界はケチャップになる』」

「世界がケチャップになるわけないだろ常識的に考えて！　そんなの嘘に決まってる！」

「でもさっきあなた『世界征服も一興かな』って言ってたじゃない！」

「それも嘘だったよごめん！」

「嘘だらけだなお前はぁーっ！　ぐぬぬ……ねえ、考え直しなさいよ。あなたほどの存在を埋もれさせるのはもったいないわ。この前の七紅天闘争を見て確信したの──あなたには殺戮大旋風《せんぷう》を巻き起こす資質がある！」

「そんな旋風聞いたこともねえよ！──いいか、この際だから真実を言うけどな、たとえ私に世界征服する力があったとしても無闇《むやみ》に使うつもりはない！　平和主義者だからだ！　だいたいな、力とは他者を従わせるために使うものではなく世界の平和を希求するために使うべきものなんだよ！　私の周りにはそれがわかってないやつが多すぎるんだ！」

「っ……、」

ネリアが一瞬怯んだ。少しだけ──彼女の口元が笑ったような気がした。

しかしやっぱり気のせいだったらしい。彼女は不満そうに腕を組んで、

「あなたの口からそんなことが聞けるなんて意外だわ！　新聞が嘘だっていうのは百歩譲って

理解できないこともないけれど、あなたが戦争を起こしまくってるのは確かよ！　これはどう説明をつけるつもり⁉」

「それはメイドとチンパンジーのせいであって私がしたくてしてるわけじゃない！　私は戦争なんて大っ嫌いなんだ」

「またそんな嘘をついて！　戦いたくないやつが将軍なんかやってるはずないでしょ⁉」

「そんなに疑うんだったら私の戦績を調べてみろ、一人たりとも殺してないからな！」

「五千人殺したっていうのも嘘だったの⁉」

「それも嘘に決まって――」

「――閣下！　突然申し訳ありません、急ぎでお報《しら》せしたいことが……」

「あー殺したな。五千人じゃなくて五億人くらいだったかも」

「どっちだよッ！」

「五億人だ！」

「そうじゃねえええええ‼」

ばんっ！　とネリアがテーブルをぶっ叩いた。

しかし私の意識は突然部屋に闖入《ちんにゅう》してきたベリウスに向けられている。

まるでフルマラソンを走りきった後のように疲労困憊《ひろうこんぱい》といった有様《ありさま》。いったい何があったのだろう。お前もビーチフラッグスやってたんじゃないの？――疑問に思っていると、ベリウスが私たちだけに聞こえるよう声を潜《ひそ》めて言った。

「我々が目指していたホテルですが」ベリウスが窓の外の黒い建物を指差して言った。「どうやらその手前にゲラ＝アルカ軍の駐屯地《ちゅうとんち》があったようです」

「は？」

「第七部隊の突撃が進軍と勘違いされて戦闘が勃発《ぼっぱつ》しております」

「は⁉」

「といっても、既に全滅させてしまいましたが……何故か敵が弱くて……」

「　　　」

あ……あいつらぁぁぁぁぁぁぁぁああああああああああああああ‼

私が……私がせっかく事《こと》を穏便《おんびん》に済まそうと努力してたのにいいいいいいいいっ‼

「ちょっとコマリ！　その獣人は誰？　あなたのしもべ？」

「ち、違う。部下だよ。ベリウスっていうんだ」

「あっそ……優秀そうな犬ね。そこのメイドにしてもそうだけど、あなたは人材にも恵まれているみたい。羨《うらや》ましいわ！　どうしてその最強の第七部隊を適切に運用しないの⁉」

「適切に運用してるつもりだ！　これからみんなでビーチバレーする予定だし……」

「それが不適切なのッ‼　もう‼　よッくわかったわ‼　あなたは力を持っているのに使い方を知らないのよ！　いいわ、ここはアルカのしきたりに従うとしましょう――『欲しいものはボコボコにしてでも手に入れる』っていう古式ゆかしいしきたりにね！　私が勝ったらあなたは私のしもべよ！　しもべ！」

「待て、武力で争うのは野蛮だ！　ここはしりとりで争おう」

「しりとりで争えるかぁっ！　テラコマリ・ガンデスブラッド！　私はあなたに対して戦争を申し込むわ！　今ここで私率いるゲラ＝アルカ共和国軍第一部隊と勝負しなさい！」

「望むところです！　さあコマリ様、けちょんけちょんにしてやりましょう！」

「なんでお前が出しゃばるんだよ！　戦争なんかしたくな——」

ちらりと背後を見る。犬がこっちを見ている。

「——いわけがないな！　むしろケチャップの雨をふらせてやりたい気分になってきたぞ！　いいだろう、受けて立とうではないか！」

「よく言ったわね！　私の第一部隊はゲラ＝アルカでも最強の精鋭たちよ。そう簡単に勝てるとは思わないことね——いま呼ぶから待ってなさい」

そう言ってネリアはポケットから通信用鉱石を取り出した。

あれ？　ちょっと待てよ……？

「なあネリア。お前の部隊ってどこにいるんだ？」

「駐屯地よ。ほら、窓の外に大きな黒い建物が——あなたたちが今日泊まる予定のホテルが見えるでしょ？　あれのすぐ近くに基地があるの。みんな今頃《いまごろ》あの辺で訓練を——」

部屋中の誰もが遠くのホテルに視線を向けた、その瞬間だった。

ホテルの真ん中あたりですさまじい爆発が巻き起こった。

「「は?」」

私とネリアの声が重なった。心臓に重くのしかかるような爆音がリゾート地帯に響きわたる。しかも一度だけではない。まるでホテルを包み込むかのように何度も小爆発が巻き起こり、破片が飛び散り、爆炎が舞い上がり——やがてボキリと支柱がへし折れた。

黒い塔がぐらりと傾く。そのまま大地に引き寄せられるようにして倒れていく。

私は開いた口が塞がらなかった。ずしいいいいいいいいん!——と派手な音を立てて塔の半分から上が地面に激突。もうもうと立ち昇る砂煙によって遠くの景色が真っ白になる。

え?　何これ夢?

「……ベリウス、あれって」

「メラコンシーでしょう。やつは高い建築物を爆破《ばくは》するのが趣味ですからね」

「…………」

やっぱり夢だな。そうと決まれば海に行こう。夢の中なら私も泳げるだろうから魚たちと一緒に大海原を冒険しよう。

「ネリア様!　たいへんですぅ!」

メイドの子——ガートルードが血相を変えて飛び込んできた。手にはポットやカップの乗ったお盆を持っている。もはやお茶会を楽しむという雰囲気ではない。

「あ、あの！　お茶を淹れ直すのと報告をするの、どっちを先にしたらいいでしょうか⁉」

「報告をしろぉっ！　あれは何よ！　なんで夢想楽園が爆破されてるの⁉」

「爆破どころではありませんよぉ！　吸血鬼たちが襲いかかってきて第一部隊は壊滅状態です！　死体がごろごろ転がってます！」

キッ！　とネリアに睨みつけられた。

むにっ！　とヴィルにほっぺたをつままれた。

そうして私は夢から醒《さ》めた。やばい。喧嘩を売るってレベルじゃない。核領域の、しかも敵国の施設を先制攻撃とかぶっ飛んでいるにもほどがある。エンターテインメントではないガチの戦争が始まってしまう可能性すらあった。

「……コマリ。やってくれたわね！」

「ごめん」

「ごめんで……すむと思ってるのかああああああああああ‼」

ネリアが双剣を抜いて襲いかかってきた。死んだな――そう思ったときには既に私の身体はヴィルによってお姫様抱っこされていた。疾走する変態メイド。追いかけるネリア。反対方向に逃げていくサクナ――ヴィルが魔力を練って通信用鉱石を励起《れいき》させた。

「テラコマリ閣下にかわってメイドのヴィルへイズが伝達します。総員退避。総員退避。ただちにその場を離れてムルナイトに帰還せよ。ゲラ＝アルカは完全に敵国となりました」

「――ってちょっと待てえええええ！　逃げたらまずいだろ⁉　せめてあの塔の弁償代くらい出さないと国際問題に発展するぞ⁉」

「もう発展してます。――さあ、逃げ道は確保してありますので飛ばしますよ！」

「やっぱり用意がいいなお前⁉」

「未来を視ましたからね」

「未来を視たならもっと良い解決方法あっただろおおおおお‼」

ヴィルは背後に煙幕を放つと風のようなスピードで走り始めた。

もはや何がなんだかわからない。

私はなすすべもなくメイドに運搬されていくのだった。

☆

「ああああああああああああああああああああああああああああ‼」

私は頭を抱えて慟哭《どうこく》していた。

核領域フラール州の海岸地帯――しかし先ほどのリゾートからは遠く離れた場所である。

敵が追ってくる気配はない。おそらく撒《ま》くことに成功したのだろう。

命が助かったのは僥倖《ぎょうこう》だが、だからといって手放しで喜べるわけもなかった。

過去最大級のやらかしである。今までは部下が暴走しても国内で片づく問題だったのでよかった。でも今回は違う。今回は——対立している国といざこざを起こしてしまったのだ。

「これ私の責任だよな……」

「客観的に見たらそうですね。七紅天クビかも」

「やったー！　って全然よくねえよ!!」

クビになったら爆発して死ぬのだ。初めてが爆死なんて冗談じゃない。というか初めてでも何も一生死にたくない。私はその場に体育座りしてはるか遠くの水平線を眺めた。

「みんな、ちゃんと逃げられたかな……」

「ばっちりです。誰一人欠けることなく逃亡に成功しました。……少々不自然ですけどね」

「不自然？　どこが」

「意図が読めません。ネリア・カニンガム個人の実力をもってすれば吸血鬼のひとりやふたりを捕らえることなど容易いでしょう。これは『逃がされた』と見るべきです」

「許してくれたのかな」

「あんなことをして許されるはずがありませんね。——コマリ様、今後のご予定ですが」

「海きれいだな～！　二人で漂流ごっこしようよ～！」

「全力で漂流したいところですが現実逃避している場合ではありません。おそらくネリア・カニンガムは後日正式に宣戦布告してくるでしょう。あの翦劉種は一筋縄ではいきません——しっかりと対策を練っておく必要があります」

私は可能ならば全人類と仲良くしたい。なのに何故こんなことになってしまうのだろう。

嘆きの極致に達していたとき、にわかにヴィルのポケットから淡い光があふれ出た。

どうやら通信用鉱石に連絡が入ったらしい。

「はい、ヴィルヘイズです……はい、承知しました。……コマリ様、皇帝陛下からです」

ヴィルが鉱石を私のほうに手渡してきた。反射的に受け取って耳にあてる。

すぐさま雷鳴のような声が鼓膜を震わせた。

『やあやあコマリ！　リゾートは楽しんでいるかね？　可能ならば朕《ちん》も同行したかったのだが政務のせいで国から出られない。こんな理不尽は許せるはずもないので帰ってきたら一緒に宮殿のプールで年頃《としごろ》の少女らしくサンオイルの塗りっこをしようではないかヌリヌリとね』

「しないよそんなことっ！　用がないならもう切るぞ！」

『わっはっは冗談だ。朕が一方的に塗ってあげるから力を抜いて身を委《ゆだ》ねていれば——いや待て切るな用はある。実はだな、三日後に天照楽土《てんしょうらくど》から使者が来ることになったのだ。六国の行く末について相談したいらしい』

次から次へと超展開すぎる。私はもう疲れたよ。

「あっそ。私にとっては世界よりも今日の晩ご飯のほうが大事だよ」

『晩ご飯と同じくらい大事な話だから聞きたまえ。――その使者、アマツ・カルラという者なのだが、こやつがどうしてもコマリと会談することを望んでいるらしいのだ。急な話で悪いが帰ってきてくれないか？』

「……ネリアとのお茶会はどうするの？」

もともと一泊二日の予定である。しかし皇帝は呵々大笑《かかたいしょう》し、

『遠視魔法で見させてもらったが、あれほどの大喧嘩を繰り広げたらもうお茶会をするという雰囲気ではないだろう。ネリア・カニンガムのことなど忘れて心置きなく帰国したまえ』

「知ってたのかよっ！」

私は絶望した。何故こうも続々と面倒ごとが湧《わ》いてくるのだろうか。そのアマツ・カルラって人もどうせ「拳《こぶし》で語り合おうぜ」的なノリをかましてくるに決まっているではないか。

「ぐ、うううううぅぅ………」

「大丈夫ですコマリ様。ネリア・カニンガムが攻めてきても私が毒殺しますから」

メイドが優しい手つきで私の頭を撫《な》でてくるが、何の慰めにもならなかった。猫のように俊敏な動きで立ち上がると、私は無限に広がる大海に向かって全力で絶叫するのだった。

「あああああああああああああああああああああッ！　どうしてこうなるんだよおおおおおーっ！　もっと海で遊びたかったのにいいいいいっ！　花火もしたかったしバーベキューもしたかったしサクナと一緒に天体観測もしたかったのにぃ――――――っ！」

「落ち着いてくださいコマリ様。海ならいつでも来られます」

「でも今日は今日しかないだろ！　私は青春の一日一日を大切にしたいんだよぉーっ！」

「毎日部屋でぐーたらしてる人が何を言ってるんですか。ほら、帰りますよ」

「うみいいいいいいいいいいいいいいいいいいい‼」

私はメイドによって強制送還された。

☆

人の気配がまったくない茫漠《ぼうばく》とした砂浜である。

桃色の髪を風になびかせる少女――〝月桃姫〟ネリア・カニンガムは、両手にたずさえた双剣を鞘《さや》に納めると、大きな溜息《ためいき》を吐《つ》いて天を仰《あお》いだ。

清々《すがすが》しいほどの快晴。そしてネリアの心もこの空のように晴れ渡っていた。

「……ふふ。ふふふふ。やはりあれは逸材ね。私は間違っていなかった」

ホテルは破壊された。第一部隊は皆殺しにされてしまった。完膚《かんぷ》なきまでの敗北である――が、ネリアの心に湧いてくるのは喜びだけだった。あれほどの人材を手に入れることができたら世界は変わる。ゲラ＝アルカの人でなしに復讐《ふくしゅう》をすることができる。

「ネリア様！　テラコマリ・ガンデスブラッドはひどいやつですよ！　せっかくネリア様がお

茶会に招待してあげたのに！　あんなことするなんて！」

ガートルードがぷんぷん怒りながらつめ寄ってきた。乱戦によってメイド服は乱れ、頬が砂で汚れている。ネリアはその汚れを指で拭《ぬぐ》ってやりながら、

「あれはコマリがやりたくてやったわけじゃないわ。おそらく部下の暴走でしょうね。あるいはマッドハルトの目的が見破られたか」

「え……私たちがテラコマリを殺そうとしていることがバレたのですか？」

「かもしれないわね」――ネリアは桃色の髪をくるくると弄《もてあそ》びながら考える。

ゲラ＝アルカ側に平和的なお茶会を開催する意思などあろうはずもない。ネリアに下された命令は「テラコマリ・ガンデスブラッド将軍を誘《おび》き出して殺害・捕獲すること」である。

だが、ネリアは最初から彼女を殺すつもりなどなかった。

いけ好かない大統領の命令に従う義理はないからだ。

「……あいつは使えるわ。マッドハルトの野望に楔《くさび》を打ち込むことができる」

「無理ですよう。あんな手綱《たづな》の外れた暴れ馬みたいな吸血鬼なんて」

「いいえ、あいつの本質は殺戮の覇者なんかでは断じてない。もっと優しい心の持ち主よ」

「あれがですかぁ……？」

ガートルードは理解できないといった様子だ。

「あれだけの力を持っていたら慢心してもおかしくない。でも全然そんなことなかった。あの

日から変わっていない――ちゃんと先生の心を受け継いでいたみたいね、コマリのやつ」

「先生？――よくわかりませんが、どう考えてもテラコマリはやばいと思います」

「やばくない。あいつは私の世界征服計画に微塵《みじん》も興味を示さなかった。マッドハルトなんかとは違う、ましてやお父さんとも違う――真の意味での平和主義者なのよ」

「世界征服計画が適当すぎたから無関心だったんじゃないですか？」

「何よ。完璧な計画でしょ」

「でも適当ですよね」

まあね、とネリアは笑った。世界征服の野心などネリアにはない。あの口から出任せな計画はコマリの性質を見極《みきわ》めるためのブラフにすぎなかった。ネリア自身がそうであったように、人は年月を経るにつれ変化していくものだ。あの少女が今でも平和主義者である保証なんてどこにもなかった。現に六国新聞には彼女が放った傍若無人《ぼうじゃくぶじん》な暴言がいくつも載っている。

だからネリアは確かめたのだ。世界征服の誘いに乗ってくるようならその程度の器。結局あいつも乱暴者に育ってしまったということだ。反対に乗ってこないならただの臆病者《おくびょうもの》。世界という単語を聞いて委縮してしまうようではネリアのパートナーに相応《ふさわ》しくない。

「……どちらでもなかったわね、あいつ」

――だいたいな、力とは他者を従わせるために使うものではなく世界の平和を希求するために使うべきものなんだよ！

あれは彼女の本心に間違いなかった。心の底から世界平和を願っている、そんな表情と口ぶりだった。だが、本格的な同盟を持ちかける前に一発ぶちかまされてしまった。追いかけて捕まえればよかったかな、とネリアは少し後悔する。

「ガートルード。私はコマリをしもべにするわ」

「はあ……」

「あいつは私の計画に必要だ。あの吸血鬼なら世界を引っくり返してくれるかもしれない」

「あの……仲間とか友人とかじゃなくて、しもべですか？」

「コマリにはメイド服を着せたいわ。あなたみたいな忠実なしもべにするの」

ネリアはガートルードの顎《あご》に指を添えた。

翦劉のメイドは少し頰を染めると、まっすぐ主人の瞳を見返す。

「わ、私がネリア様の一番のしもべです」

「……ふふ、嫉妬《しっと》なんてする必要はない。そんなことは私が誰よりもわかっているから」

「ネリア様……」

そのときだった。ネリアの通信用鉱石が光を発する。

思わず舌打ちをしたい気分になった。この鉱石は普通の鉱石ではない――ゲラ＝アルカの八英将に必ず支給される、大統領直通の特別鉱石なのだった。

指を軽く振って魔力を込める。石の内部で増幅された魔力が光となって拡散し、海上の虚空《こくう》に即席のスクリーンを作り出す。

　スーツ姿の男が現れた。まるで海から飛び出してきた海坊主のようである。

『――カニンガム。貴様はいったい何をやっているのかね』

「あらマッドハルト大統領。今日も寝癖がいちだんと素敵ですね」

　ゲラ・マッドハルト。ゲラ＝アルカ共和国の長である。

　民衆から絶大な支持を得て初代大統領に就任した後、様々な革新的政策を推《お》し進めて国力を倍増させた希代の英雄。

　だがそれは表向きの経歴でしかない。こいつのせいで、ネリアは何もかもを失ったのだ。

『――レインズワースから聞いている。ガンデスブラッドを殺し損ねたようだな』

　ネリアは心の中で舌打ちをした。やはり監視されていたらしい。

「何か問題でも？」

『あるに決まっている。率直《そっちょく》に言って目を覆《おお》いたくなるような失態だ。貴様は国家の利益《りえき》というものがまったく理解できていない。なぜすぐに殺さなかった？　なぜ取り逃がした？』

　取り逃がすつもりだったからだ――とは口が裂けても言わない。反抗的な振る舞いをすれば叛意《はんい》ありと見なされて投獄されてしまう。そうなれば全《すべ》てが終わる。

「精一杯がんばりました。でもガンデスブラッドのほうが一枚上手だったようです」

『確かにやつは手強《てごわ》い。だが「必ず成し遂げる」と自信満々に宣言して任務を受けたのは貴様だろう？　やつを殺して捕らえることが貴様の使命だったはずだ』

「そうですね。申し訳ありませんでした」

『加えて第七部隊の一人も殺せていないのはどういうことだ？　貴様も知っているだろうが、近頃《ちかごろ》は国境沿いの和魂《わこん》狩りも大々的に行うことができなくなってきた。五百人の吸血鬼を捕らえておけば途方もない利益を得ることができただろうに――』

「利益？　非道な実験で得た利益に何の意味があるというのです」

『冤罪《えんざい》だ。夢想楽園に収容された者たちには素敵な日々を提供しているつもりだよ』

「あなたはロクな死に方をしないでしょうね」

　マッドハルトはつまらなそうに鼻を鳴らした。

『ほざくようになったな。――だが覚えておきたまえ。貴様が大切にしているものなど私の指一つで消し炭にできるのだ。たとえ貴様がどれだけ泣き喚《わめ》こうとも容赦《ようしゃ》はしない――ゲラ＝アルカに不要なものはすべからく取り除かれるべきだからな』

「ええそうですね。たとえば人民をいたずらに傷つける暗愚な為政者《いせいしゃ》とか――」

『ネリア・カニンガム。顔が真《ま》っ青《さお》だぞ』

　冷笑が胸に突き刺さった。ネリアは思わず拳を力強く握ってしまう。

　この男は諸悪の根源だ。五年前、力ずくでネリアの国を奪い、ネリアの家族を地獄へ突き落した張本人。許せない。許せないけれど――今のネリアにはどうすることもできない。

「――ご心配なく。あなたの横暴な振る舞いに呆れただけですので」

『減らず口もほどほどにしておきたまえ。貴様は父君のようになりたくはないだろう？』

「…………」

『ふん、まあよい。被害は宿泊施設のみだ。レインズワースの報告では地下の秘密が露見したわけではない。此度《こたび》の一件はむしろ戦争を吹っかけるための良き口実となるだろう。せいぜい私の役に立ってくれたまえ、ネリア・カニンガム』

ふっとスクリーンが掻《か》き消えた。

辺りに残されたのは穏やかな波の音だけである。

ネリアは深呼吸をした。かつて父に教わったことを思い出す――心を落ち着けるにはてのひらに〝Δ〟の文字を書いて食べるのがよいらしい。書いて食べてみた。怒りが湧いてきた。

「――――ッとにムカつくわ、あのクソオヤジ!!」

ぱこーん！　とネリアは砂浜に転がっていたビーチボールを蹴《け》り上げる。突然の大声に驚いたガートルードが「ひええネリア様怒らないでください～」と悲鳴を漏らした。

怒らずにいられるわけがない。なんとしてでもマッドハルトを誅殺《ちゅうさつ》しなければならない。

世界を変えられるのは強い心を持った者だけだ。

だからネリアも不屈の心で努力をしなければならなかった。

「――アルカを変えてやる。それが私の使命だから」

ネリアは破壊されたホテルのほうに視線を投げかけた。あれは表向きはゲラ＝アルカが開発しているリゾート施設ということになっているが、そんな生易《なまやさ》しいものではありえない。マッドハルトとその腹心のみが入ることを許された、特殊な軍事施設。この世の地獄。

どうせなら地下のほうまで破壊してくれればよかったのに、とネリアは思う。

そうだ——あの吸血鬼の力をもってすればアルカを変革することができる。

そんな気が、ネリアにはしていた。

ひ

2 和魂《わこん》茶会

Hikikomari the Vampire Countess no Monmon

三日後。自室。ベッドの上。

悪夢で目が覚めた。

それはもう、死ぬほど恐ろしい夢だった。

復讐《ふくしゅう》の鬼と化したネリアに捕まった私は逆《さか》さ吊《づ》りにされてしまうのだ。やつは「コマリを茶葉にした紅茶を飲もう」などとアホなことを言い出して私をティーバッグにつめ、ぐつぐつと煮えたぎる湯の中へ落としてしまう。じっくりこってりダシを絞られた私はいったんポイッと流しに捨てられるのだが、出来上がった紅茶を飲んだネリアが「美味《おい》しいわね。もっかい作りましょう」などと抜かして再度私をお湯の中へ——

「おはようございます、コマリ様」

「うひぇあっ⁉」

あまりにびっくりしたのでベッドから転げ落ちてしまった。

そこにいたのは変態メイドだった。私を紅茶にした危険な少女ではない。

「なんだ、ヴィルか。驚かせるなよ……」

「怖い夢でも見たのですか？」

「まあな。でも所詮《しょせん》夢だ。私は二度寝をする」

「ではこちらへどうぞ。子守歌を歌って差し上げます」

「うん」

ヴィルが毛布を持ち上げて手招きをする。私は促されるまま彼女の隣に身を滑らせた。

このままお昼まで寝るとしよう。夏休みは昨日までだった気がするけどもう一生夏休みでいいや――あれ？　なんかスルーしてはいけないものをスルーしてる気が――

「――いやお前がここにいるのもおかしいだろ⁉」

私はヴィルを突き飛ばしてベッドから抜け出した。

これでは夢の中にいたほうが百倍マシである。でも目覚めなかったら目覚めなかったで変なことをされていただろうし――まったくもって油断ならないメイドだな、こいつは！

「私のベッドから出ろ！　今すぐにだ！」

「はい。出るのは構いませんけれどお仕事の時間ですよ」

「………………」

私は絶望的な気分になった。

これから仕事だと思うと鬱《うつ》すぎて不貞寝《ふてね》したくなってくる。楽しかった夏休みはもう終わりなのだ。いや最後の三日間くらいは楽しいどころか胃痛の治まらない時間だったけど。

例のお茶会からムルナイトに帰還して以降、特に事件が起こることもなく帝都の自宅で引きこもることはできたのだが、いつ敵が襲ってくるかもわからない状況でのんびりできるわけもなかった。度重なる心労によってここ数日はろくに昼寝もできていない。

「ネリアに謝らないといけないな……」

思い返してみれば、お茶会に招待してくれた相手にあの仕打ちはひどすぎた。

それに——殺されそうにはなったのだが、なぜか彼女を憎むことができなかった。

なんというか、一生懸命な空気が伝わるというか。方向性は間違ってると思うけど。

「謝罪は次に会ったときでよいでしょう。それよりもお仕事です」

「お仕事なんてしたくない！　どうせチンパンジーと戦争だろ！」

「では二度寝しますか？　ここに抱き枕《まくら》がいますよ」

「いねえよ！　だいたいなんでお前はいつも私のベッドにいるんだよ。自分の家で寝るっていう発想はないのか⁉」

「ありません」

「なんでだよ」

「自分の家がないからです」

「じゃあどこに住んでるんだよっ！」

「この部屋」

ヴィルは床を指差しながら言った。……は？　こいつは何を言ってるんだ？

「冗談だろ？」

「冗談ではありません。私の荷物もそこのクローゼットに入っています。私服見ます？」

落ち着け。冷静に考えてみよう。

確かにこいつは平日も休日も祝日も私が起きてから寝るまでコバンザメのごとく付き従っている。朝ごはんも昼ごはんも晩ごはんも一緒だしなんならお風呂《ふろ》も私がすませた後に入っている。だけど私が就寝した後は家に帰ってるんだよな？　私が起床する前に出勤してるんだよな？　知らないうちに同棲してたとかホラーすぎるんだけど。

「二度寝しないならお仕事です。本日はアマツ・カルラ様との会談を予定しております」

「ちょっと待てヴィル。お前の私生活について聞きたいことがある」

「私に興味を持っていただけるのは嬉《うれ》しいですがそれどころではありません。アマツ・カルラ様をすでに三時間待たせています。あまり放置するとブチ切れられて殺されます」

「なんで起こしてくれなかったんだよお前⁉」

「ですがご安心ください。先ほど暇つぶしのためにコマリ様の小説を渡しました」

「余計なことするんじゃねえええええええええ‼」

おいそのドヤ顔やめろ！　できるメイドアピールしなくていいから！

私は嘆きながらも寝巻きを脱いで軍服に着替えた。光を凌駕《りょうが》する速度で着替えればメイドが干渉してくることはないと最近気づいたのである。顔を洗って歯を磨いてお手洗いを済ませてヴィルが手渡してきた食パンを咥《くわ》えると、私は全速力で部屋を出た。

「さすがですコマリ様！　すっかり社会人生活が板についてきましたね！」

「三時間遅刻してる時点で社会人失格だろ！――あーもう初対面の人を待たせるなんて最悪だよ！　しかも私の小説が読まれて……ああああああああああああああ‼」

「そんなに小説を読まれるのが嫌なのですか？」

「恥ずかしいんだよ！　今回のはちょっと……道徳的に問題がある内容なんだ」

「連続殺人事件が起きるミステリーとか？」

「違うよ……タイトルは『黄昏《たそがれ》のトライアングル』だ。これで察しろ」

「察せません。トライアングルを演奏する音楽小説でしょうか」

だめだこいつ。恋愛のれの字も知らないお子様だ。ヴィルがこんなに純粋だとは思わなかったぞ。それはともかく早く行かなければならない。謝罪しなければならないし小説も取り返さなければならない。結末まで読まれてしまったら大変だ。もしアマツ・カルラさんがすごく真面目《まじめ》な人だったら「うわこんなの書いてるのキモいわ」ってなるかもしれない……！

「ねえヴィル、アマツ・カルラってどんな人⁉」

「殺人が大好きな人です」

Uターンした。いきなり背後から高速で抱き着かれて拘束されてしまった。

「はーなーせー！　新しく出てくる人物が全員殺人鬼とかおかしいだろ！　もっとバランス考えろよ！　私だったら絶対そんな小説書かないよ！」

「大丈夫です。真面目な殺人鬼と伺《うかが》っております」

「もっとやだよッ!!」

「とはいえ彼女が将軍として敵兵と戦っている様子を見た者はいませんけれどね。本陣に座したまま指示を出しているだけだそうです」

「あれ？　私と同じ？」

「似たようなものです。ただし彼女は幼少の頃に『殺人全国大会』で優勝していますが」

「二度寝をしよう」

「それに加えてアマツ氏は家柄も優れているそうです。数多《あまた》の企業を束ねる巨大財閥のご令嬢だとか。まさに力と地位と権力を兼ね備えた化け物です。彼女がちょっと手を振ればあらゆる人間を肉体的にも社会的にも殺害することができ――」

「やだ！　こわい！　かえる！」

「むしろ帰ったほうが殺されると思いますよ」

「ぐぅ……」

お腹《なか》が鳴ったわけではない。越えられない壁にぶち当たったときに漏《も》れ出る呻吟《しんぎん》である。

仕方ない。これは一応私に与えられた仕事なのだ。仕事を放りだして帰ってしまうなんて部下に示しがつかない。示しがつかなかったら殺される。殺されたら痛い。

「……ヴィル、絶対に余計なことだけは言うなよ」

「はい、余計ではないことだけ言います」

「…………」

信用ならなかったが、まあいい。

とりあえずアマツ・カルラのもとへ急ごう。急ぎたくねえけど。

☆

転職しようかな、とティオは思う。

六国《りっこく》新聞に入社してはや三カ月。今まで何度「やめようかな」と思ったか知れないが、今回ばかりは本気である。命の危険を覚えるような仕事なんて誰《だれ》もしたいはずがないのだ。

「ククク……におうわ。スクープのにおいがぷんぷんするわ！」

そんなニオイしねえよ、とティオは思う。

六国新聞ムルナイト支局の問題児コンビ――蒼玉種《そうぎょく》のメルカと猫耳娘のティオは、現在ムルナイト宮殿中庭の生垣《いけがき》に息を殺して身を潜《ひそ》めていた。もうかれこれ五時間はこうしている。メルカ曰《いわ》く「獲物がスクープ引《ひ》っ提《さ》げて現れるのを待つのよ！」とのことだが、正直言ってティオはそんなもんに興味がない。はやく帰って寝たい。

「……メルカさぁん。もうやめにしましょうよぅ。スクープは腹痛でお休みですよぅ」

「あッ！　あれは第二部隊隊長のヘルデウス・ヘブンだわ！　さっそく取材しましょう」

「ちょっ、待ってくださいメルカさんっ！」

がしっ！　とティオは半狂乱になってメルカの腰にしがみついた。

「こら、放しなさいよ！　獲物が逃げちゃうでしょ！」

「直接話したら怒られますよ！　宮殿から追い出されるどころか死刑ですよ～！」

「む……確かにそうね」

メルカは神妙に頷《うなず》いて生垣の裏に戻ってきた。ティオは生きた心地もしない。

本来、部外者が許可なくムルナイト宮殿の敷地内に入ることはできない。関係者しか通れない魔法的な障壁が張り巡らされているからだ。しかし抜け道なんぞいくらでもある。たとえば少し前にテロリストが用いた【転移】の魔法を使用する方法もあるし、障壁は生き物しか阻《はば》まないので一回〝モノ〟になって侵入してから後で生き物に戻るという荒業《あらわざ》も存在する。

今回メルカとティオは前者と後者の合わせ技を使った。六国新聞所属の吸血鬼に協力を要請し、やだやだと泣き喚《わめ》く彼女をブチ殺してモノ言わぬモノに変えた後、宮殿に出入りする馬車に死体を積み込んで侵入させる。しばらく経《た》って魔核《まかく》の効果でそいつが復活したら【転移】の門を構築してもらい、メルカとティオは見事に侵入を果たす――という犯罪行為である。

ちなみにその吸血鬼さんは泣きながら帰宅した。

そのうち辞めるかもしれない。明日は我が身である。

「ところでティオ、カメラの調子はどう?」

「え?　はい、そこそこばっちりですよ」

ティオは首から提げたカメラをいじいじする。メルカ曰く「あんたも鼻以外の技能を身につけなさい!　今回はカメラマンとしての経験を積んでもらうわ!　戦場カメラマン・ティオの誕生よ!」――迷惑極《きわ》まりない話である。ティオはカメラをメルカのほうに差し出して、

「ちょうちょの写真をとりました」

「ちょうちょで飯が食えるかっ!」

べし、と頭を叩《たた》かれた。理不尽である。ちょうちょを食うなんて想像もしなかった。

「いい?　あんたが撮るのはスクープよ!　もしアマツ・カルラの写真を撮り損ねたらお前の耳と尻尾《しっぽ》を一週間モフモフしてやるからね!」

「あまつ……?　あまつ……」

「カルラよ!――まさか忘れたの?　天照楽土《てんしょうらくど》支局からの情報によれば五剣帝《ごけんてい》アマツ・カルラがムルナイト帝国を目指して出発したのは確実。きっと世紀の大密約が交わされるに違いないわ!　こんな一大スクープを逃したら記者として、いいえ生物として失格よ!」

そういえばそんなこと言ってたなー、とティオは思う。

「あ、そうだ」

ティオは撮影した写真を投射魔法で空中に映し出していく。なんだかんだでカメラを使うのは面白《おもしろ》かったのでたくさん撮ってみたのだ。宮殿の裏で接吻《せっぷん》をしている法務大臣と教育大臣の写真、突風でスカートがめくれあがった瞬間のフレなんとか将軍の写真、木陰《こかげ》でこっそり仮面を外しているデルなんとか将軍の写真。まあこれらは不要なので消しておこう。

たぶん重要なのはこれだ——そう思ってティオは一つの写真をメルカに見せた。

「この人ですか、もしかして」

「え?」

メルカの目が点になった。和魂《わこん》種らしき少女を激写したものである。

「三時間くらい前にあそこの建物に入っていきましたけど……」

「——バカたれぇッ! 見つけたなら教えなさいよッ! でもでかしたわッ!」

べし、と頭を叩かれた。褒められたのに叩かれるなんて理不尽である。よし辞めよう。

「写真の背景に宮殿の柱が写っているわね。これでアマツ・カルラが使者としてムルナイトにやってきたという証拠は押さえられたわ! あとは目的だけど——」

そのとき、宮殿の渡り廊下を大急ぎで走っていく少女の姿が見えた。

赤い軍服を身にまとった小さな吸血鬼。いくら他人に興味がないティオでも知っている。最近世間を騒がせている殺戮《さつりく》将軍、テラコマリ・ガンデスブラッドだ。好きなことだけやって

お金もらえるなんて羨《うらや》ましいなあ、とティオは思った。メルカがニヤリと笑い、

「なるほど、やはりテラコマリ・ガンデスブラッドが関係しているのか。飽きさせないわねあの吸血鬼は！　さあティオ行くわよ、全世界の度肝《どぎも》を抜くような盗撮をしてやりなさい！」

「盗撮って犯罪じゃないのかな……」

疑問に思うティオだったが深く考える時間はなかった。

メルカに強引に腕を引っ張られ、生垣の裏を伝いながら会談が行われるであろう建物へと近づいていく。トイレ行きたいのに行けてない。どうしよう。

☆

アマツ・カルラという少女は私が初めて見るタイプの子だった。

ムルナイト宮殿『血反吐《ちへど》の間』の高級ソファに黒髪の少女が腰かけている。ひらひらとした衣服は天照楽土の民族衣装〝着物〟だろう。物静かに原稿を読み進める様《さま》は一枚の絵のように美しい。凛《りん》とした瞳《ひとみ》にはちょっと冷たい印象を抱いてしまったが――

いや。観察している場合ではない。ごめんなさいって言わなければ。

ふと気づく。彼女の対面に――つまり私に背を向ける形で見覚えのある金髪が座っている。

「皇帝……？　なんでいるの？」

「おお！　やっと来たかコマリ。あまりにも待ちくたびれたのでアマツ・カルラ氏と一緒にコマリの寝床へ侵入しようかと思っていたところだ」

ムルナイト帝国の皇帝カレン様である。見た目だけなら大国の主といった感じだが内面は変態メイドや第七部隊の連中をはるかに超える奇人であるため近寄るのは非推奨。

ところが皇帝は一ミリの遠慮もなく近づいてきて私の手をモミモミし始めるのだった。

「おや、少し日焼けしたかね？　よっぽど海が楽しかったみたいだな」

「それほどでもない。私以外のみんなは大はしゃぎしてたけどな。あと手をはなせ」

「コマリも大はしゃぎしていたと聞いたが？」

「私はいついかなる時も冷静な賢者なんだぞ？　たかが海ごときで浮かれるわけもない」

「そうかそうか。実はヴィルヘイズに頼んでコマリの写真を撮ってもらっていたのだが」

皇帝は数枚の写真を私に見せてきた。

めっちゃ笑顔で浮き輪を片手に走り回っている私の写真。めっちゃ笑顔でサクナに水をかけまくっている私の写真。めっちゃ笑顔でサクナに抱き着いている私の写真。めっちゃ笑顔でVサインしている私の写真――

「…………はっはっは。これは捏造《ねつぞう》だな」

「捏造ならば皆に見せても問題はないな」

「やめろおおおおおおおおおおおお!!」

私は皇帝に飛びかかった。飛びかかった瞬間抱きしめられて身動きを封じられてしまった。そうして悪辣《あくらつ》なる罠《わな》にかかったことを理解した。

「いきなり抱き着いてくるほど朕《ちん》が恋しかったのか？　きみは可愛《かわい》いやつだなぁ」

「違うそうじゃない！　は、な、せえええ――――っ！」

「うおっと」

私は皇帝を力任せに突き飛ばして死ぬ思いで距離を取った。変態皇帝はニヤニヤしながら写真をひらひらさせている。……くそ、なんであんな写真が残ってるんだよ！

「おいヴィル、いつの間に盗撮したんだ？　肖像権ってものを知ってるか？」

「申し訳ありません。でも夢中すぎて私に気づかないコマリ様が悪いのです。あとピースしてるやつは『撮りますよ～』って言ったら笑顔でポーズを取ってくれたやつです」

「私のばかあああああああっ！」

本当に馬鹿《ばか》である。これでは希代の賢者としてのイメージが損なわれてしまうではないか。

なんとかして写真を回収しなければ――と思っていたら、

「――ガンデスブラッドさんは、楽しい方ですね」

まるで風鈴の音のように清涼な声――しかし明らかに皮肉の色を含んだ声だった。

思わず振り返った。アマツ・カルラが真面目な表情でこっちを見ている。なんだか棘《とげ》のある視線だったが、そりゃあそうだとしか言いようがない。三時間も遅れたうえに相手をほったらかして大騒ぎしていたのだから。顔から火が出そうである。

和魂の少女はテーブルの上に置かれた私の痴態写真を見て笑った。

「あら可愛い。ご旅行ですか？」

「そんなところだな。核領域の海に行ったんだ」

「へえ。こんなに可愛いんですから恥ずかしがることはありませんよ。大騒ぎして私との会談を遅らせる必要もありません」

「……う、うむ、そうだったな。すまない」

「ふふ。本当に愉快な方ですねガンデスブラッドさんは」

「でしょう？　コマリ様は本当に愉快で可愛いお方なのです」

皮肉を理解しろ変態メイド。着物の少女は引きつったような笑みを浮かべ、

「失礼。ガンデスブラッドさんが想像していた人物とは違ったので、つい」

「そ、そうか。想像よりも覇気《はき》に満ちているだろう？」

「ええそうですね」

カルラは素っ気なく言って立ち上がった。

しゃん、と涼やかな音がした。

彼女が手首に巻いているリストバンドに鈴がついているのだ。

外国ではああいうのが流行《はや》っているのだろうか。

「――ご挨拶《あいさつ》が遅れてごめんなさい。私は天照楽土五剣帝が一柱、天津迦流羅《あまつかるら》。十五歳。ゲラ＝アルカ共和国の動向について議論させていただきたく参上いたしました。よろしくお願いします、ガンデスブラッドさん」

気品のある所作《しょさ》で一礼をする。

五剣帝。つまり核領域で人を殺しまくっている人種というわけである。

どうでもいいが将軍の呼び方は国によって異なるらしい。八英将《はちえいしょう》、七紅天《しちぐてん》、六凍梁《ろくとうりょう》、五剣帝《ごけんてい》、四聖獣《しせいじゅう》、三龍星《さんりゅうせい》。頭につく数字がでかければでかいほど国家の擁《よう》する将軍の数が多いわけで、つまり軍事力が高いわけで、ここから考えられることは「八」とか「七」とかついてるところは言い訳のできない脳筋国家ということである――ってこの前本で読んだ。

とりあえず立ったままでは落ち着かないので私はソファに座る。

正面にカルラ、隣に皇帝陛下、背後にヴィル。私は将軍のオーラをまとって開口した。

「さて。長時間待たせてしまって申し訳ない。こちらにも色々あってな」

「睡眠は大事ですものね。しかしあなたに会うことを待ち望んでいる人の気持ちも少しは考慮していただきたいものです」

「ごめんなさい……」

何も言い返せなかった。ネリアとは別の意味で怖い。カルラは不機嫌《きげん》そうに眉根《まゆね》を寄せて、

「とはいえ過ぎたことに思いを巡らせるのは建設的ではありません。三時間も浪費してしまっ

たので単刀直入に申し上げましょう——私がこの国を訪れた目的は同盟のためです」

「同盟……?」

「はい。我々天照楽土とムルナイト帝国の利害は一致しています。先日行われた七紅天闘争を思い出してください。あのイベントの終盤、ガンデスブラッドさんはゲラ＝アルカに不法入国して領土の一部を不毛の大地に変えました」

「あれ隕石《いんせき》だろ」

「隕石ではありません。新聞によって六国中に知れ渡っていることです。——あれはガンデスブラッドさんがやったことで間違いはないですよね、皇帝陛下」

「間違いないな」

明らかに間違っている。どいつもこいつも六国新聞を信用しすぎなのだ。

しかしまあ、私が最強の吸血鬼であるという噂《うわさ》が広がるのに貢献してくれているのだから大目に見ておこう……いや大目に見ていいのか……?

「つまりムルナイト帝国とゲラ＝アルカ共和国の関係は最悪の状態になっています。以前から両国間の空気には張り詰めたものがありましたが、ガンデスブラッドさんのおかげで引き金が引かれてしまったと言っても過言ではないでしょう。エンターテインメントではない戦争が起こるのも時間の問題かと思われます」

「確かにそうだな。ムルナイト帝国とあの国はとことん仲が悪いのだ。やつらが〝アルカ王国〟

から〝ゲラ＝アルカ共和国〟に変わって以降、つまりマッドハルトが大統領になってから、水面下で行われる領土の奪い合いが常態化している。まったく小賢《こざか》しくて困るな」

え？　ゲラ＝アルカって王国だったの？――私の疑問を正確に察知したらしい、ヴィルが耳元で囁《ささや》いて説明してくれた。

「かの国は五年前に共和制に移行しております。現在の大統領、マッドハルトが革命を起こしたのです。当時アルカ王国の将軍だった彼は軍隊を率い、王族や貴族を捕縛《ほばく》し、大規模な選挙を開催して見事当選。それ以来大統領として国政をほしいままにしているそうです。ちなみにゲラ＝アルカの〝ゲラ〟はマッドハルト大統領のファーストネーム」

へー。また一つ勉強になった。それにしても自分の名前を国名にするってすげえな。もし私が皇帝になったらコマリ帝国とかになるのかな。嫌すぎるな。

「いずれにせよ衝突は不可避。おそらくゲラ＝アルカのマッドハルト大統領は近いうちに何かを仕掛けてきます。手を拱《こまね》いていれば多くの民《たみ》が犠牲になるでしょう――そこで」

しゃん、と鈴の音が響いた。カルラは自分の右手を胸に当ててこう言った。

「我々天照楽土と同盟を結びませんか？　心強い味方――と言い張るほど自惚《うぬぼ》れてはいませんが、必ず貴国にとってプラスとなる働きをするつもりです」

「面白い……だが何を考えている？　我々と同盟を結んできみの祖国に何の得がある」

「皇帝陛下もご存じでしょうが、天照楽土もゲラ＝アルカ共和国とは犬猿の仲なのです。彼らは核領域に軍隊を展開して虎視眈々《こしたんたん》と我が国を狙《ねら》っている。放っておけません」

「なるほどな。手を取り合って共通の敵に立ち向かおうというわけか」

「はい。——いえ、正直なところを申し上げますと立ち向かう必要はありません。我が国は無益な争いをしない主義なのです」

え？　今なんて言った？

「というより争いそのものが無益です。人と人とが傷つけ合うのは野蛮で卑俗で徒爾《とじ》もいいところ、そして何より無粋《ぶすい》の極み。我々は何故《なぜ》言葉を持っているのでしょうか？　己《おのれ》が武威《ぶい》を喧伝《けんでん》するため？　相手を罵詈雑言《ばりぞうごん》で貶《おとし》めるため？　違います。他者と分かり合うためですよ」

おい。まさか、この人って——

「つまり我々から攻めることはしません。天照楽土とムルナイト帝国が同盟を結ぶことによってゲラ＝アルカが容易に手出しできないよう牽制《けんせい》するのです。相手を殲滅《せんめつ》するための同盟ではなく戦いを起こさないための同盟です。殺し合いほど無駄なことはありませんので」

「なかなか面白い考えだな。……一つ気になるのだが、きみはそれほど争いを嫌っているのに何故将軍などという血生臭い職に就《つ》いているのだ？」

「それは……事情があるのです。誰も彼もが好きで将軍をやっているわけではありませんよ」

「だよな!!」

私は全力で同意してしまった。カルラが「え？」とびっくりしたように瞬《またた》いた。

しまった。私が将軍やめたいと思っていることがバレたらまずい。――しかし。しかしである。このアマツ・カルラという少女、もしかしたら世にも珍しい話が通じるタイプの人間かもしれない。もっと注意深く観察して相手を見極《みきわ》めよう。じーっ。

「と、とにかく。天照楽土はムルナイト帝国と対ゲラ＝アルカ同盟の締結を所望《しょもう》します。基本戦略は『相手を牽制すること』『有事の際に協力し合うこと』。向こうが不法な戦争を仕掛けてきた場合、互いに連携して敵を殲滅します」

「先制攻撃はしないというわけか」

「エンタメ戦争でもないのに先制攻撃をしたら確実にこちらが悪者です」

「なるほどなるほど。――だ、そうだ。どうするコマリ」

「ふぇ？」いきなり話を振られて困惑してしまう。「ど、どうするって聞かれても。皇帝が決めることじゃないの？」

「本当はそうなのだがな。この程度の話ならばコマリが決めてしまって問題あるまい。今のうちに己の決断一つで国家の命運が左右されるという状況に慣れておきたまえ」

「そんな重大ごとを私に任せるなよっ！」

「何事も経験さ。――というわけでアマツ・カルラよ、交渉はコマリにバトンタッチだ」

「わかりました」カルラは私の目をまっすぐ見据《みす》え、「ガンデスブラッドさん。今回私があなたに面会を求めた理由は、あなたの力が必要だからです。あなたの為人《ひととなり》や趣味嗜好はわかりません――しかしあなたには絶対的な力がある。私と同じくらいの絶対的な力が」

「カルラってそんなに強いの？」

「………………」

一瞬の間。……なんで間？

「……いきなり下の名前ですか？」

「ご、ごめん」

「まあよいですけど。――私は強いです。見栄や誇張ではなく客観的な事実としてこの世の誰よりも強いという世間的な評価があります。だけどガンデスブラッドさんも強い。手を組むに値するほどの烈核解放《れっかくかいほう》を持っている。あなたの力があれば強大な抑止力《よくしりょく》になるでしょう」

「そ、そうだな。私も最強だからな」

「最強は私ですけどね。とにかく改めてお願いをいたします。私と一緒に、世界を平和にしませんか？」

鈴の音とともに右手が差し出される。

私は悩んだ。国家の命運を左右するとか言われてしまったら躊躇《ちゅうちょ》するに決まっている。

だが――カルラの真剣な表情。そして『争いなど無益』と言ってのける正義感。外見にはちょっと冷たい雰囲気があるけれど、この子は本気で世界平和の野望に燃えているのだ。

「カルラは……戦いなんてなくなればいいと思っているのか？」

「当たり前ですよ。……あまり人に理解される思想ではありませんけれどね」

「わかった」

私は彼女の手を握り返していた。何故なら私は平和を愛する正義の吸血鬼だからだ。戦いが嫌いだと主張する子がいたら全力で賛同するに決まっている。たとえ彼女の裏にいる偉い人たちが陰謀を張り巡らせていたとしても、まずはこの少女のことを信じてみよう。

「カルラの考えは素晴らしいと思う。一緒に頑張ろうじゃないか」

「え……は、はい。ありがとうございます」

しゃん、しゃん、と二回鈴が鳴った。

同盟成立である。今更ながら私はとんでもない決断をしたのだな――と胃が痛くなるような思いになった。だが後悔はしていない。そうするべきだと思ったからだ。

「さ、さて！　新しい仲間が増えた記念に、ご飯でも食べに行くか？　いいオムライス屋さんを知ってるんだ。待たせてしまったお詫《わ》びといってはなんだが私が奢《おご》ろう」

「ありがとうございます。しかしその前に作戦を練りましょう」

そう言ってカルラは風呂敷《ふろしき》の中からアルバムらしきものを取り出した。

「これにはゲラ＝アルカ共和国に関連する機密情報が入っています。同盟成立ということで共有いたしますが……くれぐれも内密にしていただけるようお願いします」

「う、うん」

「ゲラ＝アルカには八人の大将軍がいます。その中でも最も注意すべきなのがこの方です」

カルラが取り出したのは見覚えのある少女の写真だった。

桃色のツーサイドアップが印象的な〝月桃姫《げっとうき》〟である。噴水の前に立って笑顔でダブルピースしている。どういうシチュエーションなのだろう。可愛いけどあいつのキャラが摑《つか》めない。

「ネリア・カニンガム。おそらく共和国で最強の翦劉《せんりゅう》ですね」

「そんなに強いの？」

「戦ったことはないのでわかりかねますが、エンタメ戦争において無敗だとか」

「わ、私と同じだな！」

「私とも同じです。——とにかくこの月桃姫の動向には要注意です。彼女はマッドハルトの忠実なる部下だそうです。何か仕掛けてくるとしたら最初に動くのはネリア・カニンガムで間違いないでしょう。我が国の忍者が調査したので確実です」

「なるほどなあ。でも動くといっても具体的に何をしてくるんだ？」

「普通に戦争を仕掛けてくるとは考えにくいでしょう。これをご覧ください」

さらに新しい写真がテーブルの上に置かれる。

またしても見覚えのあるモノだった。青い空の下にピンと屹立《きつりつ》する真っ黒い塔……ん？

これってメラコンシーが爆破《ばくは》したホテルじゃね？

「ゲラ＝アルカ共和国が核領域フララール州に造営しているリゾート施設〝夢想楽園〟です。

この黒い塔はホテルですが、他にもカジノや温泉もあるそうです。オープンは今年の冬」

じゃあ私たちはオープン前に招待されたのか。得した気分。いや冷静に考えたら大損だ。

「ゲラ＝アルカの観光省によれば夢想楽園は『六つの種族が等しく優雅な時間を過ごせる夢の楽園』だそうです。しかし騙《だま》されてはいけません。常《つね》に争いの火種を撒《ま》いている野蛮国家がこんな平和ボケした戯言《ざれごと》をほざくなどおへそでお茶を沸かすようなお話です。そもそも核領域を占拠して勝手に行楽地を作ること自体が違法ですからね」

「違法はよくないな。ちゃんと皆に許可をとらないとな」

「違法にリゾートを開発するのは確かに問題ですが、それ自体はさして重要ではありません。注意すべきなのは夢想楽園の近くにゲラ＝アルカ軍の基地があることです」

そう言ってカルラは新しい写真を取り出した。確かに基地っぽいものが写っている。第七部隊の連中が奇襲を仕掛けた場所だろう。何故奇襲を仕掛けたのか微塵《みじん》も理解できない。

「この基地の管轄《かんかつ》がどの部隊なのかは判然としませんが、近頃《ちかごろ》はネリア・カニンガム将軍の部隊が駐屯《ちゅうとん》しているらしいです。——いずれにせよ観光地にこんなものを造営する必要はありません。やつらは確実に何かを企《たくら》んでいるのです。そして我々は尻尾をつかみました。忍者の目撃情報によれば、翦劉種の一団がこの夢想楽園に大量の武器を運びこんでいたとか」

「武器？」

「はい。おそらくは神具です」カルラは脅《おど》かすような口調で言った。「ご存じかと思いますが、神具とは魔核の効力を無視して人を殺傷する非人道的な道具です。こんなものを粛々《しゅくしゅく》と用意している時点でゲラ＝アルカ側に〝遊びではない戦争〟を行う意図があることは明白です」

「……本当に神具なのか？」

「我が国の忍者が調査したので確実です。ゲラ＝アルカはリゾートを隠《かく》れ蓑《みの》にしてナニカを実施しています。そしてそのナニカは我々にとって確実に害となるでしょう。——私の予想では、この夢想楽園を軍事拠点として核領域支配に乗り出すのではないかと思っていますが」

　では何故ネリアは私たちをそんなワケあり施設に招待したのだろうか。

どう考えても国家機密だろうに。しかもかなりダークな部類の。

「我々が優先するべきはこの夢想楽園の調査です。天照楽土とムルナイトで協力して斥候《せっこう》部隊を出して視察を行います。そして彼らが殺戮兵器を蓄えていることを突き止め六国に暴露するのです——ゲラ＝アルカはこんな危険なモノを隠し持っていたのだぞ、と。そうすれば確実にマッドハルトは非難され、退陣に追い込まれることでしょう」

「破壊とかしなくていいの？」

「我々の基本方針は先制攻撃ではなく専守防衛ですよ？　下手に刺激してやつらに反撃する大義名分を与えてしまったら台無しじゃないですか。どうにもならなくなってしまいます」

「は、ははは！　そうだよな！　最初に攻撃するなんてアホのすることだよな！　私たちの目的は世界平和なのだからな！」

「その通りです。ガンデスブラッドさんは意外と話のわかる方ですね」

たらりと冷や汗が垂れた。もしかして――私はとんでもないことをしてしまったのでは？

どうしよう。しらばっくれたら後で怒られるかな。あのホテルがぶっ壊れたのは台風が上陸したからということにしようかな。

カルラは静かに緑茶を啜《すす》ってから私の目を見据えた。

「――正直、新聞で報道されるあなたの情報を見ていると、好戦的で殺意に満ち溢《あふ》れた蛮族という印象しか抱けませんでした。しかし実際に会ってみるとそんなことはないようですね。あなたは――もしかしたら、私以上に〝和〟を愛しているのかもしれません」

私はきょろきょろと辺りを見渡した。聞き耳を立てている部下はどこにもいない。

「そ、そうなんだよ。……実はだな、私は平和が大好きなんだ。世間では戦争大好きっ子みたいな扱いになってるけど、あれは大嘘《うそ》だ。本当は争いなんかなくなればいいと思っている」

「なるほど。やはり人の本質は言葉を交わしてみなければわからないものですね。これからも良き関係を続けていきたいものです」

「うむ！　こちらこそよろしくお願いし――」

「閣下!!」

バン！　と扉が開かれた。私は一瞬にして流れが変わったことを理解した。

そこにいたのは第七部隊の自称参謀・カオステルである。こいつのせいで何度死にそうな目

に遭《あ》ったかもわからない。彼は右手に手紙らしきものを携えながら私のほうを見て、

「ゲラ＝アルカから第七部隊宛てに書簡が届いております。取り急ぎご確認ください」

「ま、待ちたまえ。いまは他国の要人と会談中だ。あとで確認しよう」

「ですが差出人はネリア・カニンガムとなっております。おそらく復讐戦の申し込みかと」

「――復讐戦？」

カルラがぴくりと眉《まゆ》を動かした。私は慌《あわ》てて取《と》り繕《つくろ》った。

「じ、実はネリアとは知り合いなんだ。こないだ一緒にトランプしたんだけど、負けたのがよっぽど悔しかったみたいだな。あいつは負けず嫌いなところがあるからな」

「そのようですね。我が第七部隊の活躍によりネリア・カニンガムの部隊は壊滅したも同然。復讐したくなるのも道理です。しかし閣下、恐れる必要はありません！　次もやつらの軍を粉微塵《こなみじん》に粉砕してムルナイト帝国第七部隊の恐ろしさを思い知らせてやりましょう！」

私は笑顔のまま固まってしまった。カルラも笑顔のまま固まっていた。

「……ガンデスブラッドさん？　どういうことですか？」

「ふ、普通の戦争だよ。こないだネリアの部隊とヤり合ったんだ」

「そんな公式記録は存在しませんが？　あとトランプの話はどうなったのですか？」

「はっはっは。事態があまりに複雑すぎて言語化するのは不可能だな。でもここにいるメイドのヴィルヘイズは超がつくほど賢いから上手《うま》いこと要点をまとめて説明してくれるらしい。よ

しヴィル、上手いこと説明頼んだぞ。上手いことな」

「コマリ様は先日ネリア・カニンガムの部隊を奇襲して壊滅させたのです」

「もっと上手いこと言ってよおおおおおおおおお!!」

直接的すぎるだろうが⁉　いや言ってることはただの事実なんだけどそれじゃあ私が掛け値なしのバーサーカーみたいに聞こえてしまうではないか！——という杞憂《きゆう》は現実のものとなった。カルラの額から「ぶち」という音がした。切れてはいけない何かが切れた音である。

「……ガンデスブラッドさん。あなたは私に嘘をついていたのですか？」

「嘘じゃない！　ヴィル、今度こそ上手いこと説明してくれ頼むから！」

「承りました」ヴィルは優雅に一礼をして語り始めた。「——先日コマリ様率いる第七部隊はネリア・カニンガム様から核領域フラール州のリゾート地帯、夢想楽園に招待されました。先方の目的は『コマリ様を世界征服計画の仲間に誘うこと』。やつらは恥知らずにも六国を征服して世界を混沌《こんとん》に陥《おとしい》れようと画策していたのです。もちろん我々がこのような邪悪な誘いに乗るはずもありません。義憤に駆られたコマリ様は隊を動かしやつらの基地に進軍しました」

「進軍⁉　進軍したんですか⁉」

カルラが目を丸くして立ち上がった。私は畑に佇《たたず》むカカシの気分になった。もう無理だ。

「はい。そして敵の部隊を皆殺しに」

「皆殺し⁉」

「ついでに夢想楽園のホテルを爆破」

「ば、ばくは……」

「そうして我々は激怒《げきど》したネリア・カニンガムの追撃を華麗に躱《かわ》しながらムルナイト帝国に帰還しました。以上」

「…………………」

カルラは瞠目《どうもく》して言葉を失っていた。皇帝は素知らぬ顔で緑茶を口に含み、カオステルが満足そうに胸を張り、私はトイレに行こうと席を立ったのだが変態メイドにがっちり肩をつかまれて強引にソファに座らされて「落ち着いてください」とモミモミ肩もみをされた。

カルラも座った。

しばらくわなわなと震えていた彼女だったが突然だーん！　と立ち上がり、

「——あ、あなたはいったい何を考えているのですかッ！　よりにもよって先制攻撃を仕掛けるなんて……！　平和主義者というのは偽《いつわ》りだったのですか⁉」

「偽りではない！　私は——」

いやちょっと待て。カオステルがこっちを見ているぞ。このまま本心を貫けば下克上される可能性が捨てきれない。いやいやちょっと待て。ここで「私は戦争大好きですよ」などという虚勢を張ってしまったらカルラとの関係が最悪になるではないか。冷静になれテラコマリ。ひとまず平和主義者を貫いておいて後でカオステルに「あれは敵を騙すための演技だったのだよフフフ」みたいな感じで説明すればいい。完璧《かんぺき》だ。完璧すぎる。

「落ち着きたまえカルラ。私は平和を愛する――」

「失礼します閣下！」『アルカが仕掛けてきたって本当ですか！』『さっそく出撃ですね！』『おっしゃ腕が鳴るぜええ！』『戦意高揚《こうよう》の舞を舞おう』『ウッ！　俺《おれ》の左手が疼《うず》く』――

…………。

……。

呼吸を整えてから私はカルラのほうを見据え、

「――私は平和を愛する者の心など理解できない殺戮主義者だ！」

「やっぱりそうだったのですか⁉」

「そうじゃない！　そうだけどそうじゃない！」

「六国新聞に書いてありました。あなたは本当に全世界をトマトジュースで水没させるつもりだったのですね……！」

「オムライスはまだしもそんなこと言った覚えねえよ⁉　嘘に決まってるだろ！」

「閣下、嘘なのですか？」

「本当に決まってるだろ！　世界はいずれトマトジュースに包まれるだろう！」

「わけがわかりません！」

「私もわけわかんねえよ！――そうだ、ネリアの手紙をまだ読んでないだろ！　もしかしたら『許してあげる』って書いてあるかもしれないじゃないか！　ちょっと貸してくれ」

カオステルの手から手紙を引っ手繰《ひたく》る。ヴィルから手渡されたハサミでちょきちょきと丁寧に封を破る。中身を広げてみんなに見えようにテーブルの上に置いた。


『拝啓　許さねえ』


「だよなやっぱり!!」

「ほらご覧なさい！　やはりあなたはゲラ＝アルカと全面戦争するためにネリア・カニンガムを挑発したのでしょう⁉　でなければこんな作法もへったくれもない憎悪に満ち溢れた手紙が届くはずもありません！　つまりあなたは戦《いくさ》を望んでいるのです！」

「いいかカルラ、これにはワケがあるんだ。後で二人きりでゆっくり話そうじゃないか」

「ふ、二人きり？」なぜかカルラは異様に驚いたような顔をした。「……いったい何を考えているのですか？　ネリア・カニンガムに奇襲をかけるようなお方が……」

「――闇討《やみう》ち、ですかねぇ」

「おいカオステル黙ってろ!!　違うんだ、誤解なんだ！」

「ええ。完全なる誤解だったようです」カルラが冷たく言い放った。「あなたは平和主義者などではありませんでした。本心がどうであれ結果だけを見ればあなた自身が争いを招いているのは確かなのですからね」

「ぐ……」

それに関しては何も言い返せなかった。直接のきっかけは私じゃないけど。

カルラがにわかに耳に手をあてる。どこからか通信が入ったのだろう。

「――たった今報告がありました。どうやら夢想楽園のホテルは本当に破壊されているそうです。これで裏は取れましたね。申し訳ありませんが、同盟は白紙に戻させていただきます」

「な、なんで……？　一緒に世界平和を目指すんじゃなかったのか……!?」

「すでに我々の基本方針である専守防衛作戦は破綻《はたん》しました。夢想楽園の警備も強化されるでしょうから調査も難しくなるでしょう。貴国と組めば天照楽土にまで被害が及《およ》びます。そして何より――あなた方のような後先考えずに突っ走る吸血鬼と連携できるとは思えません。ムルナイト帝国は野蛮な国家だということがわかりましたので」

絶望してしまった。なんだこの破滅的なすれ違いは。

言うまでもないが私は戦争なんて大嫌いだ。そしてカルラもおそらく私と同じ思いを抱いている。だのに周りにいる連中のせいでお互い胸襟《きょうきん》を開いて話すことができない。こんな理不尽あってたまるか――と歯痒《はがゆ》い思いを味わっていたところ、

「――聞き捨てならないな」

びくりとカルラの全身が震えた。私は驚いて隣に視線を向ける。

金髪巨乳美少女がいつものように不敵な笑みを浮かべながら――しかし稲妻を思わせるような威圧感を漂わせてカルラを見据えていた。明らかに怒っていた。

「いきなり同盟を持ち掛けてきておいて、いざ決裂となったら野蛮国家扱いか？　なかなか勝手な振る舞いをしてくれるではないか天照楽土の使者様よ」

「い、いえ。べつにそんなつもりは……」

「そう怖がることはない。――だが同盟を白紙に戻すということはつまり、天照楽土は我々と敵対するつもりだという理解でよいのだな？」

「えっと、その、――敵対ではありませんが、我々はあなた方と組むことはできません」

「なるほどな。確かに侮辱《ぶじょく》をしてくれた時点で同盟も何もない――さて。いくら無礼千万《ぶれいせんばん》を働いてくれた世の道理も知らない小娘とはいえ、他国の使者を粗雑に扱って粗雑に送り返すのは愚にもつかない野蛮行為である。が、アマツ・カルラ氏曰くムルナイト帝国は野蛮人の国だそうだ。ならば彼女のお望み通り野蛮なおもてなしをさせていただこうではないか」

　皇帝が激怒の波動をまとっていることはわかる。しかし言ってることが回りくどくて理解できなかった。カルラの顔がみるみる青くなっていく。

「そ、そうですか。でもおもてなしは十二分にしていただきました。私はこれにてお暇《いとま》させていただきます」

「そうかそうか。お客様はお帰りか。――コマリ」

「ふぇ？　なに？」

「殺《や》れ」

ん？　何をやればいいの？　お土産わたせばいいのかな――と思っていたら、ガタッ!!――と、ものすごい勢いでカルラが立ち上がった。

「ま、まま待ってください。ここで揉《も》め事《ごと》を起こせば国際問題に発展しますよ。それにこの場は天照楽土の魔核の効果範囲外です。死んだら本当に死んでしまうわけで」

「お前は最強なのだろう？　死ぬ心配がどこにある？」

「心配なんてどこにもありません。しかし争いを起こすこと自体が問題であり――」

「コマリ、もう一度命令しよう。ムルナイトを侮辱したその愚か者を殺したまえ」

「え？　……はあああ!?」

殺す？　殺すの!?　何言ってんだこの変態皇帝は!?

どう考えても野蛮行為だしそもそも私に殺せる力があるはずもないんだけど!?

「さあコマリ様！　殺ってしまいましょう！」

「お前まで何言ってんだよ！　私にそんなことができるわけないだろ！」

「さあ閣下！　殺ってしまいましょう！」

「よーしやってやろうじゃないか覚悟しろカルラ！」

私は部下たちに押されるまま前に出た。

やばい。やばすぎる。相手は六国の中でもトップクラスに強いとされる五剣帝だ。私のようなハッタリだけで生きてきた吸血鬼が敵《かな》うとは思えない。というかなんだよこの状況。いきなり殺すってどうかしてるよ皇帝！　ちょっと意見が食い違っただけだろうに！

「ほ、本気ですかガンデスブラッドさん」

カルラが頰《ほお》を引きつらせて私を睨《にら》んでいる。へっぴり腰みたいな体勢になっているが騙されてはいけない。おそらくあれは天照楽土に伝わる〝猛虎の構え〟に違いないのだ。

くそ。今すぐにでも遁走《とんそう》したい。したいけど部下どもが「コマリン！　コマリン！」と大騒ぎしているので逃げられない。ここで逃げたら失望されて下克上されて結局死ぬ。袋小路。

ええい、こうなったら強者アピールをして相手を怖気《おじけ》づかせるしかない！

「カルラよ、言っておくが私は五秒で五百人殺すことができるのだぞ？」

「そ、それがどうしたのですか？　私は五秒で五千人殺すことができますからね」

どうしようヴィル。張り合ってきたよ。勝てる気がしないよ。

「間違えた！　私は五秒で五百人殺した後に追加効果で五万人殺すことができるんだ！」

「追加効果⁉　そんな魔法が……いえ、だったら私も究極の煌級《こうきゅう》魔法を発動させることによって五秒で五千人殺している間にオマケで五万人を殺した後ついでにムルナイト帝国を焦土に変えて人口五千万人を殺すことができます！　さあ私はいったい何人殺したでしょうか⁉」

「知るかそんなこと！　だが煌級魔法なんて発動するのに時間がかかるに決まってるし私ほど

の吸血鬼になれば指一本触れるだけで敵の全身をタルタルソースに変えてエビフライにかけて召し上がることも可能なのだ！　どうだ怖いだろ私の指に触ってみろ！」

「怖いものなどありません！　かつて『殺人全国大会』で優勝した私にかかればその程度のよくわからない魔法など一瞬で消し飛ばすことができるどころか即座に反撃してあなたの身体を蕎麦《そば》粉のように木端微塵《こっぱみじん》にしたあと小麦粉と混ぜて蕎麦にして啜ることも可能なのです！」

「意味わかんねえよ！　そこまで言うならやってみるがいいさ！　ほら！」

「はっ。指一本で私が殺せるものですか！　あなたこそ私の指に触れてみなさい！」

「お前が先に触れろ！」

「あなたが先にしてください！」

「いやお前が――あっ」

背中を押された。押した犯人は変態メイド以外にいない。

バランスを崩した私は体勢を立て直すこともできずに前のめりになる。前のめりになった先には興奮で顔を真《ま》っ赤《か》にしたカルラがいた。

「え？――、」

どしーん！　という効果音が聞こえた気がした。それほどの衝撃だった。気づけば私はカルラに覆《おお》いかぶさるような形で彼女を押し倒していた。

吐息《といき》がかかるほどの距離に和装美少女の困惑顔がある。

一瞬思考停止してしまったが、私の脳はすぐに再起動した。

やばい蕎麦粉にされる！――そう思って慌てて身を引こうとした瞬間、

「き……きゃあああぁぁあ――――――――――っ!!」

「ぐえっ」

いきなりカルラに突き飛ばされた。そのまま背後に尻餅《しりもち》をついてしまったがべつに痛いところはない。身体は蕎麦粉になっていない。いったい何が起きたのかと思って突き飛ばした張本人を見ると、彼女はまるで弓から放たれた矢のような勢いでソファに向かってダイブ。クッションの下に潜《もぐ》り込んでがたがたと震え出すのだった。わけがわからない。

「ち、近寄らないでください！　エビフライなんかになりたくありません！」

「何言ってんだお前」

お前はエビじゃないからフライにされてもエビフライにはなれないぞ。

皇帝が呆《あき》れたように溜息《ためいき》を吐《つ》いて言った。

「落ち着け。お前は天照楽土の命運を背負った使者なのだろう」

「落ち着けません！　あなた方は私を殺したいのでしょう⁉　なんて乱暴な――」

「よく聞けアマツ・カルラよ。殺されたくなかったらムルナイトと同盟を結べ」

「…………」

カルラはソファに顔を埋めたまま無言でいた。

十秒経ってからゆっくりと身体を起こす。その十秒の間に落ち着きを取り戻したのだろう。彼女の表情は最初に見たときのような凛としたものに戻っていた。しかし怯《おび》えた視線をちらちら私に向けてくるのは何故だろうか。まるで殺人鬼でも見るかのような目だ。

彼女は「ごほん」と咳払《せきばら》いをしてからこう言った。

「――仕方ないですね。戦争はするべきではありませんが、避けられないものでもありますからね。あと今思い出しましたが、そもそもゲラ＝アルカ共和国と全面戦争になったとしても翦劉の軍勢なんてこの天津迦流羅の敵ではありません。なぜなら私は最強ですからね」

「で、どっちなんだ」

「承知しました。天照楽土はムルナイト帝国の戦いに協力いたしますわ」

こうして同盟は成立した。

何故そうなったのか全然理解できないが、まあ、世界平和のための一歩を踏み出せたということで喜んでおくとしよう。……本当にどうしてこうなったんだ？

☆

「にゃあああああああああああん！　どぉしてこうなるのおおおおおおおっ！」

カルラは叫んだ。

ベッドの上で魂の叫びをあげていた。

外国の要人は基本的にムルナイト宮殿に宿泊することになる。魔核の恩恵を受けられない者はもっとも安全な場所に滞在するべきである、というムルナイト側の配慮だった。正直言って今すぐ【転移】で帰りたい。でもあの怖い皇帝から「まあゆっくりしていけ」と脅迫されてしまったのでゆっくりするしかない。

そんなこんなでカルラは贅《ぜい》の限りを尽くしたような一室に案内されたわけだが、案内された瞬間ベッドに飛び乗って大絶叫するという奇行に及んだ。及ばねばやってられなかった。

「これでは天照楽土が戦争に巻き込まれてしまいます！　絶対に死んでしまいます！　いえその前に勅命《ちょくめい》を正しく遂行できなかった罪で死刑になるかも……」

天照楽土国主〝大神《おおみかみ》〟から与えられた勅命は簡単である。

――「ムルナイト帝国と同盟を結んでゲラ＝アルカ包囲網を完成させよ。ただしムルナイト側が我々の基本方針に従わなかった場合はその限りではない」。

完全なる失敗だった。やつらが既にゲラ＝アルカに喧嘩《けんか》を売っていたとわかった時点で即・帰宅をするべきだったのだ。しかし吸血鬼どもの脅迫に屈して同盟書に調印してしまった。大神からお預かりした二等玉璽《ぎょくじ》でポンポンはんこを押してしまった。もはや後戻りはできない。というか死刑になるかもしれない。

カルラは枕に顔を埋めてしくしく泣いた。

なんで私がこんな目に。学院を卒業したら京《みやこ》で和菓子屋さんを開業する予定だったのに。天照楽土で一番の甘味職人として名を轟《とどろ》かせる予定だったのに。もう人生めちゃくちゃだ。

「どうして私が使者なんかやってるのよ！　そもそもなんで将軍なんかやってるのよ～！」

「――アマツ家は〝士《し》〟の一族だから」

いつの間にかベッドの横に人が立っていた。影のような黒装束《くろしょうぞく》が特徴的な女の子である。カルラが抱える忍者集団〝鬼道衆《きどうしゅう》〟の長、こはるだった。

「こはる！　主人が死ぬような思いをしていたのにどこをほっつき歩いていたのですか⁉」

「帝都。『血みどろまんじゅう』おいしい」

「そんなものを食べるのはおよしなさい！　お饅頭《まんじゅう》なら私が作って差し上げますから！」

カルラはこはるの手から饅頭を引っ手繰った。小さな忍者は「えー」と不服そうなご様子。しかし不服なのはこっちである。この子はカルラの作ったお菓子を全然食べてくれないくせにゲテモノ料理ばかりを好んで食べるのだ。バカ舌なのかもしれない。

「……カルラ様。同盟、結べた？」

「ええ結べましたとも最悪の形でね！」カルラは手首の鈴をしゃんしゃん鳴らしながら、「本当に最悪でした。私の勘は間違っていたみたいです――テラコマリ・ガンデスブラッドは評判通りの殺人鬼でした！　世界をトマトジュースで包み込むだなんて信じられない！」

「トマトジュースすき」

「レトリックに決まっています。テラコマリは世界を血の海にすると言っているのです。本当にすっごく怖かったんですからね！　あの殺意に満ち溢れた真っ赤な瞳！　いきなり押し倒されたときは死ぬかと思いました。運よく命拾いしましたが確実に寿命が縮みましたよええ」

カルラは溜息を禁じ得なかった。テラコマリだけは話が通じると思っていたのだ。

決定的な根拠はない——しかし彼女の発言には自分と似通ったものが感じられた。なんというか「精一杯虚勢を張ってますよ」みたいな。でもさっき押し倒されたとき、あいつは完全に殺人鬼の目をしていた。こちらが一方的に親近感を覚えていただけだったらしい。

「……はあ。テラコマリは私と同じだと思ったのになあ」

「平和主義？」

「そうです。たとえばあの原稿」

カルラは青髪のメイドから渡された原稿を思い出す。待ち時間が退屈で読破してしまったのだが、なんとあれはテラコマリが書いた小説だったらしい。

「あんなにも甘くて切なくて優しい文章が書ける人間が殺戮の覇者《はしゃ》とは思えません。それくらいに感動しました。主人公の女の子をめぐる三角関係が秀逸で……」

「言葉や文章はいくらでも偽れる」

「そうですね。しかし彼女は行動も私と似通ったところがあるのです。エンタメ戦争におけるテラコマリはただのお人形。自分で戦わないどころか部下に指示すら出さない。てっきり彼女は無用な争いが嫌いなのかと思っていました」

「でもテラコマリはすごい烈核解放を持っている」

「っ――わ、わかっています！　先の七紅天闘争で見ましたから」

「カルラ様みたいなくそザコじゃない」

「それもわかっていますっ！　言わなくたっていいじゃない！」

アマツ・カルラは天照楽土でも指折りの名家の生まれだ。

次代のリーダーとして幼い頃から英才教育を施されてきたカルラはあらゆる分野で優秀な成績を修めてきた――ことになっている。そしてそれは九割事実なのだが、事実ではない一割が致命的だった。カルラには戦闘の才能がこれっぽっちもないのである。弱いのである。弱いのに将軍なんかやっているのである。やりたくないのに親が「アマツ家は士の一族だ」などとほざいてコネの力で五剣帝にねじ込みやがったのである。

ちなみに『殺人全国大会』で優勝したという話は嘘だった。そんな大会この世にない。

権力ってくそだな、とカルラは思う。

「……本当にくそだわ。お兄様が出て行ったのも納得よ」

「覺明《かくめい》おじ様？」

「おじ様じゃなくてお兄様っ！　もう」

カルラのお兄様（正確には従兄《いとこ》）も「やりたくねえやりたくねえ」と愚痴りながら将軍を

やっていた。彼の場合はカルラと違って土に相応《ふさわ》しい実力を持っていたのだが、それでも嫌いな仕事を続けるのは精神的にクるものがあったようで、ある日突然逐電《ちくでん》したきり帰ってこなくなってしまった。そうしてカルラの初恋は頭の中にモヤモヤ吹き溜《た》まる靄《もや》と化した。今でも吹き溜まっているから始末に負えない。いやそんな乙女じみた感情を反芻《はんすう》している場合ではない。

「……まあいいでしょう。たとえムルナイトとゲラ＝アルカの間で戦争が起こったとしても問題はありません。私にはココがありますからね」

カルラはそう言って自らの頭をとんとんと叩いた。

こはるがカルラの頭をコンコンと叩いた。

「よく響く。空っぽ」

「空《くう》は即《すなわ》ち是《こ》れ色《しき》である。私の頭からは無限の策略が湧《わ》いてくるのです——おそらくゲラ＝アルカは最初にムルナイト帝国を狙うでしょう。当然我々は同盟に従ってムルナイトと共闘しなければなりませんが、共闘しなければならないというルールはどこにもありません」

「⁇⁇」

「ムルナイトが援軍を求めてきても『いま忙しいから』と言って無視すればいいのです」

「……カルラ様、やっぱり空っぽだね」

「ふふふ。平和主義者はどんな事態に直面しても戦闘回避の努力を怠ることはありません。この乱世を上手く生きていくためには賢さと往生際の悪さが必要なのですよ」

「でも。ゲラ＝アルカは倒さなくちゃいけない」

こはるの言葉には真剣な色が含まれていた。カルラは思わず考え込んでしまう。

そうだ——天照楽土にとってゲラ＝アルカは害悪でしかない。

かの国との国境沿いでは近年『和魂種失踪《しっそう》事件』なる怪異が発生している。

しかしこれは怪異などでは断じてない。あの鉄の国が張り巡らせた壮大な陰謀なのだ。なぜなら大神の予言で示されたからだ——「ゲラ＝アルカの連中が無法を働いている」、と。ならばゲラ＝アルカが事件の犯人で間違いない。間違いないことにしないといけない。

「わかっていますわ、こはる。天照楽土の民は必ず取り返してみせます」

「夢想楽園。怪しい」

「そうですね——」

カルラはうすら寒いものを感じずにはいられなかった。皇帝との会談ではあえて話題に出すことはなかったが、あのリゾート地帯にはもう一つのきな臭い噂があった。

しばらく張り込んでいた忍者曰く——「夜になると地下から人の声が聞こえる」。

思うに失踪した和魂種は夢想楽園に収容されているのではないか。

だがしかし、それほど非道なことを本当にゲラ＝アルカ共和国がやっているのだろうか。

カルラは己の不安を紛《まぎ》らわせるようにしてこはるの頭を撫《な》でた。

「心配しなくても大丈夫ですよこはる。私は最弱ですが烏滸《おこ》ではない。戦いだけが戦いではないのです。私には私のやり方がありますから」

「勝手なことはだめ。大神さまに叱《しか》られる」

「叱られたって開き直ればいいのです。——さあ、観光でもしたら帰りましょうか。ムルナイトにどんなお菓子があるのか楽しみですね」

しゃん、しゃん、と鈴が鳴る。

カルラは能天気に笑った。嫌なことがあってもすぐ切り替えられるのがカルラの美点である——とカルラ自身は思っている。事実、いやいやながらも将軍職を全うすることができているのはこの美点のおかげなのだから馬鹿にできたものではない。こはるは明らかに「こいつ馬鹿じゃね？」といった感じで馬鹿にしているが気にしてはいけない。

これでも一応、世界平和のための作戦は考えようと努力しているのだ。

しかし、既に事態はカルラの予想を超えていた。

ムルナイト宮殿にいるのは荒くれ吸血鬼だけではなかったのだ。

窓の外。宮殿の庭を飛び跳ねるような勢いで駆けていく二人組の姿がある。

純白の少女と猫耳の少女——六国新聞の記者たちだった。彼女らの執念深い作戦はついに功を奏してしまった。世界を揺るがす一大スクープを入手してしまったのである。

ひ

2.5 ネリア・カニンガムの野望

Hikikomari the Vampire Countess no Monmon

六国《りっこく》新聞　7月22日　朝刊

『ムル天同盟成立　ゲラ＝アルカの基地に進軍開始

【帝都―ティオ・フラット、東都《とうと》―アル・メイヨウ】ムルナイト帝国カレン・エルヴェシアス皇帝は21日、天照楽土《てんしょうらくど》特使五剣帝《ごけんてい》アマツ・カルラ将軍と秘密会談を行った。アマツ将軍は核領域で伸長するゲラ＝アルカ共和国の過激行為に対抗するためムルナイト帝国に同盟を要請。テラコマリ・ガンデスブラッド七紅天《しちぐてん》大将軍を始めとした帝国上層部はこれを受け入れ、史上初のムルナイト―天照楽土同盟が発足した。……（中略）……核領域フララール州に造営中のリゾート施設「夢想楽園」に大量の違法神具が運び込まれていると断定したムル天同盟は、共同軍を編成して侵攻を開始する旨を発表する可能性が極《きわ》めて高いと思われるかもしれない。近いうちに奇襲を仕掛ける模様なのでゲラ＝アルカ共和国の方々は注意が必要だ。

※

ゲラ＝アルカ共和国大統領府。

元首マッドハルトが政務を執《と》り行う建物であり、常日頃《つねひごろ》から官吏《かんり》の出入りが絶えない賑《にぎ》やかな場所であるが、現在は泣く子も押し黙るような物々しい雰囲気に包まれていた。

共和国の武を象徴する最強の翦劉《せんりゅう》・八英将《はちえいしょう》――そのうち七人までが一堂に会しているのである。官邸の大会議場『閃剣《せんけん》の間』にずらりと居並ぶのは核領域で数多《あまた》の敵兵を屠《ほふ》ってきた歴戦の勇士たちだった。ネリアは行儀よく椅子《いす》に腰かけながら同僚たちの顔を見渡してみる。

第二部隊ネルソン・ケイズ。第三部隊オーディシャス・クレイム。第四部隊パスカル・レインズワース。第五部隊アバークロンビー。第六部隊メアリ・フラグメント。第七部隊ソルト・アクィナス。第八部隊隊長は不在。会ったことすらなかった。

こんなやつらの顔や名前など覚えなくてもいい。脳の記憶領域の無駄である。

「――と、いうわけだ。ムルナイト帝国と天照楽土は手を結んで〝夢想楽園〟を破壊するらしい。これは遺憾の意を表明するだけでは終われないな。そうは思わないかね諸君」

上座に腰かける男性――マッドハルト大統領は一同を見渡して微笑《ほほえ》みを浮かべた。

大統領から八英将会議の招集がかかったのは七月二十二日の未明。議題はもちろん六国新聞によってもたらされたムル天同盟の件だった。マッドハルトがどんな決断を下すのか楽しみでもあったが、やはりというか、彼は「やられる前にぶちのめす」の精神を貫くらしい。

八英将どもはこぞって「異議なし」とばかりに頷《うなず》いている。こいつらは大統領の操《あやつ》り人形にすぎない。メッキで塗り固められた偽《にせ》のカリスマに心服しているロクでなしどもだ。

「――大統領！　連中の狙《ねら》いは夢想楽園です。ならば夢想楽園を管理している我々第四部隊が出動するのが道理かと！　この私が吸血鬼も和魂《わこん》も軒並み殲滅《せんめつ》してご覧にいれます」

高らかに宣言したのはトカゲのような顔をした男――第四部隊隊長パスカル・レインズワース。操り人形のくせして一丁前に功名心《こうみょうしん》と自己顕示欲《けんじよく》を持て余している恥知らずだった。

「……レインズワースか。しかし貴様は夢想楽園の管理者でありながらホテルを爆破《ばくは》されているが、あれはどう説明をつけるのかね？」

「は……何度も申し上げましたが、あれはネリア・カニンガムの責任であります」

呆《あき》れてしまった。レインズワースは滔々《とうとう》と責任逃れを始める。

「そもそもテラコマリ・ガンデスブラッド暗殺作戦は私が実行するはずでしたが、すべての責任は自分が取ると広言して作戦の主導権を奪い取ったのは彼女です。ネリアが標的をリゾートに誘い出して暗殺し、私がその死体を地下に運ぶ。しかしネリアはやつを殺し損ねました。殺し損ねたから夢想楽園は被害を受けてしまったのです――確かに私も吸血鬼どもの侵攻を止められなかったという負い目はありますが、過失の九割はネリアにあるかと」

この男――レインズワースはことあるごとに突っかかってくるのだ。しかも何かにつけてはネリアのことを失脚させようとしてくる。たとえば前回、吸血鬼どもが逃走を開始した際、こいつは自分の部隊を動かそうとはしなかった。すべての責任がネリアに帰すことを理解しているからこそ彼らを見逃したのである。

「――そういうわけで私に責任はありません。ここはネリアの尻拭《しりぬぐ》いも兼ねて、私が軍を率いて敵を迎え撃ちましょう。必ずやテラコマリ・ガンデスブラッドを殺害してみせます」

「お待ちくださいマッドハルト大統領」ネリアは冷めた態度を装《よそお》って口を開く。「テラコマリ・ガンデスブラッドを取り逃がしたことは謝罪いたします。ですが、私に汚名返上のチャンスをくださいませんか？　次こそあの吸血鬼を捕らえてみせますので」

「大統領。ネリアはああ言っていますが、はっきり言って彼女では実力不足かと。テラコマリ・ガンデスブラッドの烈核解放《れっかくかいほう》に太刀《たち》打ちできるとは思えません」

「やってみなければわかりません。烈核解放は心の強さに起因するものだと聞きました。私だって心意気では負けないつもりです」

「だがカニンガム。貴様は烈核解放を持っていないだろう？」

「そ、そうですけれど。アルカのために身を砕く覚悟は誰《だれ》よりも――」

「――ふん、何がアルカだ。既に滅びた国だろう」

八英将の誰かが呟《つぶや》いた。それに呼応して続々と陰口が飛び交う。

「悲劇のお姫様気取りか」「あやつも民《たみ》を虐《しいた》げていた王族の一人だろう」「大統領はなぜあんな小娘を八英将にしているのかね」「責任を取って死んでしまえばいいものを」

ネリアは歯噛みした。こんな連中に言われたくはなかった。人の命を笑って消費しているような悪魔どもには——

「お姫様のことはどうでもいいのです。——マッドハルト大統領、どうかご決断を。我々第四部隊に出動命令をお願いします」

「大統領！　レインズワース卿には務まりません。ここは私にやらせてください」

「落ち着きたまえ。パスカル・レインズワースとネリア・カニンガムは、両名とも出動させる予定だ」

場に緊張が走った。さらにマッドハルトは予想外の言葉を続けた。

「それだけではない。今回は八英将全員を動かす。夢想楽園に布陣して敵を迎え撃つなどという生易《なまやさ》しい作戦ではない——こちらから敵を叩《たた》くのだ」

「あなたは何を言っているのですか！　そのようなことをしたら全面戦争に突入します。エンタメ戦争などではない本当の戦争が始まってしまいますよ」

「それが目的なのだよカニンガム。思うに六国は平和ぼけをしているのだ。もともとこの世界は弱肉強食の乱世だったはず。やつらにはそのことを思い出させてやる必要がある」

「なっ……、」

八英将たちは束の間呆気《あっけ》に取られたように黙《もく》していた。しかしすぐに大統領の言葉が頭に浸透していったのだろう、人殺しに似つかわしい真《ま》っ赤《か》な高揚《こうよう》が彼らの瞳《ひとみ》に宿り始める。

「素晴らしいですな大統領！　アルカが最強であることを全世界に示してやりましょう！」

「その通りだレインズワースよ。すべてを破壊する準備は整っている。これを機にムルナイトや天照楽土を徹底的に痛めつけてやろうではないか。目指すは——魔核《まかく》だ」

場がどよめいた。他国の魔核を狙うなど普通の思考ではない。

「だ、大統領。いくらなんでもそれは」

「安心したまえ。私は例のテロリストグループのように魔核を破壊しようなどとは思わない。あくまで魔核の正体の情報を引き出すだけだ」

「な、なるほど……！　魔核の情報をつかんでしまえば我々に逆《さか》らうことはできない。その国はゲラ＝アルカの奴隷にならざるを得ない……！」

「ああ。我々は皇帝や大神《おおみかみ》から魔核のありかを引き出すために進軍する。手始めにやつらの核領域上の支配域を攻撃しようではないか」

「して——狙うはどの辺りでしょう」

「城塞都市フォール。それ以外にあるまい」

有名な街だった。フォールはムルナイト帝国の人々が核領域に出るための港のような場所である。内部には帝国へ通ずる〝門〟がいくつも構築されていおり、これらを押さえて上手《うま》く【転移】の使用権限を書き換えればムルナイト帝国への出入りが自由になる。

「我々は全軍をフォールへ向かわせる。そして城を侵略した後、帝国皇帝に降伏勧告をするのだ。このまま帝都を破壊されたくなかったら魔核のありかを教えろ、とね」

「おお……」

さすが大統領、思いつきもしなかった、希代の名宰相だ――そんな賛辞が飛び交った。

ネリアは再び舌打ちをした。何が魔核だ。たとえフォールを占拠したとしても、そんな国家機密を易々と引き出せるわけもないだろうに。

周囲ではマッドハルトや八英将たちが作戦に関する議論を始めていた。

しかしネリアの頭には入ってこない。右の耳から左の耳へと素通りしていく。

こんな場所に身を置かなければならないことが屈辱だった。

思い返してもみれば、自分の人生はなんと波乱に満ち溢《あふ》れていることだろう。

国王のひとり娘として生まれ、何不自由なく育ったが、ちょうど五年前、当時の将軍マッドハルトの反逆によって王制は崩壊、家族は逮捕され、投獄されてしまった。子供だからという理由で見逃されたネリアは復讐《ふくしゅう》を誓い、ガートルードとともに臥薪嘗胆《がしんしょうたん》の日々を過ごすこと五年、ようやく八英将にまでのぼりつめた。

あと少し。あと少しなのに――マッドハルトを倒すことができない。

やつは夢想楽園というリゾート施設の皮をかぶった〝収容所〟を運営している。自身の政治に歯向かう反逆者を捕らえて収容しているのだ。ネリアは八英将であるが、この施設に立ち入ることを許されていなかった。単純な武力だけではどうにもならない壁がそこにあった。

あの施設にお父さんがいるはずなのに。もうすぐ会えるはずなのに。

「コマリ……」

ネリアに残された手段は外部からの救世主に賭《か》けることだけだった。

先日、ガートルードにコマリ宛ての手紙を出すように命じた。ネリアの本心を赤裸々につづった手紙である。夢想楽園での会話はほとんど偽《いつわ》りだったこと。ゲラ＝アルカの馬鹿《ばか》どもが世界征服を企《たくら》んでいること。コマリの協力が必要なこと――あの手紙を読めば、心優しい彼女は必ずネリアに協力してくれるはずである。

コマリさえいれば事態は好転するはずなのだ。コマリさえいれば――

「――ネリア。とんだ失態だったなあ」

急に声をかけられて顔を上げる。パスカル・レインズワースが気味の悪い笑みを浮かべてこちらを見下ろしていた。ネリアは慌《あわ》てて周囲を見渡す――考え事をしているうちに会議は終わっていたらしい。この場にいるのはネリアとレインズワースとガートルードだけだった。

「……レインズワース卿。会議は終わったみたいですよ。お帰りになったらどうですか？」

「堅苦しい呼び方はやめろよ。俺《おれ》とお前の仲じゃないか」

レインズワースは馴《な》れ馴れしい手つきで肩を触ってきた。ぞわりと鳥肌が立った。

ネリアは思わず立ち上がって半歩後退する。

「――何か用？　お前に構っている暇はないんだけれど」

「はっはっは！　やはりお前は強がっているほうが可愛《かわい》らしい。——だが、その強がりもいつまでもつか見ものだなあ。お前の立場は風前の灯火《ともしび》だぜ」

「お前には関係ない。汚い手で触らないでくれるかしら」

「……なあネリア。もう王国復興なんて諦《あきら》めたらどうだ？」

指が震える。腰の剣に手が伸びる。

「誰もアルカ王国の復活なんざ望んでいないよ。特権階級ってのはな、民から搾取していく人類の癌《がん》みたいなもんだ。いまさら歓迎されるわけもない」

「今だって似たようなものでしょ。マッドハルトはとんでもない暴君よ」

「馬鹿か？　お前の父親のほうがよっぽど暴君だったじゃないか。あいつが白極連邦《はっきょくれんぽう》に国を売っていたことは周知の事実だ。誰も望んでいないんだよ、王家の復活なんて」

「わかっている。だから私は王国復活なんて目指していない。もっとべつの方法で——」

「あー残念だなあ！　お前はこんなにきれいなのになあ！　かつての王侯貴族は今頃《いまごろ》夢想楽園で地獄のような日々を送っているんだぜ？　ワガママばかりだとお前も奴隷に落とされちまうぞ。マッドハルト大統領は残酷だからなあ」

「………」

「まあ安心しな。お前のことは責任を持って面倒見てやるよ。将軍なんてやめて俺のもとで一生平和に過ごしたまえ。——なに、不自由はさせないさ。吸血鬼の国を征服したら、やつらを奴隷にして奉仕させるんだ。一生働かなくたっていい。それがお姫様にはお似合いだ」

「ッ――この、!!」

反射的に剣を抜こうとしたができなかった。ガートルードに羽交《はが》い絞《じ》めにされたからだ。

かわりに怒りを爆発《ばくはつ》させてネリアは絶叫していた。

「――私はッ！　私は腐った人間どもには屈しない！　必ずお前らの悪事を暴《あば》き立ててアルカを変革してやる！　マッドハルトをぶっ飛ばしてやる！　次の大統領は――この私だッ!!」

レインズワースは声をあげて笑った。あまりにも腹立たしかったのでぶん殴ってやろうかと思った。しかしガートルードにがっちり腕をつかまれて身動きができない。

「はなせガートルード！　あいつは殺しておかなきゃ駄目な人間なのよ！」

「駄目です！　殺したらネリア様が殺されてしまいますから……！」

「はっはっは！　せいぜい頑張りたまえ。お前が運命に屈して倒れたとき――そのときは責任をもって可愛がってやるからな」

「死ね！　消えろ！　この人間のクズがぁっ！」

レインズワースは笑いながら部屋を出て行った。

残されたネリアは歯軋《はぎし》りをしながら拳《こぶし》を握りしめる。マッドハルトが民衆から支持を得ているることは理解している――だがそれは虚構にすぎない。武力によって民衆を抑圧しているだけなのだ。そんなことでは真の平和は訪れない。諍《いさか》いの火種が絶えることはない。

――「人は人のために行動しなければならない」。

それは先生からの教えだった。

ネリアは懐《ふところ》からペンダントを取り出した。そこには一枚の写真が収められている。かつてネリアが王族の一員だった頃、宮廷お抱えの写真家に撮ってもらったものだ。

写っているのは幼い頃のネリア。

そして――その隣で微笑んでいるのは、輝く金色の髪が印象的な吸血鬼の女性。

ユーリン・ガンデスブラッド七紅天大将軍。

「……先生。私は負けないから」

「ネリア様」ガートルードが心配そうな顔で見つめてくる。「何があっても私はネリア様の味方です。つらかったら、私を頼ってください」

「ありがとうガートルード。あなたがいれば私は何度でも立ち上がれるわ」

ネリアは忠実なるしもべの頭を優しく撫《な》でる。

この少女はネリアが家族を失ったときからの付き合いだ。いつでもネリアのそばにいてくれる。温かい言葉を投げかけてくれる。この少女の献身に報いなければならない。絶対に諦めるわけにはいかなかった。マッドハルトの野望を打ち砕くために――家族を取り戻すために。

「……ところでネリア様、さっきの会議、聞いてましたか?」

「何よ。全軍出撃するって話でしょ。馬鹿すぎて笑えてくるわ」

「それもありますけどぉ」ガートルードは泣きそうな声で言った。「今回の戦争は単純な一対一じゃないみたいです。八英将だけじゃなくて、こっちも向こうと同じ手を使うんだとか」

「向こうと同じ手……？」

「……はい。あの。これってそーとーまずいことになっちゃいませんか？」

「どういうこと？　あいつは何を――」

そうしてネリアは悟《さと》った。あの男は本当に世界を混乱に陥《おとしい》れようとしているのだと気づいてしまった。ネリアは怒りに任せて椅子を蹴《け》り飛ばし――そうになったが寸前でこらえる。ものにあたるのはよくない。そのかわりに弾丸のように壁際まで駆け寄ると、開け放たれた窓に向かって全身全霊を尽くした叫び声を放つのだった。

「マッドハルトのクソ馬鹿野郎がぁ――――ッ‼」

「やめてください本人に聞かれたら大変ですからぁっ！」

とガートルードが止めてくるが無視をした。あんな野郎はクソ馬鹿野郎に決まっている。

なぜそこまで事態を大きくするのか。いたずらに犠牲を増やすだけではないか。

この国は変えなければならない――ネリアは心の底からそう思った。

[3]

刮目《かつもく》せよ、全世界！

Hikikomari the Vampire Countess no Monmon

　最近なんか色々あった気がする。海でヴィルやサクナと一緒に遊んだり、ネリアに世界征服を持ちかけられたり、敵国の基地を間違って爆破《ばくは》してしまったり、天照楽土《てんしょうらくど》の使者から同盟に誘われたり――波乱万丈としか思えない夏である。

　とはいえ、私には全然関係ないことだ。関係ないと思わなければやっていられない。だから今日も思う存分気持ちよく惰眠《だみん》を貪《むさぼ》ろうではないか――そう思って微睡《まどろ》んでいたのに変態メイドによって叩き起こされてしまった。

「コマリ様、起きてください。お仕事ですよ」

「おしごとぉ～⁉　ばかぁ！　今日は日曜日でしょぉ……」

「ほら、イルカにしがみついている場合ではありませんよ。ゲラ＝アルカが宣戦布告してきたので対策会議です。皇帝陛下や七紅天《しちぐてん》の皆様がお待ちですよ」

「知らないよそんなの……みんなには寝坊だって言っておいてくれ」

「言う必要はありません。全員ここに揃《そろ》っていますので」

「なに寝ぼけたこと言ってんの……」

私は寝ぼけ眼《まなこ》をこすりながら半身を起こした。今日は日曜日なのだ。日曜日の朝に起きている人間なんて人間じゃない。口うるさいメイドにはさっそくお帰りいただこうじゃないか
——そう思って辺りを見渡した瞬間、

「あれ？　夢？」

私を取り囲むようにして見知った顔がずらりと並んでいる。すぐそばにメイドのヴィルヘイズ。その向こうに皇帝陛下。その隣にクレイジー神父のヘルデウス・ヘブン。その隣にブチギレ顔のフレーテ・マスカレール。その隣に仮面をかぶったミステリアスなデルピュネー。一つ空席をはさんで白銀のサクナ・メモワール。もっかい空席をはさんで今度は見知らぬ顔ぶれが連続する。着物の男の人。着物の女の人。そして冷徹な表情でこちらを見つめているアマツ・カルラ。んでその隣は最初に戻って皇帝陛下。

……え？　なんだこれ、やっぱり夢？　どうしてみんな勢揃いしてるんだ？

「コマリ様があまりにも起きないのでベッドごと会議場のテーブルの上に運びました」

「何やってんの⁉」

「それはこっちの台詞《せりふ》ですわガンデスブラッドさんッ‼」

キッ！　という効果音が聞こえてきそうなほどの眼光で睨《にら》んできたのはフレーテだった。我知らずびくりと肩を震わせてしまった。前回の七紅天会議でボロクソに貶《けな》されたせいで本能的にトラウマになっているのかもしれない。

「作戦会議が始まっているのにテーブルの上で寝こけているなど言語道断《ごんごどうだん》です！　やはりあなたには七紅天としての自覚が足りないようですわね！」

「じ、自覚ならある！　夢の中で作戦を考えてきた」

「ほーそれはそれはご立派ですこと！　では是非《ぜひ》ともご高説《こうせつ》を拝聴したいものですわね！　目前《もくぜん》に迫っている敵軍をどうやって退けるおつもりですか⁉」

「ヴィル、私が夢で見た作戦を発表してくれたまえ」

「拳《こぶし》で解決します」

「拳で解決するそうだ！」

「拳で解決できたら苦労しませんわ！」

「拳で解決するのが七紅天の仕事だろうが！」

「そうですけど！　今回は頭も使わなければ勝てない戦争なのですっ！」

「え？　みんなで将棋《しょうぎ》でもするの？」

「なわけあるかァ――――――――――――――ッ‼」

「落ち着きたまえフレーテ。コマリはいま起きたばかりで何も知らないのだ」

皇帝が窘《たしな》めるように声を発した。フレーテは何か言いたげな顔をしていたが、結局「申し訳ありませんでした」と言って口を噤《つぐ》んでしまった。いや冷静に考えたら謝るべきなのは私のほうである。会議卓の上にベッド持ってきて寝てるって何事だよ。舐《な》めてるってレベルじゃ

ねえよ。というか私寝巻きのままじゃん。みんな見てるし、はやく着替えなくちゃ――と今更ながら羞恥《しゅうち》を覚えていると、皇帝が何事もなかったかのように説明を始めた。

「改めて確認しておこう。ゲラ＝アルカは我々ムルナイトと天照楽土の同盟に対して宣戦布告してきた。しかもこれは単なるエンタメ戦争とは言いがたい。やつらは核領域におけるムルナイト帝国領を掠略《りょうりゃく》するつもりなのだ。そして斥候《せっこう》の情報によれば八英将《はちえいしょう》のほぼすべてが実際に動いている。やつらは普通の戦争ではなく血で血を洗う総力戦をお望みらしい」

ん？　戦争って言葉が聞こえたんだけど？　これは逃げるが勝ちだな。

私はこっそりベッドから下りてテーブルから下りてそのまま部屋を出て行こうとした。

しかしメイドにつかまって椅子《いす》に着席させられてしまう。立とうとしても怪力で動きを封殺されて動けない。隣に座っていたサクナがひそひそとした声で「おはようございます」と挨拶《あいさつ》をしてきた。

「お、おはようサクナ。……ちなみにだけど、どういう状況？」

「えっと、皇帝陛下の仰《おっしゃ》っている通りです。ゲラ＝アルカ共和国が宣戦布告してきたので、急遽《きゅうきょ》みんなで会議をすることになりました。天照楽土の人たちも参加してます」

「ここムルナイト宮殿だよね？」

「核領域メトリオ州の城塞都市フォールです。こないだ七紅天闘争が行われた古城の近くの。皇帝陛下曰《いわ》く、ここが真っ先に狙《ねら》われる場所なんだとか」

寝ている間にとんでもねえ場所まで運ばれていたらしい。

「……もしかしなくても戦場のど真ん中だよな」

「いえ、まだ戦いは始まってません。——あ、チョコレート食べます？　朝ごはんまだですよね。はい、あーん」

「ありがとう」差し出されたチョコをぱくりと食べる。美味《おい》しい。しあわせ。「……やっぱり戦争になったのって、私のせいなのか……？」

「コマリ様のせいではありませんよ。——あ、チョコレート食べます？　朝ごはんまだですよね。はい、あーん」

「ありがとう」ヴィルの指からチョコレートを受け取って自分で口に運んだ。美味しい。もっとしあわせ。「……私のせいじゃないって、どういう意味だ？」

ヴィルはなぜか頬《ほお》を膨《ふく》らませて言った。

「もともとゲラ＝アルカはムルナイトに対して戦いを挑むつもりだったようですからね。確かにコマリ様が夢想楽園のホテルを破壊したことが直接の引き金ですけど、破壊しなくても遅かれ早かれこうなっていたのは確実ですので」

「え？　結局それって私のせいだよね？」

「ちなみにこちらがゲラ＝アルカから送られてきた声明文の抜粋です」

ゲラ＝アルカ共和国大統領からムル天同盟盟主テラコマリ・ガンデスブラッドに通告
貴同盟の横暴な振る舞いは目に余る。我が国が平和に対する不断の努力を継続していることを知りながら、貴同盟の軍、特にテラコマリ・ガンデスブラッド七紅天大将軍率いるムルナイト帝国軍第七部隊は野蛮な不法行為ばかりを繰り返している。この暴挙を止めるには一度武力によって決着をつける必要があると判断する。よってゲラ＝アルカ共和国はムルナイト帝国―天照楽土同盟に宣戦を布告する。

「……やっぱり私のせいじゃね？」

「見ようによってはそうですね」

「あと何で私が同盟の盟主になってるの？」

「アマツ・カルラ氏と一緒に写っている写真が出回ってますからね。ゲラ＝アルカ共和国はコマリ様の命を狙っているようです」

「はあああああああああああああああああああああ⁉」

私は立ち上がった。ヴィルが渡してきた六国《りっこく》新聞（！）には私とカルラがにこやかに握手をしている写真が載っていた。これでは完全に私が同盟を主導しているみたいではないか！

「なんでこんなことになってるんだよ⁉　もうなんか色々とごちゃごちゃしすぎててどこからつっこめばいいのかわからないよ！　私は何をすればいいんだよ！」

「殺戮《さつりく》です」

「嫌に決まってるだろ！　今日はこっそりプールで遊ぼうと思ってたのに！」

「是非ご一緒させて頂きたいところです。しかしコマリ様、注目を集めていますよ」

私はハッとして辺りを見渡した。七紅天だけじゃない。ここには天照楽土からやってきた五剣帝《ごけんてい》の皆様方もいるのである。私は咳払《せきばら》いをしてから言い直した。

「今日はこっそり敵兵の血でプールを作って遊ぼうと思ってたのに！」

「――だ、そうだ！　我らが盟主は敵軍を粉砕する気満々のようだぞ」

と嬉《うれ》しそうに言ったのは金髪巨乳美少女皇帝である。私は頭を抱えた。なぜ私がリーダーみたいな扱いになっているのだろうか。ちなみにテーブルの真ん中にでかいベッドが設置されているため対面に座る皇帝の顔は見えない。あのベッド、誰《だれ》が片付けるんだろう。

「さて、ゲラ＝アルカの軍はそろそろ動き出すだろう。やつらは我々が核領域に持っている支配地域を掠《かす》め取るつもりらしい。狙いはほぼ百パーセントこの城塞都市フォールだ。なぜならこの都市を押さえればムルナイト帝国や天照楽土の一部に容易《たやす》く【転移】することができるから。――だがそんなことはさせん。同盟の力をもって必ずや撃滅しなくてはならない」

「カレン様。ただ撃退するだけでは生温《なまぬる》いです。アルカの鉄錆《てつさび》どもにはムルナイトの優雅さと恐ろしさを骨の髄まで味わわせてやりましょう！」

「その通りだフレーテよ。我々には二つの達成目標がある――　一つは進軍してくる敵を撃退することと。もう一つは逆に我々がやつらの軍事拠点を破壊することだ。これに関しては天照楽土のほうが詳しいのではないのかね、アマツ・カルラよ」

しゃん、と鈴が鳴った。カルラが楚々《そそ》とした動作で立ち上がったのだ。

「はい。これはガンデスブラッドさんが寝ている間にお話ししたことですが」

と前置きをする。私がテーブルの上で寝ている状態で会議してたの？　誰かおかしいと思わなかったの？

「ゲラ＝アルカ共和国には不法な軍事施設を造営している疑いがあります。核領域フラール州に存在するリゾートエリア――〝夢想楽園〟がそれです。我が国の忍者の情報によれば、この地に違法な神具が持ち込まれた形跡があるそうです。その証拠をつかんで六国に暴露すればマッドハルト大統領は戦争どころではなくなるでしょう」

「その神具が今回の戦争で使用される可能性はあるのですかな？」と質問したのはヘルデウスである。「敵が不法な武器を使ってくるなら気合を入れなければなりませんぞ」

「可能性はゼロです。神具とは自分自身をも切り裂く可能性を秘めた諸刃の剣。もし何かの拍子で敵に奪われれば、それは自分たちに向けられることになります。集団戦闘での使用は極めてリスクが高いと言えるでしょう。神具が活用できるのは暗殺など特定の場面に限られるのです」

「なるほどなるほど！　油断は命取りになると思いますが」

カルラの顔が少し引きつった。ヘルデウスの言い分はもっともである。相手がわけのわからん武器を持っているのなら警戒して当然だ。

「と、とにかく達成目標は二つです。よってここにいる総勢八名の将軍を二つのグループに分けて作戦に移ろうと思います」

私は何気なく円卓を見わたした。ここにはヴィルと皇帝を除けば八人しかいない。七紅天と五剣帝だから7＋5で12人いてもおかしくはないのに――いや、七紅天に関しては辞めたやつがいるけど。と思っていたらヴィルが説明してくれた。

「天照楽土の五剣帝は二人欠席です。本国防衛に必ず二人を配置しておくのが慣習だとか」

「へー。うちは何で五人なの？」

「第一部隊隊長ペトローズ・カラマリアは既に独断専行して戦っているそうです。第五部隊に関しては……オディロン・メタルが抜けたので空席になっています」

納得だ。いや納得ではない。既に戦っているってなんだ？　生きてる世界が違うのか？

しゃん、と鈴が鳴った。カルラが場の注意を引きつけるように腕を振ったのだ。

「ゲラ＝アルカ軍を迎撃する防御グループ。そして夢想楽園に攻め込む攻撃グループ――この二つが独立して行動するのが最善でしょう。よいですね、ガンデスブラッドさん」

「え。なんで私に聞くの？」

「あなたが同盟の盟主ということになっているからです」

「……カルラ、盟主かわってくれない？」

「敵方はあなたのことを盟主として認識しているので内々に変更しても意味はありません。ああ本当に残念ですねえ本当なら最強である私が盟主をやるのが妥当なのに」

「ぐぬぬ……」

やってられん。しかしこの場で「やだやだおうちにかえりたい～！」と駄々をこねてもフレーテあたりに激怒《げきど》されて殺されるのがオチだろう。嫌すぎるが我慢するしかない。

「さあガンデスブラッドさん。二つに分けるということでよろしいですね？」

「そ、そうだな。……ねえヴィル、どっちのグループが大変かな」

「確実に攻撃側でしょう。防御側なら城に座して部下に指示を出していればなんとかなりますが、攻める場合はそうもいきません。自ら先陣を切って敵の網を掻《か》い潜《くぐ》る必要がありますからね。そのかわり敵軍の基地を破壊できたら途方もない名誉を得ることができます」

名誉などいらない。私がほしいのは身の安全だ。第七部隊は防御グループにしよう。私は城に引きこもってお菓子を作って後方支援に徹するんだ。そうすれば戦わずにすむだろうし。

「よし。私が盟主だから私がグループ分けしていいんだよな？　とりあえずうちは――」

「いや、既に組み分けは済ませてある」

ベッドの向こうから声が聞こえてきた。皇帝である。

「国の運命を左右する重要な一戦だからな。これればかりは朕《ちん》が決めさせてもらった。――へルデウス、発表してくれ」

「承知しました」

皇帝はヘルデウスに一枚のメモをわたした。ヘルデウスが立ち上がって読み上げていく。

「それでは皇帝陛下にかわって発表いたしましょう。まず防御グループは――天照楽土軍第一部隊隊長ヤマテラ・ホムラ、同じく第三部隊隊長レイゲツ・カリン、ムルナイト帝国軍第二部隊隊長ヘルデウス・ヘブン、同じく第三部隊隊長フレーテ・マスカレール。以上」

え？　以上？　防御グループそれで終わり？

「続いて攻撃グループですな。天照楽土軍第五部隊隊長アマツ・カルラ、ムルナイト帝国軍第四部隊隊長デルピュネー、同じく第六部隊隊長サクナ・メモワール。そして、第七部隊隊長テラコマリ・ガンデスブラッド」

「ちょっ」と私。

「まっ」とカルラ。

しかし次の瞬間ばんッ！　と勢いよく円卓がぶっ叩《たた》かれて私とカルラの言葉は封じられた。

ぶっ叩いたのはフレーテである。〝黒き閃光《せんこう》〟は不満げな表情で皇帝のほうを見つめ、

「待ってくださいカレン様ッ‼　私が防御側とはどういうことですか⁉」

あまりの大声にびっくりしたサクナが椅子から転げ落ちそうになっていた。

皇帝は「まあ落ち着きたまえ」と余裕を持った態度でフレーテを見つめ、

「攻撃するには速度と攻撃力が重要だ。お前が率いる第三部隊はパワータイプというよりテクニックタイプだろう?」

「私はパワータイプですわ!!」

まったくもって同感だが自分で言うことではない気がする。

「考え直してくださいカレン様。攻撃グループに力が必要だというのならテラコマリ・ガンデスブラッドを選出するのは間違いです。彼女は剣を持つことすらできない弱者です!」

「そ、そんなことないぞ! 私ほど力に満ち溢《あふ》れている吸血鬼はいない! だがフレーテがそこまで言うのなら代わってあげても――」

「お待ちください」しゃん、と鈴の音を響かせながらカルラが口を開いた。「アマツ・カルラ隊は力ではなく技能や頭脳を駆使して戦う部隊です。攻撃側には向かないかと。私がマスカレールさんの代わりに防御側へと回りましょう」

「おや? アマツ・カルラよ、きみはコマリよりも強いと豪語していたではないか」

「え、ええそうです。強いです。でも適材適所というものが――」

「アマツ・カルラさんは攻撃側が相応《ふさわ》しいですわ! 私が不服に思っているのはガンデスブラッドさんです! 彼女に軍事施設襲撃という重大な仕事を任せるわけにはいきません!」

「いえマスカレールさん。私はべつに防御側でも――」

「そうだ! カルラは攻撃側に相応しい! だから私はフレーテのために攻撃側を辞退してや

ろうではないか。たまには功を譲るのも強者の役割というものだ」

「いえガンデスブラッドさん。わざわざ辞退していただかなくとも――」

「功を――譲るですってえええええええええええ⁉」

あ、やば。余計なことを言ってしまった。

「何を怒っているのですかマスカレール様。コマリ様が譲ると仰っているのですからありがたくおさがりの任務を拝領するのが礼儀というものです！」

「やめろヴィル！　お菓子あげるから静かにしてて！」

「あなたは――あなたは本当に失礼な吸血鬼ですわねッ！　前々から思っていましたがその上から目線が心底気に入りませんわ！　実力もないくせに虚勢だけは一丁前！　こんな七紅天、存在するだけで帝国の看板が一秒ごとに腐っていきますわ！」

「ゆ、譲り合い精神は大切だろうが！」

「そんなものを譲られたって嬉しくともなんともありません！　本当に気に食わない――あなたはいつもそうです！　先日の七紅天闘争にしてもそう！　ゲラ＝アルカのテロリスト基地を煌級《こうきゅう》魔法で不毛の大地に変えたとかいう話ですけれど、あんなの嘘《うそ》に決まっていますわ！　六国新聞を買収して自分に都合のいい記事を書かせたんでしょう⁉」

「はああああ⁉　それだけは温厚な私でもさすがに怒るぞ！　都合が良いどころかむしろ迷惑なんだよ！　誰があんな新聞買収するか！　つーか買収して訂正させたいくらいだよ！」

「口論はやめてください！　まずアマツ隊がいかに防御に向いているかを示すデータがここにありますのでこちらを――」

「訂正ですって⁉　あれだけ好き放題に改竄《かいざん》したのにまだ足りないのですか！」

「もう十分足りてるわっ！　そもそも改竄なんてしてないんだよ！」

「無視……しないでください……」

「では何故《なぜ》新聞にあんなことが書かれているのですか！」

「捏造《ねつぞう》に決まってるだろ！　お前は六国新聞を信じすぎなんだ！」

「六国新聞に捏造をする理由がありませんわ！　あんな惨劇をガンデスブラッドさんが引き起こせるはずもありません――あれは自然現象に決まっています！　隕石《いんせき》か何かのせいです！」

「むしろ隕石に訂正してやりたいくらいだよ‼」

「自分は隕石を操《あやつ》る最強の吸血鬼だとでも言いたいのですか⁉」

「隕石なんか操れるわけないだろ‼　この分からず屋ぁ――――――っ‼」

「…………ぐすん」


――最初に気づいたのはサクナだったらしい。蒼玉《そうぎょく》種の血を引く彼女は自分と同じ種族から発せられる魔法にコンマ一秒だけはやく気づいた。私はフレーテとの口論に夢中だったし、他の将軍たちもまさかこのタイミングで攻撃されるとは夢にも思っていなかったのだ。

サクナに腕を引かれた。

「え？」――そんな私の短い声は誰の耳にも届かなかったはずである。

いきなり隕石が落ちてきた。

そう思えるほどの衝撃がほとばしった。天井《てんじょう》は見るも無残に弾け飛び、突如として落下してきた火炎の弾丸がベッドに着弾して大爆発《ばくはつ》を巻き起こした。悲鳴がとどろき、燃えるような熱風が駆け抜けていき、呆然《ぼうぜん》とたたずむ私の視界を見覚えのあるメイド服が包み込んだ。

直後、すさまじい魔力が空間をうならせた。フレーテが暗黒魔法を放ったのだ。全《すべ》てを吸い込むブラックホールは火炎による衝撃をことごとく吸収して相殺《そうさい》していった。

私は何をすることもできず変態メイドの胸に顔を埋めていた。

なんだ。なんなんだこれは――

やがて周囲に音が戻ってくる。誰かが大慌《おおあわ》てで会議場に飛び込んできた。

「陛下！　白極連邦《はっきょくれんぽう》の軍勢です！　やつらはゲラ＝アルカと手を結んでいたようです！」

私はメイドの下から這《は》い出《で》て周囲の様子を確認した。

会議場は真っ黒こげになっていた。

テーブルの上のベッドは消し炭になっている。

お父さんが買ってくれたイルカの抱き枕《まくら》も跡形もなく消滅している。

将軍たちは「してやられた」というような顔をして壁際に蹲《うずくま》っていた。幸いにもそれぞ

れが何らかの防御策を講じたようで、特に外傷はないように見受けられるが――いや待て、

「ヴィル！　大丈夫⁉」

「大丈夫です。コマリ様こそお怪我《けが》はありませんか」

「な、ないけど……でもこれって」

外が騒がしい。人々の怒号や絶叫が聞こえる。フォールはムルナイト帝国が実効支配している地域ではあるが、それ以前に核領域の都市である。吸血鬼以外にも様々な人種がいる。つまり翦劉種《せんりゅう》も蒼玉種もいるはずなのだ。それなのに、こんな攻撃を仕掛けてくるなんて――

ヘルデウスやフレーテをはじめとした将軍たちが部屋を出て行った。自分の隊を率いて白極連邦を迎え撃つつもりなのだろう。

「陛下！　ゲラ＝アルカとのホットラインが」

皇帝の護衛役の吸血鬼が叫んだ。皇帝は黒焦《くろこ》げになった部屋のど真ん中に立ち尽くし、氷のような無表情をたたえながらポケットから通信用鉱石を取り出した。

『ごきげんよう、ムルナイト帝国皇帝陛下』

男の人の声が聞こえる。スピーカーモードになっている。

『既に天照楽土の大神《おおみかみ》には伝えたが、我々は正義の軍隊を動かすことにした。貴様らの振る舞いは六国の平和を乱すものである。ゆえに一つ思い知らせてやろうと思ってな』

私は悟《さと》った。相手はおそらくゲラ＝アルカのえらい人――マッドハルトなのだろう。

「思い知らせるだと？　領土を攻撃されたことの仕返しか？」

『仕返しなどという単純な話ではない。ムルナイト帝国は世界の和を乱すのだ。――ゲラ＝アルカの領土は貴様らによって凍土に変えられた。我々が平和友好施設として造営していた夢想楽園も卑劣な攻撃を受けた』

「どちらも攻撃されるだけの理由がある場所ではないか」

『ムルナイトの蛮行は物理的な攻撃だけにとどまらない。貴様らは言葉でも世界をかき乱している。一部の武闘派七紅天による問題発言――安易な世界征服宣言による人心の惑乱、オムライスの需要を急増させることによって卵の値段を高騰させる卑劣な経済操作、ステレオタイプなチンパンジー差別発言に伴うチンパンジー差別の激化』

「何を言っているのか本気で理解できん」

『それだけではない。貴様らはテログループ〝逆《さか》さ月〟と繋《つな》がっている疑いもある。七紅天オディロン・メタルは逆さ月の幹部だった。さらにテロ活動に勤《いそ》しんできたサクナ・メモワールを極刑に処さず将軍職につけている。このような危険国家を放置しておくことなどできるはずもない。我々で手綱《たづな》をつけておく必要があるのだ』

「そんなことが本当にできると思っているのかね？」

『既に他国にも通達済みだ。白極連邦、ラペリコ王国は我々の提案を快く承諾してくれたよ。残りは夭仙郷《ようせんきょう》だが、彼らも色よい返事をしてくれると確信している。――つまりだね、ムルナイト帝国と天照楽土は四カ国を敵に回してしまったのだ』

「なるほどな。貴様らの目的は何だ」

『ムルナイト本国の征服』

皇帝の顔色が変わった。彼女の双眸《そうぼう》に凍えた光が湛《こご》えられる。

『──と言いたいところだが、私もそこまで鬼畜ではない。このままフォールを落とされたくなければ、ムルナイト帝国の魔核《まかく》の正体を教えたまえ』

「やかましいな。教えろと言われて教えるわけがなかろう」

『教えなければ帝都が火の海になるだけだ。これは交渉ではない、脅迫だぞ。いかなムルナイトや天照楽土の将軍が精鋭揃いとはいえ四カ国を相手にして勝てるはずもない。ここは大人しく私に従っておいたほうが身のためだと思うがね』

「お話にならないな」皇帝は呆《あき》れたように溜息《ためいき》を吐《つ》いて、「まるでムルナイト帝国を追いつめたかのような口ぶりだが──その程度ではどうにもならん」

『なに?』

「烏合《うごう》の衆では朕の国には勝てん。もう少し現実を見たまえ」

『……ふん、虚勢を張るのもいい加減にしろ』

「お前、今どこにいる? 首都の大統領府か?」

『それがどうした。──いいかね、貴様に与えられた選択肢は二つだけだ。私の提案を承諾して魔核のありかを教えるか。それとも滅亡を覚悟で我が連合軍に対抗するか――』

皇帝は男の声など完全無視。懐《ふところ》からもう一つの通信用鉱石を取り出した。

雷色の魔力を込めるとすぐに通信がつながった。少しの躊躇《ちゅうちょ》もせずに、

「ペトローズ。爆破しろ」

『――爆破？　何を言っている。きさ』

ブチッ
男との通信が切れた。皇帝が一方的に切ったのではない。向こうが切ったのである。

何が何だかわからない。皇帝は二つの鉱石を懐にしまうと私のほうを振り返った。

それはそれはイイ笑顔だった。

「聞いたか諸君！　ゲラ＝アルカはムルナイトと天照楽土を征服するそうだ！　このまま放ってておくわけにはいかん。舐められたら殺すのがムルナイト帝国の流儀だからな」

「ま、待ってください！」カルラが慌てて声をあげた。先ほどの爆風のせいで髪がタケノコみたいになっている。「四国を相手にするなど無謀です！　ここはゲラ＝アルカと和平を」

「和平を提案することは即ち降伏を意味する。――それにこれは勝てる戦だぞ？　最強を自称しているくせに何を恐れているのだアマツ・カルラよ」

「え？　勝てるんですか……？」

「ゲラ＝アルカの内情がどうであるかは知らぬ。だが白極連邦や夭仙郷の元首はマッドハルト

ほど馬鹿《ばか》ではない。そこに付け入る隙《すき》があるのだ。――そのために、まずは当初の計画通り夢想楽園の正体を暴《あば》く必要がある」

「夢想楽園に……何があるのですか」

「『和魂種失踪事件《わこんしっそうじけん》』――確証は持てないが、おそらく貴国にも関係のある話だ」

カルラの眉《まゆ》がぴくりと動いた。冷めきった瞳《ひとみ》に真面目《まじめ》な光が宿った――かに見えたが爆風によって自分の髪型がタケノコと化していることに気づいて狼狽《ろうばい》し始めた。

皇帝は部屋に残っている将軍たちを見渡した。大国の主らしい傲然《ごうぜん》とした視線が私たちを射抜く。そうして彼女は芝居がかった口調で決定的な命令を下すのであった。

「デルピュネー。サクナ。アマツ・カルラ。そしてコマリよ。お前たちは協力してフラール州の夢想楽園へ向かえ。ゲラ＝アルカを破壊するための重要な一手となるだろう」

デルピュネーは無言のまま直立している。

サクナが緊張した面持《おもも》ちで私の服をつまんだ。

私は現実逃避してオムライスのことを考えている。

カルラは顔を真《ま》っ赤《か》にして崩れた髪を手で直している。

「心配するな。ここに攻めてくる敵軍については防御グループでなんとかする。――さあ行け勇者たちよ！　悪逆なる共和国の野望を粉砕してみせたまえ！」

ついに始まってしまったエンターテインメントではない戦争。

とりあえず燃え尽きたベッドはどうしよう。あれじゃあ今夜寝る場所がない。お父さんに言ったら新しいの買ってもらえるかな。というか今日帰れるのかな。

私はこれから迫りくる苦難を予想して絶望の波に打ちひしがれるのだった。

☆

いまどき何日もかけて大遠征、という古風なことはしない。核領域のいたるところには六国が管理する〝門〟が設置されている。【転移】を使えば一瞬で移動することができるのだ。

ネリア・カニンガム率いるゲラ＝アルカ共和国軍第一部隊は、マッドハルト大統領の命令に従って核領域におけるムルナイト領を訪れていた。ネリアがやるべきことは都市を襲撃して占拠すること。猛攻を仕掛ければムルナイト帝国や天照楽土が音《ね》をあげて魔核のありかを吐くだろう、という甘い考えに基づいた作戦である。

馬鹿じゃないのか、とネリアは思う。

「ネリア様！　見えました、あれが城塞都市フォールです！」

ガートルードが興奮したように声をあげた。

草原の向こうに都市が広がっている——しかしそこかしこで煙が上がっていた。報告によれば白極連邦の軍が火を放ったらしい。まったくもって不愉快な話である。

「本当に他国もムル天同盟を攻めているのね。どうやってやつらを引き入れたのかしら」

「さあ……お金とか領土とかをチラつかせたんじゃないですか？」

ネリアは一応ゲラ＝アルカの将軍として敵地にやってきた。だが戦うことに意味を見出せない。マッドハルトの言いなりになって不法な戦争を仕掛けることに何の意味があるのか？　このままシカトを決め込んでしまったほうが良いのではないか？――しかし大統領の命令は絶対だ。八英将という任に就《つ》いている以上、逆らうことはできなかった。

「ネリア様、どうしますか？　私たちも行きます？」

「――行くに決まっているだろう？」

ネリアのかわりに答えたのは、ゲラ＝アルカの軍服を身にまとった爬虫類のような翦劉――八英将パスカル・レインズワース。ゲラ＝アルカ共和国の八つの部隊のうち、ネリアとレインズワースの隊だけ先行して敵地に赴《おもむ》いたのである。

「大統領から与えられた任務はフォールの襲撃だ。あの城を奪えばムルナイト帝国は我々に手出しをすることができなくなる。吸血鬼や和魂どもの魔核は手に入れたも同然」

「やつらが魔核の情報を吐き出すと思う？　ムルナイト帝国も天照楽土もそこまで愚かじゃないわ。愚かなのはマッドハルトの頭なのよ」

「お前に大統領の考えなどわからないよ。――見たまえ、既に白極連邦の部隊が城攻めを開始している。先を越されてしまったが我々も進軍しようではないか」

ガートルードの情報によれば、現在フォールにはムルナイト帝国と天照楽土の軍が勢揃いしているらしい。そしてあの城を攻める軍勢は――白極連邦の三部隊、ラペリコ王国の二部隊、ゲラ＝アルカ共和国の八部隊。激戦は必至だった。

レインズワースが腕を振って号令を出す。軍服の翦劉どもが敵地に向かってゆっくりと行進を始める。ネリアは舌打ちをした。自らの意志で剣を振るうのは何も問題ないが、マッドハルトの駒《こま》として他国を侵略せねばならないのは腹が立つ。次の選挙で当選するためには民衆からの人気が必要であるため、八英将として戦果をあげなければならないのだが――

「ネリア様、あ、あれ！　あれ見てください！」

ガートルードが示す方角を見る。

城塞都市の裏門から続々と人が出てくる。はためく軍旗からもわかる、あれは民間人ではない。天照楽土とムルナイト帝国の軍勢だ。しかも先頭に立っているのは、最近六国を騒がせている若き将軍たち――アマツ・カルラと、テラコマリ・ガンデスブラッド。

ぱあっと道が開けていくような気がした。あの吸血鬼ならわかってくれるかもしれない。先生の遺志を受け継ぐあの少女なら、この腐った状況をぶち壊すことができるかもしれない。

「コマ……」

「――テラコマリ・ガンデスブラッドだ！　殺して生け捕りにしろ！」

レインズワースが叫んだ。翦劉どもが雄叫《おたけ》びをあげて突撃を開始する。

ネリアは思わず顔をしかめる。本当に邪魔ばかりをする男だ。

「私たちも動くわよ！　なんとしてでもコマリを捕まえてやるッ！」

☆（すこしさかのぼる）

攻撃グループとかいう謎《なぞ》のグループに入ってしまった。

私に「攻撃」などという攻撃的な言葉は似合わないのだが、まあ今回は不幸中の幸いと思っておこう。だって防御グループに入ったらもっとやばいことになりそうだから。

「ねえヴィル！　フレーテの隊が襲われてるよ！　あれ大丈夫なのか⁉」

「どうでしょうね。フレーテ・マスカレールは腐っても七紅天ですが裏を返せば七紅天ですが腐ってます」

「裏返す必要ないだろ⁉」

どがあああんっ！　と背後で大爆発が巻き起こる。思わず悲鳴をあげて顔を伏せてしまう。

現在、私はヴィルにお姫様抱っこされて猛ダッシュで運ばれている。フォールに【転移】してきた第七部隊の連中もやる気満々といったご様子で私についてきていた。

攻撃グループの役割は敵の軍事基地を叩くこと、である。

そのためにはまずこの城塞都市から脱出する必要があるらしい。

「くそ……街がどんどん破壊されていくぞ！　あいつら完全に暴徒じゃねえか！」

背後ではドカンドカンとアホみたいな爆発が連続している。先ほどいきなり攻撃を仕掛けてきた白極連邦の軍が城門を無理矢理こじ開けて突入してきたのだ。

「わははは！　愚民《ぐみん》のみなさんごきげんよう！　私は白極連邦最強の六凍梁《ろくとうりょう》プロヘリヤ・ズタズタスキー閣下だ！　さあ往《ゆ》けい親愛なる蒼玉たちよ、ブタどもを血祭にあげろぉっ‼」

やたらとテンションの高い女の子が空中にふわふわ浮きながら命令を下している。

その命令に従って白い軍服の男たちが大暴れを始めた。

そこらの建築物に火をつけ暴れまわる様はまさに野獣というよりなく、あれがサクナと（四分の一）同じ種族だとは到底思えなかった。ヘルデウス軍の誘導によって民間人はムルナイト帝国領へと続々【転移】させられているが、こんな意味不明な戦争で自分たちが住んでいる街をボロボロにされるなんてたまったもんじゃないだろう――と思っていたら民間人どもの歓声があがった。窓から手を振ったり飛んだり跳ねたりして大騒ぎしている。

「なんだあれ……どこに喜ぶ要素があるんだ？」

「核領域に住んでいるような人間は血の気の多い戦争好きが大半ですからね。目の前で殺し合いを見られて大興奮なのでしょう」

どうやら精神構造が一般人のそれとは異なるようである。私だったら泣くのに。

というかベッドを燃やされてちょっと泣いたぞ。イルカの抱き枕には愛着があったのだ。許せん白極連邦……いや、そもそもベッドを戦場に運んできた変態メイドの責任じゃないか？

「コマリ様、失ったものを嘆いても仕方ありません。戦争に勝ったら賠償金をふんだくって全てを取り戻してやりましょう！」

「負けたらどうするんだよっ！」

「負けるわけがない」

と呟《つぶや》いたのはヴィルと並走する仮面の七紅天、デルピュネーである。彼女（？）は感情をうかがわせない淡々とした声色《こわいろ》で言った。

「非常に不本意だが、客観的な事実としてお前の力をもってすれば列国の将軍など容易く葬れるだろう。アルカの鉄錆など敵ではない。非常に不本意だがな」

いきなりなんだよ。怖いんだけど。

「いざとなったらあの力を使え。私がサポートしよう」

「わかった。あの力だな」

「そうだ。あの力だ」

どの力だよ!?——というツッコミを入れるのは野暮《やぼ》である。この仮面少女は前回の七紅天闘争で謎の大爆死を遂げたらしいから、その後遺症で記憶が混乱しているのだ。

「前です！　前を見てください！」

部下に駕籠《かご》で運んでもらっているカルラが前方を指差して叫んだ。

見れば、裏門から本物の野獣どもが津波のように押し寄せてきていた。

ラペリコ王国の獣人部隊である。やつらもこの城を攻めに来たのだ――

「き、キリンさんです……！」

サクナが恐れおののいて声をあげた。私たちに気づいた野獣どもは雄叫びをあげながら襲いかかってくる。サクナの言う通り部隊の半数以上はキリンで構成されていた。長い首をぶんぶん振り回して頭突《ずつ》きで建築物を破壊しながら突撃してくる光景はこの世の終わりとしか思えない――いや頭おかしいだろ色々な意味で⁉

「ラペリコ王国軍第二部隊ドッキリン・マッキーリン中将の軍勢ですね。やつらに理性はありません。首の骨が折れるまで全てを首で破壊します」

「意味わかんねえよ！　どうするんだよ、このまま進むと正面衝突するぞ！」

「回れ右です回れ右っ！　今すぐ引き返しておうちに帰って羊羹《ようかん》でも食べましょう！」

「その必要はない！――特級凝血魔法・【インフィニット鮮血淋漓《せんけつりんり》】ッ！」

デルピュネーがナイフで自分の手首を裂いた。噴出した血液がしなる鞭《むち》となってキリンどもを薙《な》ぎ払《はら》っていく。仮面の軍勢も己《おのれ》の将軍に加勢して攻撃魔法を次々と放っていった。しかし敵の勢いが抑えきれない。キリンどもは大地を揺るがしながらこちらに迫ってくる。

「閣下！　我々にお任せを！」「仮面野郎に手柄を横取りされてたまるか！」「覚悟しろやキリンども！」「今宵《こよい》はキリン肉で宴《うたげ》じゃあッ！」

第七部隊の連中が飛び出した。制止しても無意味である。やつらは次々と疾駆《しっく》してキリンの軍勢と激突した。飛び散る鮮血、舞い上がる砂塵《さじん》、爆発する魔力――私の目の前で現実離れした激戦が繰り広げられている。流れ弾で私の背後にあったお土産屋さんが爆散した。

「くっ……！　キリンがしぶとい！」

デルピュネーが呻《うめ》いた。サクナも慌てて自分の隊を動かそうと副官に命令している。カルラはなぜか「逃げましょう逃げましょう」と涙目になって忍者の女の子に懇願《こんがん》している。

そして私は――帰る準備をしていた。

「後のことは頼む」

「帰ったら職務放棄で七紅天辞任で爆発です」

「どっちにしろ爆死するだろぉっ！　なんだよあれ！　キリンがあんなに凶暴だなんて聞いてないよ！　もう純粋な気持ちで動物園に行けないよ！　怖いよ！」

「そう言うと思って策を用意しました。このボタンを押してください」

ヴィルが謎のボタンを差し出してくる。嫌な予感しかしない。

「なんだこれ」

「いいから押してください」

ポチッと押してみた。

大爆発が巻き起こった。

天地がひっくり返ったのかと思った。私の目の前——つまりキリンと第七部隊が大激闘を繰り広げていた場所が爆《は》ぜたのである。爆風によって吹き飛ばされた瓦礫《がれき》や武器の破片や誰かの下半身が私の頬をかすめて背後に待機していた仮面部隊に降《ふ》り注《そそ》いだ。デルピュネーは啞然《あぜん》として立ち尽くし、サクナも啞然として立ち尽くし、カルラは駕籠から落ちて地面に顔面をぶつけていた。濛々《もうもう》と立ち上がる砂煙。一気に静かになる戦場。わけがわからない。

キリンは一匹残らず死んでいた。ついでに吸血鬼たちも死んでいた。ヨハンも死んでいた。

「……は？　何これ？」

「地雷です」

「なんで地雷があるの？」

「私が仕掛けたからです」

「はあああああ!?」

「昨晩メモワール殿の家に行って血を吸われてきました。【パンドラポイズン】によればやつらが裏門から攻めてくるのは確定事項だったので、昨日のうちに仕掛けておいたのです」

「その地雷で味方も死んでるんだけど!?　というかまたサクナに吸ってもらったの!?」

「どちらも些細《ささい》な問題です。——さあ行きますよ！」

「わ、ちょっと——」

ヴィルは私を抱っこしたまま走り出した。死体をぴょんぴょんと飛び越えて裏門のほうへと駆けていく。サクナやデルピュネーも慌てて進軍を再開した。足元には変わり果てた姿のキリンや吸血鬼がごろごろ転がっている。軽く見積もっても第七部隊の損害は二百人程度だろう――いやいやいやいや！　これから敵の基地に攻め込むのに何やってんだ⁉

しかし抗議の声など上げる暇もなかった。

そのまま城の裏門から外に出る。すると見渡す限りのだだっ広い草原が広がっていた。そうだ――思い出した。ここってムルナイト帝国の軍が戦争をするときにいつも【転移】してくる場所じゃん。どうして気づかなかったのだろう。

「コマリ様！　ムルナイト帝国軍第四部隊、第六部隊、第七部隊、ならびに天照楽土第五部隊、あわせて約二千名が城を脱出しました。ここで【転移】を使います」

そう言ってヴィルは懐から輝く石を取り出した。軍隊移動用の【大量転移】の魔法石だ。ちなみに一個500万メル。こんなもんを戦争のたびに消費しているのだから正気の沙汰《さた》とは思えない。緑を増やす団体とかに募金したほうが500万倍有益である。

「ちょっと待て、どこに【転移】するつもりなんだ⁉」

「決まっています。夢想楽園にもっとも近い〝門〟です」

「ま、待ってくださいコマリさん！　新しい敵です！」

今度は何だよ⁉――そう思って振り返る。くらりと立ち眩《くら》みを覚えた。草原の向こうから恐るべき勢いで突撃してくる軍勢が見えたのだ。今度はキリンではない。ゲラ＝アルカ共和国の軍服を身にまとった翦劉たちだった。あれは明らかに私の部隊を狙っている。

「おいヴィル！　逃げるぞ！　はやく【転移】してくれ！」

「【大量転移】には時間がかかります。転移している間に切り刻まれて肉片だけが向こうに転送されることになります」

「肉片だけ転送されても意味ないだろぉーっ！」

「あ、あれは――！」

いつの間にか隣に来ていたカルラが叫んだ。鼻血出てるけど大丈夫なのかよお前。

「あれはマッドハルト大統領の腹心パスカル・レインズワースの軍と、共和国最強の八英将ネリア・カニンガムの軍です！　このままでは全滅してしまいますので撤退しましょう！」

え？　ネリア？――不意を突かれたような気分で視線を遠くに投げかけたとき、しかし既に戦いの火蓋《ひぶた》は切られていた。第七部隊の連中が悪魔のような雄叫びをあげて進軍を開始したのである。将軍の私のことなど置いてけぼりである。

「おい、落ち着けお前ら――」

「テラコマリ・ガンデスブラッドを殺せぇッ！」

先頭の男――カルラ曰くレインズワースとかいうトカゲみたいな顔の人が叫んだ。

ゲラ＝アルカ軍がいっせいに魔法を放つ。しかし彼らの魔法は私の軍に命中することなくサクナの部隊に着弾して大爆発を巻き起こした。まるで風に吹かれた綿毛のように吸血鬼たちが吹っ飛んでいく。私の目の前に死体が落っこちてきた。恐怖のあまり漏《も》らしそうになった。

「サクナ様！　我々も動きましょう！」

「え？　わ、わかりました！　全軍突撃です！」

サクナの命令を受けた第六部隊も喊声《かんせい》をあげて突っ込んでいった。この間デルピュネーの軍も粛々《しゅくしゅく》と行動を開始。それぞれが魔力を練り込んだ剣を構えて敵軍に突貫していく。草原のあちこちで魔法が飛び交い、爆発が巻き起こり、血が飛び、腕が飛び、誰かの首が飛んだ。

突如、どすん！　と私の目の前に巨大な球体が落ちてきた。

「ッ！――コマリ様、爆弾です！」

「は？　えっ、」

いきなりヴィルがタックルをぶちかましてきた。そのまま二人一緒に草の上をごろごろと転がる。次の瞬間、耳をつんざくような破壊音とともに私がいたはずの場所が跡形もなく消し飛んだ。私は開いた口も塞《ふさ》がらない。熱風のせいで目から涙が出てくる。

もはや我慢ならなかった。私はメイドに抱きしめられたまま叫んでいた。

「もうやだあああっ！　帰りたい帰りたい帰りたいーっ！　なんでこんな死ぬような目に遭《あ》わなくちゃいけないんだよ！　私が何をしたっていうんだぁーっ！」

「何もしてませんが戦争ですので仕方ありません」

「戦争なんてモノを考え出したやつはバカだ！　バカの極《きわ》みだ！　マッドハルトとかいうや

つは正真正銘の大バカ者だぁああああっ‼」

「――聞き捨てならないな」

針のように鋭い殺気が肌を刺した。いつの間にかすぐ近くに敵将が――レインズワースとかいう翦劉が立っている。彼は瞳に怒りの炎を湛えて私を見下ろしていた。

「大統領を愚弄《ぐろう》する気か？　たかが吸血鬼の分際《ぶんざい》で」

「ッ――」私はヴィルを跳ねのけて立ち上がった。「そ、そうだよ！　いくらでも愚弄してやるっ！　いつもの戦争ならまだわかるけど、いやわかんないけど、今回のはまったく理解ができん！　お前らみたいな腐ったやつらがいるから世界は不幸になっていくんだよっ！」

「く――くはははははは！　言うじゃないか小娘！」

気味の悪い哄笑《こうしょう》が私の耳朶《じだ》を打つ。周囲では無数の悲鳴や爆発音や雄叫びが反響している。こんな馬鹿げた出来事を引き起こした張本人が馬鹿でないはずがないのだ。

男はギロリと私を睨み下ろして言った。

「あの方は世界征服を成し遂げる希代の英雄なのだ。ぽっと出の小娘にとやかく言われる筋合いはない――だがとやかく言われたら殺さねばならない。それが我々のやり方だからな」

「や、やれるものならやってみろ！　私は最強の吸血鬼だ！　誰にも負けやしない」

「ぷっ」レインズワースが噴き出した。嘲笑《ちょうしょう》のにじんだ視線が私を射抜く。「最強の吸血鬼だって……？　井の中の蛙《かわず》もいいところだなあ」

「何だと……？」

「話にならないなあガンデスブラッドよ。――言っておくがな、吸血鬼ごときでは翦劉には勝てないんだよ。種族差ってやつだ。世界には六つの種族があって六つの国がある。そしてそれぞれの国はまるで対等であるかのように振る舞っている――しかしこれは大きな間違いなのだ。この世でもっとも優れた種族は翦劉。それ以外はただのクズにすぎない」

何を言っているんだこいつは。本気でそんなことを思っているのか？

「我々翦劉は鉄壁の肉体と優れた攻撃力、さらに刀剣を自在に操る能力までをも兼ね備えた万物の霊長だ。これと比べて吸血鬼など血を吸うことしか頭にない低劣な種族ではないか」

「…………、」

「お前はクズの中でもある程度はマシな部類のようだが、クズであることには変わりがない。どう足掻《あが》いても俺《おれ》には勝てないんだ」

「…………、」

「くくく、いずれムルナイト帝国はゲラ＝アルカが支配してやろう。吸血鬼は一人残らず翦劉の奴隷だ。それが分相応《ぶんそうおう》というものだろう？――そうだ、お前も殺して奴隷にしてやろうではないか。見た目だけは一級品だからなぁ、他の八英将に自慢できるぜ」

「お前……」

私は悲しくなってしまった。こいつの言葉は――私の周りにいるあらゆる人を貶《おとし》める卑怯《ひきょう》な誹謗中傷《ひぼうちゅうしょう》であると同時に、私やカルラが願っているような世界平和の思想を真っ向から否定《ひてい》する最低の宣戦布告なのだった。今のゲラ＝アルカ共和国政府の考えが垣間見《かいまみ》えた気がした。

こいつらは、本当に自分たちのことだけしか考えていないのだ。

「――やれるものならやってみろ」私はレインズワースをまっすぐ見据《みす》えて言った。「私は最弱の吸血鬼だ。でもお前みたいなやつには負けない」

「ほゥ……戯言《ざれごと》も極まれりだな。たかが吸血鬼に何ができる?」

その瞬間、鋭い刃物の先端が光を放った。黙って私の隣に立っていたヴィルがいきなりクナイを投擲《とうてき》したのである。クナイはそのまま吸い込まれるようにレインズワースの首筋へ飛んでいき――しかし寸前で剣によって弾かれてしまった。

返す刀で上段からの斬撃《ざんげき》が飛んでくる。

今度は横合いから斧《おの》が差し込まれてレインズワースの攻撃を防いだ。犬頭の獣人―― ベリウス・イッヌ・ケルベロが間一髪で割り込んだのである。

「閣下! お怪我はありませんか!」

「あ、ああ! 大丈夫だ」

「ッ、何故獣人が――!?」

ベリウスの登場はレインズワースの思考に一瞬の空白をもたらしたらしい。彼にとってラペリコ王国の獣人は同盟を結んだ味方のはずだったからだ。

そうして、いくつかのことが連続して起きた。

即座に思考を切り替えたレインズワースが地を蹴《け》って後退する。

それを追いかけるようにしてベリウスとヴィルが前に出る。

私の周囲には部下が誰ひとりとしていなくなる。カオステルは軍師を自称するくせに敵の軍勢に突貫してしまった。メラコンシーはどっか行った。ヨハンは死んだ。

その隙を狙うようにして——桃色の旋風《せんぷう》が草原を駆け抜けていった。

誰かがすぐそばに立つ気配がした。

「——コマリ。やっと会えたわね」

私は驚愕《きょうがく》して眼前を振り仰《あお》いだ。いつの間にか、双剣を構えた少女がこちらを見下ろしていた。桃色のツーサイドアップが印象的な〝月桃姫《げっとうき》〟——ネリア・カニンガム。

近くにいたすべての人間がネリアの登場に意識を奪われていた。

ヴィルが大慌てで私のほうに戻ってくる。なぜかその向こうのレインズワースが焦《あせ》りまくった表情を浮かべる。ネリアは彼らのことなど意に介さずポケットから魔法石を取り出した。それを私のほうに差し向けて不敵に笑い、

「ここではゆっくり話せない。私と一緒に遠くへ行きましょう？」

あ、これダメなやつだ——本能的にそう思った直後、

私の視界は魔法石からあふれ出た光に埋め尽くされてしまった。

☆

城塞都市フォールは内でも外でも血みどろの抗争が繰り広げられていた。

しかも北方から白極連邦の新しい部隊が参戦したため戦いは激化の一途を辿《たど》っている。

そんな中――ゲラ＝アルカ共和国第四部隊隊長、パスカル・レインズワースは長剣を握ったまま呆然と立ち尽くしていた。

「逃げられた……いや、ネリアが裏切った……」

レインズワースの目的は城塞都市フォールを落とすこと――もあるが、もっとも重視しているのはテラコマリ・ガンデスブラッドを捕らえて収容所に入れてしまうことだった。

ムル天同盟の盟主はガンデスブラッドだ。それだけではない――レインズワースの推測だとムルナイト帝国はあの小娘を中心にして動いている節さえある。あの生意気な吸血鬼さえ亡き者にしてしまえば、完全なる勝利をつかむことができるはずだった。

だが、レインズワースがガンデスブラッドに拘《こだわ》る理由はもう一つあった。

ネリアである。ネリアはあの吸血鬼に希望のようなものを見出しているらしいのである。

「……邪魔ばかりしてくれるな、吸血鬼どもは」

テラコマリ・ガンデスブラッドにマッドハルトを倒す力があるとは思えない。だがネリアが活力を取り戻すことが癪《しゃく》だった。あの少女には絶望が似合う。絶望のどん底まで突き落とされて、彼女一人の力ではどうしようもなくなったとき、そっと手を差し伸べてやるのだ。

そうすれば、あの鉄のような心さえ手に入れることができるだろう――

「レインズワース様！　白極連邦の援軍です！　我々もフォールに突入しますか⁉」

「いや――我々はテラコマリ・ガンデスブラッドを追おう」

レインズワースはちらりと戦場に目を向けた。

ネリアが率いていた第一部隊は戸惑いながらも戦闘を継続していたが、仮面をつけた吸血鬼どもにいいようにあしらわれている。あの軍はマッドハルトがネリアに与えた無能の集団だ。この点から見てもいかにネリアが共和国内で軽視されているかが理解できるだろう。

レインズワースは副官に撤退を命じて踵《きびす》を返した。ネリアが【転移】した先の見当はつかない。だが見当をつける方法はいくらでもあるのだ。

にわかに通信用鉱石に連絡が入った。魔力を込めて応じる。

『レインズワース卿。少し相談したいことが』

「アバークロンビーか。どうした？」

ゲラ＝アルカ共和国八つの部隊が同時にフォールを目指しているわけではない。第五部隊隊長アバークロンビーはレインズワースとネリアが城攻めを開始してから首都を出発するという

手筈《てはず》になってたはずである。もしや何か問題でも起きたのか――と思っていたら、

『いえ……首都が少々面倒なことになっておりまして』

「面倒なこと？」

『大統領府が爆破されました』

☆

逆さ月の幹部、ロネ・コルネリウスは狼狽していた。

ここしばらくはゲラ＝アルカ共和国の大統領府の地下室にこもってしいたけの栽培（と違法神具の製造）に従事していたのだが、ちょっと競馬場に行ってる隙にしいたけの原木（と作りかけの違法神具）が大統領府ごと木端微塵《こっぱみじん》になっていたのである。

「あああああああああああああああああああああ!?　!?　!?」

死ぬほど壮絶な爆発だったらしい。十二階建ての大統領府は見るも無残な瓦礫の山と化し、自然の美しい部分だけを人工的に切り取ったような無粋な庭園も見事なまでに荒れ果ててしまった。広場の中央に突っ立っていたマッドハルトの銅像なんぞ下半身だけになっている。

首都の防衛を受け持つ第八部隊や警備隊が忙《せわ》しなく行き交う。暇を持て余した野次馬《やじうま》どもが興味深そうに大統領府の惨状《さんじょう》を眺めている。

まさに青天の霹靂《へきれき》だった。

ただでさえコルネリウスは機嫌《きげん》が悪い。神具製作のために烈核解放《れっかくかいほう》を発動しすぎて疲れていたし、気分転換の競馬では大負けしたし、今朝《けさ》アマツに「お前の小説つまらねえな」と鼻で笑われた。挙句の果てに大統領府が爆発してしいたけ（と違法神具）がパァだ。

「なんでこうなるの……煮物にしてお酒のつまみにしようと思ってたのに……」

「お前は何の話をしているんだ？」

背後から声をかけられて振り返る。

和装の男——天津覺明《あまつかくめい》が鯛焼きを食いながらこちらを睨んでいた。

「アマツ！　見ろよあれ！　大統領府が粉々だ！」

「そうだな。粉々だ」

「私のしいたけも粉々だ！」

「知らんがな。鯛焼き食うか？」

「食う」

紙袋を寄越《よこ》されたので遠慮なく受け取って鯛焼きを取り出した。かぶりついてみるとカスタードクリームがむにゅっと溢れてきた。餡子《あんこ》を期待していたのにがっかりである。

「それにしても壮観だ。あれだけご立派だった大統領府がこの有様《ありさま》とは。まるで戦争だな——否《いな》。そういえば今は戦争中だったな」くくく、とアマツは笑う。

「……おいアマツ。これはどういうことだ？　反体制派の仕業《しわざ》か」

「たかが在野のテロリストにこんなことはできん。大統領府は幾重《いくえ》もの魔法的障壁によって守られている。それを掻《か》い潜《くぐ》れるのは魔法の理《ことわり》を無視する物理的な手段か烈核解放だけだ」

「烈核解放……ああ。そうか。これはペトローズ・カラマリアの仕業か」

逆さ月は世界に存在する烈核解放のデータベースを所持している。こんな並外れた芸当ができるのはムルナイト帝国軍第一部隊隊長をおいて他にいない。

つまりこの大統領府爆発事件はムルナイト帝国による〝攻撃〟だったというわけだ。

「マッドハルトは死んだのか？　葬式でもしてやろうかな」

「生きてるだろうよ。王制を打倒した英雄サマはこの程度じゃくたばらん」

「だろうなあ。あの男はしぶとそうだもんなあ」

「とはいえ人は物理的な攻撃だけで死ぬわけではない。魔核によって生命が守られているこの時代では、まさに言葉こそが無限の殺傷力を秘める煌級魔法となるのだ」

「確かにな。書いてる小説がつまらないって言われたら自殺したくなるもんな」

「他人からの毀誉褒貶《きよほうへん》に一喜一憂するのは人間的で好ましいが、一度しかない人生をそうやって棒に振るのは愚か者のすることだぜ」

「貶《けな》したお前が言うことじゃないだろ！」

「つまらないものをつまらないと言って何が悪い。——とにかくムルナイトは本気のようだ。

どうやら力だけでなく言葉でもゲラ＝アルカを破壊するつもりらしい」

アマツは一枚の紙切れを見せてきた。何かのビラらしい。

やたらとおどろおどろしい書体で次のようなことが書かれていた。

『マッドハルトは国民を虐《しいた》げている。少しでも反抗的な意思を見せれば収容所送り。秘密警察の巡回で夜も安心して眠れない。こんなことが許されていいのか？　黙って見過ごしていいのか？　今こそ立ち上がるときだ！　マッドハルトの悪行《あくぎょう》に終止符を打て‼』

「――こんなものが大量にバラまかれているのだ。ゲラ＝アルカの国民が言いたくても口に出せないことを堂々と言ってのける爽快さ。効果は抜群だろうよ」

コルネリウスは道行く人々を見渡した。翦劉たちはわずかな希望の光を見出したかのような顔をしていた。ゲラ＝アルカ共和国は六国の中で唯一選挙によって元首を選ぶ国だ。正式な段階を踏んで大統領に就任した翦劉はあらゆる権利を手中に収める。マッドハルトはその権利を振りかざし、警備隊や秘密警察を使って自分に反抗する者を次々と牢獄《ろうごく》へ放り込んでいる。

抑圧された人々は何を思っているのだろうか。

いずれにせよコルネリウスには関係のないことである。

☆

気づいたら川のほとりに突っ立っていた。

水のせせらぎと小鳥のさえずりが耳に心地よい。周囲は緑に溢れた林の光景。先ほどまでの爆音や悲鳴とは程遠い別世界――そんな印象を受ける場所だった。

そうして私は気づいた。ネリアが発動させたのは【転移】の魔法だったのである。

「――コマリ様、お怪我はありませんか」

声をかけられて振り返る。そこには変態メイドが警戒をにじませた表情で立っていた。こいつも巻き込まれてしまったらしい。

「大丈夫だよ。お前も平気か？」

「はい。ところでそこで倒れている方は放置でよろしいですよね？」

ヴィルの視線の先を何気なく目で追う。

目を疑った。和装の少女が目をグルグルにしてぶっ倒れていた。

「か、カルラぁっ⁉　大丈夫か⁉」

「コマリ様、落ち着いてください。その方は世界最強の五剣帝なのですから心配するだけ損ですよ。きっと天照楽土に伝わる特別な修法を実行中なのです」

「でも気絶してない？」

「これは東国に伝わる座禅でしょう。聞いた話によれば、心を無にして雑念を振り払い、心眼によって世界の理を見定め活路を開くのだそうです」

「それこのタイミングでやる必要ある？　あと頭にたんこぶできてない？」

「もとからそういう頭の形だったんじゃないですか？」

「そうなのかなあ……確かにそうだった気もするけど……」

まあ気にしても仕方がないか。命に別状はなさそうだし。それにカルラは自分で世界最強と名乗るほどの実力者だ。【転移】の衝撃で頭を打って気絶するなんていう私ですら回避した間抜けな事態に陥《おちい》るはずがない。そっとしておいてあげよう——と思っていたら、

「あら、余計なものがくっついてきちゃったみたいね」

女の子の声が聞こえた。不意に川岸の岩の上に桃色の少女が【転移】してきた。ネリア・カニンガム。私たちをこの場所まで吹っ飛ばしたゲラ＝アルカの将軍だった。

ヴィルがクナイを構える。私もとりあえず拳を握ってファイティングポーズをとった。

「お、おいネリア！　いったい何のつもりだ！　ここはどこだ！」

「夢想楽園の近く——のはずだったんだけど、どうやらマッドハルトの馬鹿が〝門〟を壊していたみたい。よくわかんない場所に飛ばされちゃったわ」

ネリアはぴょんと岩から飛び降りて近づいてきた。

よく見れば彼女の背後にはニコニコ笑顔のメイド、ガートルードもいる。

「そんなに警戒しなくてもいい。私はあなたに敵対するつもりはないもの」

「嘘をつけ」

「嘘じゃない。手紙、読まなかったの？　私の事情とかアルカの現状とかを書いたやつ」

私はヴィルの顔を見た。彼女はふるふると首を横に振った。

いや、そんなの届いてないよな？　許さねえって書かれた殺害予告なら届いたけど。あれのせいで第七部隊の連中は「月桃姫暗殺計画」なる物騒な計画を練り始めたらしい。

「……え？　本当に届いてないの？」

「見た覚えがないな……」

「おかしいわね。配達事故かしら……まあいいわ。とにかく私に敵意はないの。それだけはわかってちょうだい」

「でも軍を率いて襲ってきたじゃないか」

「あれは八英将だから仕方なくよ。本当はあんなことをするつもりはなかった」

「じゃあ私をしもべにして世界征服するつもりなんだろ」

「しもべは本当だけど世界征服は嘘よ」

「しもべは本当なのかよ⁉」

「あなたみたいな部下がいたら毎日楽しそうだもの。——それはともかく私には世界征服するつもりなんてない。そんな大仰なことを考えているのはマッドハルトのほうよ。まあ、私がやるとしたら〝平和のための世界征服〟ね」

ネリアは腰に佩《は》いていた双剣を地面に置いた。ヴィルが呆気《あっけ》に取られたような顔をする。翦劉の命と言っても過言ではない武器を放棄したのである。それは明らかに「私は敵対しませんよ」という意思表示に他ならなかった。

「ねえコマリ。こないだのお茶会であなたが平和主義者であることは理解できたわ。力に溺《おぼ》れた馬鹿ではないことがよくわかった。あなたはマッドハルトのような人でなしとは違う」

「確かに私は力の使いどころを熟知している賢者だが……」

「私はあなたの本心を知っている。無用な争いはしたくない平和主義者だってことに気づいている。本当によく似ているわ。私の先生にね」

「先生？　どちら様だ？」

「あなたのお母さまよ」

すべての音が止まったような気がした。自信に満ち溢れた双眸が私の心を見透かした。

「取り引きをしない？　あなたはマッドハルトの過激な行動に怒りを燃やしている。私ももちろん怒っている。協力して立ち向かえば怖いものは何もない」

「で、でも」

「恐れる必要はないわ。コマリと一緒ならどんなことでも成し遂げられると思う。あなたとなら世界を変えられる……そんな気がするの」

夢見る乙女の表情、では決してない。行き詰まった現実を冷静に分析して何が何でも打ち砕かんとする鉄の決意に満ち満ちた、それは希代の革命家の表情だった。

「優しい人になりなさい。他の誰《だれ》よりも」

父の教えは簡潔だった。

こういう簡潔な教えをことあるごとにクドクド説かれれば反抗したくなるのも無理からぬことだとネリア・カニンガムはつくづく思う。

ネリアに兄弟姉妹《しまい》はいなかった。世界がひっくり返りでもしない限り次の国王は〝月桃姫《げっとうき》〟で間違いないだろう——誰もがそう言っていた。ゆえに父たる国王が娘に対して厳しい教育を施すのは当然のことだったし、頭ではネリアも理解していたのだが、だからといって「平和が一番」『殴られても殴り返すな』『無抵抗を貫け』といった教育方針はどうかと思うのだ。

何よりネリアを憤慨させたのは「戦闘禁止命令」である。

父の許しがなければ満足に剣を振るうこともできなかった。翦劉《せんりゅう》とは戦いに生きる意味を見出す種族である。父の行き過ぎた戦闘嫌いはネリアに反感を抱かせるには十分だった。

「お前を母君のようにはしたくないから」

というのが父の言い分だった。今となってはわからないでもない。ネリアの母親はネリアが生まれた直後に亡くなっていた。八英将《はちえいしょう》として戦場を駆け回っていた彼女は、どこぞの将軍が持ち出した違法神具によって心臓を抉《えぐ》られ、二度と帰らぬ人となってしまったのだ。

それきり父は生粋《きっすい》の戦争嫌いになったという。八英将を二英将に削減し、軍事費をべつの予算にあて、エンタメ戦争を起こす回数も極端に減らした。

「お父様。どうして戦いを起こさないの」

「必要ないことだからさ。お前も戦わなくていいんだ」

「……私は世界でいちばん強くなりたいわ。そうすれば誰も逆《さか》らうことができなくなる。アルカは世界最強の国になるのよ」

「お前、またマッドハルトのところへ行ったのか?」

「べつにいいでしょ。あの人は世界を支配するための方法を教えてくれるの」

父は呆《あき》れたように溜息《ためいき》を吐《つ》いた。

ネリアはこの頃《ころ》マッドハルトの過激な思想に染まりつつあった。彼は二英将のひとりにして最強の翦劉と謳《うた》われる傑物《けつぶつ》だ。また真正の自国至上主義者としても知られ、「翦劉以外の種族はすべてアルカ王国に跪《ひざまず》くべきである」と声高《こわだか》に主張する危険人物でもあった。

——翦劉は最強の種族です。他の種族など劣等にすぎません。

——おわかりいただけたようで恐悦至極《きょうえつしごく》。世界は翦劉によって独占されるべきなのです。

——ネリア殿下が国王に即位されたらアルカは復興するでしょうな!

毒にも薬にもならない平和主義を標榜《ひょうぼう》する父親とは正反対。マッドハルト将軍の言うことはいちいち刺激的で、幼いネリアの心を掻《か》き立《た》てるのだ。

そんな娘を危惧してのことだったのかもしれない。ネリアが初めてあの人と会ったのは、忘れもしない、今から六年前の春、ネリアが九歳のときのことだった。

昼下がり、とつぜん国王に呼び出されたネリアは、仕方ないのでそれまで読んでいた本を放り捨て、めんどうだなあと愚痴りながらも父のもとへ向かった。

父の隣には見知らぬ女性が立っていた。

「新しくネリアの家庭教師になってくれる先生だ。色々と教えてもらいなさい」

「家庭教師……?」

ネリアは瞠目《どうもく》した。そこにいたのは、金色の髪と優しげな瞳《ひとみ》が特徴的な吸血鬼だった。

「ユーリン・ガンデスブラッド七紅天《しちぐてん》大将軍閣下だ。ネリア、挨拶《あいさつ》をしたまえ」

ネリアは動けなかった。そのかわりに金の吸血鬼——ユーリンがふと微笑《ほほえ》んだ。

太陽のような笑顔だな、とネリアは思った（月並みな表現だけれど）。

「ネリアちゃん。よろしくね」

しなやかに手が差し伸べられる。だがネリアは彼女の手を握り返すことができなかった。翦劉以外は劣等種族にすぎない——マッドハルトの語る言葉が、ネリアの中にわずかな差別意識を芽生えさせていたのである。

たとえば初めての授業のとき。ネリアはユーリンに不遜な態度で問うた。

「──利他？　何それ」

「他の人の気持ちをよく考えて行動しましょう、ということだよ。──たとえばここに美味《おい》しそうなプリンがあったとするでしょ？」

「ないわよ」

「あると思って答えてみて。──さて、ここにプリンがある。でも一個だけだ。そしてネリアの隣にも食べたがっている吸血鬼の子がいたとしよう。ネリアはどうする？」

「その吸血鬼を殺してプリンを食べるわ」

ユーリンは苦笑した。

「どうしてそうしようと思ったの？」

「世界は闘争によって成り立っているのよ。力が強い者が勝つ。そして翦劉はすべての種族の頂点に立つ超種族。吸血鬼程度なら一ひねりできるという判断から殺すことにしたの」

「なるほどね。でもそういう考え方ではいけないよ。いたずらに敵を作っていると、自分が本当に大変な目に遭《あ》ったとき、誰にも助けてもらえなくなってしまうんだ」

ネリアはムッとした。吸血鬼ごときに諭《さと》されるのが不愉快だったのだ。

「じゃあどうすればいいのよ。まさか譲れって言うわけ？」

「半分こにすればいい」

馬鹿《ばか》げている、とネリアは思った。

プリンを半分にしたらぐちゃぐちゃになってしまうではないか。

だが、このときからネリアの価値観が少しずつ変わっていったのは確かである。

ユーリンは幼い少女の片意地を巧みに溶かしていった。

彼女が教えるのは実のない礼儀作法や歴史学ではない。そんなものは王宮の書記官から教わればいい、というのが彼女の口癖で、戦い方や心の在り方などを好んで説明してくれた。それがネリアには新鮮だった。「きみのお父様には内緒だけど敵を殺す方法を教えてあげよう」

——秘めやかに笑う彼女の姿が今でも忘れられない。

ネリアはすぐに心を絆《ほだ》された。戦闘訓練で容赦《ようしゃ》なくぼこぼこにされたこともある。他種族に無神経な暴言を吐いて叱《しか》られたこともある。しかしユーリンは優しかった。間違いがあれば手取り足取り教えてくれたし、教えたことを上手《うま》くできれば手放しで褒めてくれた。

母が生きていたらこんなふうだったのだろうか、とネリアは思う。

おそらくネリアはこの家庭教師に対して亡き母の幻影を重ね合わせていたのかもしれない。

だからこそ、ユーリンが自分の娘について語るとき、少しだけネリアは不機嫌《きげん》になった。

「私には四人の子がいるけれど、いちばんの問題児は三番目の子だね。この子が本当にめちゃくちゃでなあ——良い子なのは確かなんだけど、お兄ちゃんやお姉ちゃんを困らせてばっかりいるし、うっかりすると人を殺してしまうんだ。本当に困った子だよ」

「私のほうがしっかりしてそうね」

「違いない。――でもね、あの子はいずれムルナイトを引っ張っていく存在になるだろう。いや、ムルナイトどころか世界を面白《おもしろ》おかしく盛り上げてくれるかもしれないね」

嫉妬《しっと》心を覚えてしまった。敬愛する先生が他の子を褒めているのが気に食わない。そんな教え子の心情を察したのか、金色の吸血鬼は「ごめんね」と笑って言うのだ。

「ネリアもすごい。いずれアルカを背負って立つ人間になる」

「でもアルカは腐ってるって言ってたわ。マッドハルトのおじさんが」

「私は好きだけどね。こういう平和な国は」

先生は穏やかに微笑んだ。

いま思えば――一部の人間にとっては確かにアルカ王国は腐っていたのかもしれない。

当時、王宮では民衆によるデモが頻発《ひんぱつ》していた。翦劉とは〝敵を殺すための武器〟という意味だ。アルカの国民が国王の行き過ぎた平和主義を快く思うはずもなかったし、幼いネリアの目からしても父王の行いはどこか間違っているように見えた。

人々は声高に政府を非難した。我々は闘争を望んでいる、軍を削減するとはどういうことだ、他国に示しがつかないではないか、どうして争いを厭《いと》うのだ、人と人とが殺し合うために魔核《まかく》があるのではないか――そういう風潮が広まっていった。

彼らの言うことはもっともだとネリアは思う。しかしマッドハルトが主張するような過激な思想に関しても首を傾《かし》げざるを得なかった。ユーリンは「相手に敬意のない闘争は無駄」と断言する。そしてマッドハルトが叫ぶのはまさに〝敬意のない闘争〟に他ならなかった。

ネリアがユーリンに感化されていくにつれ、だんだんとマッドハルトは失望の眼差《まなざ》しを向けてくるようになった。

――利他だの融和だの甘っちょろいことを。

――蘮劉こそが至高、ネリア殿下はそれがおわかりにならないのか。

彼はネリアを〝強い君主〟に育て上げるつもりだったらしい。だがそうはならなかった。吸血鬼の師を持つネリアにとって、彼が標榜する「蘮劉以外は奴隷である」「蘮劉が世界を独占するべきである」という思想は実体の伴わない妄想であるかのように思われた。

それを決定的にしたのが、アルカとムルナイトの間で開催された交流パーティーでの出来事だった。父に連れられてはるばるムルナイト帝国の宮殿までやってきた。初めての外国だったので緊張は一入《ひとしお》だったが、それでも先生の故郷を目にすることができたのは嬉《うれ》しかった。

宮殿の大広間には大勢の人間が集まっていた。ムルナイト帝国の吸血鬼たち。アルカ王国の蘮劉たち。ネリアはやることもなく周囲を見渡した。できることなら先生のところへ行きたかったが、彼女はたくさんの人々に囲まれて大人気だった。あれに割って入る勇気はない。

「ネリア殿下。敵国の将軍をよく観察しておくのがよろしいでしょう」護衛役の二英将マッドハルトがむすっとした表情で言った。「いずれ彼らを屈服させるためにも戦力分析は欠かせません。いくら相手が劣等種族とはいえ油断すると手痛い反撃を食らいますゆえ」

「そうね……」

　マッドハルトの言うことは正しいのだろうか。確かに民衆は戦を求めている。だがこの男の主張は抜き身の刃《やいば》のごとく危険なものであるかのように感じられるのだ。

　単に戦争をしたがっているふうでもない。他の種族に対して明確な侮蔑《ぶべつ》を含んだ視線。

　居心地が悪くなったネリアは料理が並んでいるテーブルのほうへと近寄った。せっかくなので何か食べたかったのだ。まだお昼ご飯食べてないし。

　皿に乗ったプリンが一個だけあった。

　あ、美味しそう――ネリアはそう思って何気なく手を伸ばし、
　誰かの手とぶつかった。ネリアはびっくりして隣を見た。

「え……」

　そうしてさらにびっくりした。先生――ではない。似ているけれど、どう見てもネリアと同年代の女の子だった。きれいな金髪と、きれいな紅色の瞳を持つ、ネリアが今まで見てきた中で、いちばんきれいな女の子だった。

　彼女もびっくりしたように目を丸くしていた。しかしすぐに「ごめん」と破顔し、

「どうぞ。食べていいよ」

「でも、あなたのほうがはやかったわよ」

「じゃあ半分こにしよう」

そう言って彼女はプリンにスプーンを突き刺した。

上手く二等分できなかった。「あれ、おかしいな」──いじくり回しているうちにプリンはぐちゃぐちゃになってしまう。ぐちゃぐちゃになったプリンは皿から滑って床に落ちた。

「わあああ！」と少女が悲鳴をあげた。何をやっているんだと思った。しかしネリアは笑みをこぼしてしまった。この少女はいったい何者なのだろう──いや、このときすでに予想はついていたのだ。彼女からは先生と同じにおいがしたから。

「やあネリア！　よく来てくれたね」

よく通る声が響いた。見れば、先生──ユーリン・ガンデスブラッドが、大勢の人間を引き連れながら（というか勝手についてきたのだろう）こちらに近づいてくる。

目の前の少女が弾かれたように振り返った。

「お母さん……！　プリンが……」

「ん？　大変だ。でもそこにナプキンがあるでしょ」

「あ。うん」

少女はテーブルの上にあったナプキンでプリンの残骸《ざんがい》を拾う。それを確認した先生が何かの魔法を発動させて床のシミを跡形もなく除去してしまった。「お母さん」。やっぱりこの子は先生の娘だったんだ。見比べてみれば、確かに目鼻立ちはそっくりだった。

ユーリンはたおやかな微笑みをネリアに向けて、

「ネリア、ムルナイトにようこそ。今日は授業はお休みだから、楽しんでいってね」

「ほうほう！　この子が次代のアルカ国王か！」

先生の背後から金髪少女が現れた。ネリアはびっくりして半歩退いた。

雷のような迫力を持った少女——いや大人の女性？　よくわからない。彼女は矯《た》めつ眇《すが》めつ頭のてっぺんからつま先までネリアを観察し、

「なるほどなるほど！　よき王様になりそうだな！　初めまして私はムルナイト帝国軍第三部隊隊長カレン・エルヴェシアスだ！　以後お見知りおきを」

「は、はあ」

「いやあきみの母君とは戦場で何度かお会いしたことがあるがまことにそっくりだな。特にそのきれいな桃色の髪が似ている。これは将来が楽しみだなあ美人になるだろうなあ」

ちょっと引いてしまった。テンションが高すぎるのだ。

先生がネリアを庇《かば》うようにしてカレン将軍の前に立った。

「……レンちゃん。ネリアが怖がってるでしょ」

「いやしかし。お前の教え子だっていうから気になるじゃないか」

「そんなことよりプリンの補充をしてよ」

「む？　本当だ。あれだけあったプリンがもうないぞ！　おいペトローズ！　お前が全部食べ

てしまったのだろう⁉」

「はぁ？　べつに食べてないけど……」

「口についたカラメルソースが動かぬ証拠だ！　子供たちにお菓子が回らないようではパーティーを開いた意味もないではないか。というわけでオディロン、追加をもってこい」

「何故《なぜ》俺《おれ》に命令するのだ貴様はッ！　おいやめろ蹴《け》るなッ！」

怖い顔のおじさんがカレン将軍に尻《しり》を叩《たた》かれて厨房《ちゅうぼう》へ駆けていった。

ムルナイトの吸血鬼は面白い人たちばかりだなあ――そんなふうにネリアが呆れていると、先生がネリア以上に呆れたような顔をして「ごめんね」と口を開いた。

「うちの連中は騒がしいやつらばかりなんだ。落ち着かないでしょ？」

「ううん。でも変わった国ね、ムルナイトって」

「そうかもしれないね。――ごめん、ちょっとネリアのお父さんと打ち合わせがあるから。しばらくコマリと一緒にいてくれないかな？」

打ち合わせというものが何だったのか今となってはわからない。ただ――このときのユーリン・ガンデスブラッドは、すでに次期ムルナイト帝国皇帝として世界に認知されるに至っていた。たぶん国家の今後とかそういう難しいことを話し合っていたのだろうと思う。

それはともかく。ネリアは少女――コマリのほうを見た。

やっぱりきれいな子だった。一億年に一度の美少女といっても過言ではない。

「じゃあコマリ、一緒におしゃべりをしましょう」

コマリはこくりと頷《うなず》いた。意志の弱そうな子だな——そう思った。

しかしそれは勘違いだったらしい。大人たちが去った後、ネリアとコマリは会場の隅っこの椅子《いす》に座ってパスタを食べていた。テラコマリ・ガンデスブラッドという少女は不思議な子だった。ネリアの心にはマッドハルトによって植え付けられた差別思想が少し残っていた。先生は例外だけれど、所詮《しょせん》吸血鬼なんて……。そういう気持ちがあったことは確かである。

だけど、コマリと一緒にいるとそうした意識がすっかり抜け落ちてしまうのだ。

それはたぶん、この吸血姫がどこまでも公平で優しい心を持っていたからなのだろう。

「コマリのお母さんはすごいのね。六国《りっこく》に名を轟《とどろ》かせる大将軍よ?」

「すごいのかな? よくわからない。あんまり家にいないし」

「すごいのよ。コマリも将来は将軍になるんでしょ?」

「ううん……私は、あんまり戦うのとか好きじゃないから」

ネリアは驚いた。てっきりこの少女も母と同じ道を目指しているのかと思っていたのに。

ちょっと試してみたくなった。ネリアはあえてマッドハルトの立場に回ってこんな質問をぶつけてみた。

「でも、戦わなくちゃ世界征服はできないわよ?」

「世界征服?」コマリはきょとんとした。「……いや、戦わなくても世界征服はできる」

「どうやって？」

「みんなが仲良くすれば世界は平和になるだろ。これって世界征服だよね」

「…………」

「だから私はきみとも仲良くしたい」

「そ、そう」

「でも……なんか、私、嫌われてたりする？」

どきりとした。ネリアの中に他種族を見下す気持ちがあったことは否定《ひてい》できない。

「……そんなことないわ。私はあなたのこと、好きよ」

「そっか。よかった」

ネリアはパスタをもしゃもしゃ食べ始める金髪少女をじぃっと見つめた。

どうやらこの少女はマッドハルトとは対極の考え方を持っているらしい。本気で「仲良し小好しの世界征服」を思い描いているらしい。マッドハルトのような人間が一人でもいたら破綻《はたん》してしまうだろうに。たぶんこいつは世間というものを知らないのだ。

だが、彼女の考え方がネリアの胸を打ったのも確かである。

翦劉ではないからといって見下すのはどうかしている。この子は一つしかなかったプリンを分かち合おうとする善良な吸血鬼ではないか。こういう少女を害してまで自国の利益《りえき》を追求するようなやつは――マッドハルトのような差別主義者は間違っているような気がした。

もっとこの少女のことが知りたいと思った。

「ねえコマリ。吸血鬼って血を吸うんでしょ？　私の血、飲んでみる？」

「え……」

「吸血鬼はお互いの血を与え合うことで信頼関係を確かめ合うって先生から聞いたわ。私とあなたは仲良くなれそうな気がするの。どう？　お近づきの印に吸ってみない？」

ネリアは袖《そで》をまくって腕を差し出した。

コマリは少し躊躇《ためら》う素振《そぶ》りを見せていた。もしかして翦劉の血は不味《まず》いのだろうか？——

そんなふうに不安な気持ちになったとき、背後に人が立つ気配を感じた。

「ネリア殿下。あまり吸血鬼と慣れ合うのは推奨いたしません」

マッドハルトだった。彼はネリアの腕をつかんで無理矢理に立たせた。

「いたっ……何するのよ！」

「申し訳ございません。しかし吸血鬼に血を吸わせるのはいかがなものかと。王家の血をわざわざ異国の種族にお与えになることはありませんよ」

「はあ？　私はコマリと仲を深めようと思って——」

「慣れ合う必要はないと言っているのです」

「慣れ合うパーティーだろ、これ」

ネリアは虚《きょ》を衝《つ》かれたような気分で振り返る。

コマリがまっすぐマッドハルトを見つめていた。

「せっかく来たなら仲良くすればいいじゃん」

「……仲良くしているつもりだよ。だが節度を守ることが重要なのだ。もともと翦劉と吸血鬼の間には溝があるからね」

「溝を作っているのはおじさんでしょ」

マッドハルトが瞬《まばた》きをした。ネリアは笑いそうになってしまった。よくも最強の三英将相手にここまでずばずばと意見を言えるものである。無知ゆえの蛮勇《ばんゆう》だろうか。

「ずーっとみんなのこと見てたでしょ？　もしかして楽しくないの？」

「とんでもないな。こんなに豪勢なパーティーに招待していただいて嬉しい限りだよ。質素がお似合いの吸血鬼にしては少々豪勢すぎる気もするけどね」

じっ、とコマリがマッドハルトの顔を見つめた。

「独り占めはよくないってお母さんが言ってたよ」

「……は？」

「…………、」

「おじさん、この宮殿が欲しいんでしょ？　でもここは、みんなのものだから」

「仲良くしようよ。おじさん、楽しくなさそうだから、私のプリンをあげる」

マッドハルトの目が血走った。ネリアは堪《こら》えきれずに噴き出してしまった。この少女は本気でマッドハルトのことを心配してプリンを分かち合おうとしているのだ。

「小娘……」

マッドハルトが何かを言いかけたときだった。険悪な空気を悟《さと》ったらしい祭服の吸血鬼がどこからともなくやってきて「ごきげんようマッドハルト殿ところで神について語り合いませんか⁉」などと叫びながらブチギレ寸前の将軍様を連れ去ってしまった。

ついにネリアは声をあげて笑ってしまった。大の大人が幼女にやり込められる光景が滑稽《こっけい》で仕方なかったのだ。しかし当のコマリは頭上に「?」を浮かべて首を傾げている。こいつは本当に大物なのかもしれないな、とネリアは思った。

「やっぱり面白いわねあなた。先生の子なだけある。私の血、吸ってみない?」

「いや、それはちょっと」

断られた。泣きそうになってしまった。

いずれにせよ、こうしてネリアはどんな種族に対しても分け隔てなく接する心を学んだのである。そしてこの邂逅《かいこう》は、ある意味でネリアに破滅的な不幸をもたらしたといえよう。

☆

それ以降の展開は雨後の急流のごとく目まぐるしいものだった。

　もはやネリアに更生の余地なしと見切りをつけたマッドハルトがクーデターを起こしたのである。彼は秘密裏に集めていた軍隊を出動させて王宮を包囲した。狼狽《ろうばい》して玉座から転げ落ちた王に対して侮蔑の一瞥《いちべつ》をくれ、

「闘争をお嫌いになる考えは理解できないこともない。だが揉《も》め事《ごと》を避けようとするあまり領土を他国へ売り渡すのは国主としてどうなのだ？　なぜ白極連邦《はっきょくれんぽう》の脅《おど》しに屈する？　そんなことを繰り返していたらアルカ王国は滅亡してしまうぞ！」

　国王は戦争回避のために核領域の支配地域を他国に譲渡していたらしいのだ。

　これがマッドハルト蜂起《ほうき》のトリガーだったらしい。

　国王の売国行為が明るみになってからは坂道を転げ落ちるような有様《ありさま》だった。王族や腐敗した貴族どもは「国家に対する罪」を問われて牢獄《ろうごく》に幽閉され、王制はみるみる崩壊、共和制の樹立が宣言されてマッドハルトが初代大統領に就任した。

　ネリアは黙って成り行きを見守ることしかできなかった。先生はクーデターが起きる数日前、戦場で姿を消してしまった。手紙を書いても返事はなかった。後で知ったことだが、このときユーリン・ガンデスブラッドは何者かによって命を散らされていたのだという。

　マッドハルトはネリアの前に立ちはだかってこう言った。

「ネリア殿下――否《いな》、ネリア・カニンガム。貴様は年若く責任能力を持たない。ゆえに父王のごとく投獄するのは見送りとするが、王族としての権利はすべて剝奪《はくだつ》する。今後はただの

庶民《しょみん》として、いち芻劉として生を全《まっと》うするがよい」

絶望のあまり気がふれそうだった。頼れる人間はほとんどいなかった。王宮に仕えていたメイドのガートルードだけがネリアの味方になってくれたが、それ以外は全《すべ》て敵だった。売国行為を働いた国王の娘など嫌われて当然だったのだ。

そうしてマッドハルトによるゲラ=アルカ共和国が幕を開けた。

最初は確かに国民から歓迎されていたはずである。

だがマッドハルトはとんでもない男だった。ようするに、どんな方向であっても振り切れていれば民衆はついてこられなくなってしまうのだ。

しかもマッドハルトは自分に歯向かう者には容赦をしなかった。秘密警察を用いて反体制派の人間を取り締まるのみならず、少しでも歯向かう素振りを見せた者はすぐさま捕らえて収容所送りにした。そう、収容所である――マッドハルトは自らの権力を濫用《らんよう》してこの世の地獄を作り上げたのだ。夢想楽園。近頃《ちかごろ》はリゾート地として地上部分が増設されているが、あの施設の本領は地下にある。

ネリアの父親も夢想楽園の地下にいるはずなのだ。

だから取り戻さなければならなかった。

他者のことを塵《ゴミ》としか思っていないような輩《やから》に大統領は務まらない。

ネリアは努力をした。八英将にまで上りつめ、あと一歩のところまでやってきた。マッドハルトが共和制を維持するのなら好都合である。彼の悪事を暴《あば》き立てて——夢想楽園の秘密を全世界に暴露してマッドハルトの政権を破壊する。

そしてネリアが次の大統領になり、アルカ共和国を改革してやるのだ。

そのために——先生の子、コマリに協力を仰《あお》ぐ必要があった。

※

「と、いうわけよ。一緒にマッドハルトを倒さない？」

「……え？　私たち知り合いだったの？」

「海でも言ったじゃない。覚えてないみたいでショックだったけれどね」

「……ごめん」

マジで私とネリアに面識があったという衝撃の事実はさておき。この少女の言を信じるならば、マッドハルト大統領はとんでもない暴君だったのだ。こいつを止めるためにはネリア一人ではどうにもならないから私に助力を要請してきた——ということらしい。

お茶会で私に世界征服の話を持ち掛けてきたのは私の反応を見て本質を見極《みきわ》めるためだったという。回りくどすぎるだろ。私だったら「あなたは殺人鬼ですか？」って直接聞く。

いずれにせよ話の筋はだいたい理解できた。しかし一つだけ大きな問題がある。協力するかしないか以前にそもそもネリアのご期待に沿えるような力を私は持っていないのだ。こいつは私が最強の吸血鬼だと勘違いしている。そりゃあ戦争では負けなしだし、こないだの七紅天闘争でも優勝してしまったし、結果だけを見れば最強の吸血鬼といっても過言ではないのだが――そんな感じで何も言えずにいると、ネリアが「ふっ」と笑って言った。

「悩む必要はない。翦劉と吸血鬼は手を取り合うべきなのよ」

「……お前は、お母さんのことを知ってるんだよな」

「もちろん。あの人にはお世話になったわ」

ネリアは懐《ふところ》からペンダントを取り出した。中には写真が収められている。幼い頃のネリアと――その隣に、私の母親が写っていた。懐かしさで涙が出そうになってしまった。

「この双剣も先生からいただいたものよ。最後の授業が終わったとき、今までよく頑張ったねってプレゼントしてくれたの。――どう？　少しは私を信用する気になったでしょ？」

「…………」

私はネリアの瞳をじっと見据《みす》えた。母の教え子なら悪い子ではないはずだ。彼女からは悪事を企《たくら》んでいる者に特有の邪悪な気配が――少なくとも表面上からは――感じられなかった。

「誑《たぶら》かされないでくださいコマリ様」ヴィルが警戒心をむき出しにしてネリアを睨《にら》みつけ、「月桃姫の言葉を信じてはいけません。油断させて後で刺すつもりに決まっています」

「あら、信用がないのね。刺すくらいだったら力ずくでしもべにするわ」

「聞きましたかコマリ様。このお方は吸血鬼のことなど奴隷としか思っていないのですよ」

「ちょっと！　そこのメイドさん！　それはとんでもない偏見《へんけん》ですよ！」

ネリアのおつきのメイド、ガートルードが叫んだ。相変わらず感情表現が豊かな子である。

「確かにマッドハルトやレインズワースの馬鹿野郎どもは他の種族のことなんてゴミとしか思っていないでしょうけれど！　ネリア様は違いますからね！　このお方ほど博愛精神に満ち溢《あふ》れている方はいませんよ！　吸血鬼みたいなゴミとは精神構造からして違うのです！」

「博愛精神に満ち溢れているお方なら他人に向かって『しもべにする』なんて言わないと思いますが？　そこのところはどうお考えなのですか？　ガートルードさん」

「ネリア様のしもべはとても幸せなのです！　私が保証します！　だってネリア様は私の誕生日をお祝いしてくれたりするんですよ！　こないだ六月三日で十五歳になったときには天仙郷《ようせんきょう》産の香水をいただいたんですからね！　すっごくいい香りの！」

「香水で満足するとは安いメイドですね。それならばコマリ様のしもべになったほうが一億倍お得です。コマリ様のしもべになれば毎晩コマリ様のベッドに潜《もぐ》り込んで抱きしめて芳《かぐわ》しい香りを全身で堪能《たんのう》することができます」

「えっ……（絶句）」

「おいやめろ嘘《うそ》を言うんじゃねえ！　ガートルードが引いてるだろ！」

「嘘ではなく本当のことです」

「本当のことなのかよ⁉」

「あっはっは！　面白いわね、あなたたち」

ネリアが笑った。私は恥ずかしくなってしまった。

自分の部下が変態だと上司である私までもが変態扱いされてしまいそうだからだ。

「まあ、それはさておき。――コマリ、私に協力してくれるでしょ？」

「コマリ様は協力しません。翦劉は私たちのことを生ゴミとしか思っていませんので――」

「おいヴィル、それは偏見だぞ。しもべ云々《うんぬん》は別として」

私は口をはさんだ。流石《さすが》にはさまずにはいられなかった。

「確かにゲラ＝アルカ共和国の上層部はロクでもない人間ばかりなのかもしれない。さっきのレインズワースとかいうやつの話しぶりからもよくわかる。でも、ネリアまでそうだとは限らない。お前も聞いただろ？　こいつは本当に国を変えようとしているんだ。それに――お母さんに教えを受けた人だから。少しは信用してみてもいいんじゃないかなと思うんだ」

母は人を見る目だけは確かだった、ような気がする。

この少女は今でも私の母のことを慕っているらしい。ならば冷たくあしらうのは無理な話だった。私に何ができるかわからないけれど、彼女の力になれればいいなと思う。

「……ヴィル。今回ばかりは私の判断に従ってくれないか？」

「承知しました。コマリ様がそう仰《おっしゃ》るのなら従います」

「よし。じゃあネリア、よろしくたの――、」

「ありがとうっ！」

とん、と柔らかい重みが全身に加わった。

ピンク色の髪が私の頬《ほお》に当たる。いつの間にかネリアにぎゅうっと抱きしめられていた。あまりに急だったので私は氷像のごとくカチコチに固まってしまった。え？　何これ？　いきなり抱きしめるって何？　文化の違い？――と思っていたら、衝撃的なことが起きた。

ネリアの唇が、私のほっぺたにくっついたのである。

………⁇

「はぁああ⁉　ね、ネリア様ぁ⁉」

「⁉ ⁉ ⁉―― コマリ様危険です離れてくださいッ‼」

「え？　え⁇」

恐ろしい速度でヴィルに腕を引っ張られて抱き寄せられた。何が何だかわからない。わからないけどほっぺたが熱くなってくる。やっぱり何が何だかわからない。

ネリアは妖艶《ようえん》な微笑みを浮かべて私を見つめていた。

「ふふ、どうして赤くなっているの？　これがアルカ流の挨拶よ」

「そ、そうか……まあ、文化の違いだな。ムルナイトではあんまりしないけど……」

「ネリア様！　そんな挨拶アルカにはありませんよぉ！」

「カニンガム殿、あまりコマリ様に触れないでください。錆《さび》が移ります」

「おいそんなに強く抱きしめるな！　骨が折れる！」

「すみません。ところで私もアルカ流の挨拶を試してみてもよろしいでしょうか？」

「よろしくねえよ!!」

「あっはっはっはっは！　やっぱり面白いわ——コマリ、これで取引は成立よ。ゲラ＝アルカをぶっ壊すためのアルカ・ムルナイト同盟！　これを機にみんな私のしもべにならない？」

「なるわけないだろっ！」

こうして新しい同盟が成立してしまった。

私はメイドの腕の中から逃れようと必死で藻掻《もが》く。本当は暢気《のんき》に遊んでいる場合じゃないのだ。相手はマジの戦争を望んでいる超絶野蛮人。これからとんでもない苦難が訪れることはほぼ確実だった。引きこもって本を読んでいたいのに——なぜこんなにも血生臭い事件に巻き込まれてしまうのだろうか。

「……あれ？　ここはどこ？　私は何をしていたんでしょう……だめだ、思い出せない……」

背後で誰かさんが意識を取り戻したことにも気づかない。

夢想楽園を目指して地獄のような旅が幕を開けた。

4.5 裏側の人たち

太陽が西の空に傾《かたむ》きつつあった。

昼前から始まった城塞都市の攻防はようやく落ち着き始めている――とはいっても決着がついたわけではない。決着がつかないので相手方が撤退を始めたのである。これで諦《あきら》めたとは思えないので、明日になったらまた攻めてくることだろう。

英邁《えいまい》なる七紅天《しちぐてん》〝黒き閃光《せんこう》〟フレーテ・マスカレールは、城壁の上に直立して夕闇《ゆうやみ》の向こうに【転移】していく敵の軍勢を眺めていた。

城内は惨憺《さんたん》たる有様《ありさま》である。そこかしこに散らばる多様な種族の死体、地面にこびりついた血液のシミ、破壊された建築物の瓦礫《がれき》の山――エンタメ戦争は市街地で行われることがないため、その惨状《さんじょう》は新鮮な驚きをフレーテにもたらした。

「やあフレーテ。ご苦労だったな」

「カレン様……！」

フレーテは喜色《きしょく》を満面に湛えて振り返った。

そこにはフレーテが尊敬してやまない皇帝陛下が立っていた。戦場にも拘《かか》わらずいつもの

ドレス姿。そのぶれなさがフレーテには眩《まぶ》しく見えた。相変わらずカレン様は素敵ですわ
――そんなふうに見惚《みと》れていると、彼女がにわかにグラスを差し出してきた。

「疲れただろう？　少し休みたまえ」

「あ、ありがとうございます……でも任務中ですので」

「マスカレール殿、それはただのリンゴジュースですぞ！　遠慮することはありませぬ」

皇帝の隣にはクレイジー神父のヘルデウス・ヘブンもいた。相次ぐ激戦によって祭服は返り血だらけになっているが、本人に負傷している様子はない。長年七紅天を務めているだけはある。フレーテは促されるままにジュースを口に含んだ。甘さで疲労がとろけていく。

「――それにしてもマッドハルト殿はやってくれますなあ。他国を侵略する野心を膨《ふく》らませ、あまつさえ実行してしまうなど前代未聞。首都に行って説教でもしてやりましょうか」

「やめておけ。あの男にとっては宗教ですら戦争の道具にすぎないのだろうよ」

皇帝は城壁に寄りかかって腕を組んだ。夕日に照らされた横顔が凛々《りり》しい。かっこいい。

「ふむ、それもそうですな。――いや、しかし、やられましたな。城塞都市フォールはムルナイト帝国の要衝《ようしょう》。ここまで破壊されてしまっては再建に時間もかかりましょう」

「再建などゲラ＝アルカにやらせればいい。この戦はどうあっても我々が勝つ」

「あの……カレン様。その自信はどこからくるのでしょうか？」

「簡単なことだよ。ムルナイト帝国が強いからだ」

答えになっていない。しかし皇帝が言うと真理のように聞こえるから不思議だった。

「事実やつらは手を拱《こまね》いている。おそらくマッドハルトは八英将《はちえいしょう》のすべてを投入するはずだったのだろうが、実際にここまで攻めてきたのは八部隊のうち四部隊だ。これは我が軍の作戦が功を奏したからに他ならない」

「作戦……？」

「大統領府を爆破《ばくは》したのだよ」

思わずグラスを落としそうになった。何を言われたのか理解できなかった。

「ペトローズの仕業《しわざ》さ。今頃《いまごろ》ゲラ＝アルカの首都はてんやわんやだ。斥候《せっこう》によれば八英将のうち何人かを首都に呼び戻して防御を固めているらしい。まさか大統領も自分の根城《ねじろ》が攻撃されるとは思ってもいなかっただろうな。このままアルカを滅ぼしてやるのも吝《やぶさ》かではない」

「さ、さすがに滅ぼすのはいかがなものかと」

「わかっているさ。しかし朕《ちん》はこの一件でアルカを変えてやろうと思っている。その鍵《かぎ》は既に夢想楽園を目指していることだろう」

「鍵……ああ」

皇帝の言わんとすることがわかってしまった。この人はテラコマリ・ガンデスブラッドのことを異様に高く評価しているのだ。だが城塞都市フォールを出立《しゅったつ》したいわゆる〝攻撃グループ〟は敵の襲撃を受けて分断されてしまった。テラコマリ・ガンデスブラッド、アマツ・カルラの両名はネリア・カニンガムの【転移】によってどこかへ連れ去られてしまい、デルピュネーとサクナ・メモワールが彼女らを捜索中である。

あの運動神経ダメダメな家柄だけが取り柄の劣等吸血鬼がアルカを変える〝鍵〟になるとは思えなかった。皇帝はフレーテの心情を察したらしい、ふとすごみのある笑みを浮かべ、

「コマリもそうだが、重要なのはネリアだ」

「ネリア……?」

「あの翦劉《せんりゅう》はマッドハルトのような愚者とは違うからな。内側からアルカをぶち壊すための鍵となろう。今頃はコマリと結託してアルカ方面に進軍しているんじゃないか?」

「陛下。その鍵はおそらく少人数で行動していますぞ。アルカの部隊に襲撃されたらひとたまりもありませぬ。私の隊を一部捜索に出しましょう」

「いらん。サクナとデルピュネーが動いているし、他にも手は打ってある」

「手? カラマリア殿ですか? あの方に任せるのは少々危険かと」

「あいつは疲れたから寝るそうだ。だがそれ以外にもムルナイトには部隊があるだろう。将軍不在のあの部隊がな」

第五部隊のことだろうか。意味がよくわからなかった。

皇帝はフレーテの肩をぽんぽんと叩《たた》いて笑った。

「さあ、今日は休みたまえ。明日になったら蒼玉《そうぎょく》だの獣人だの夭仙《ようせん》だのが大挙して押しかけ

てくるぞ。お前たちが頑張らないと、ムルナイトも天照楽土《てんしょうらくど》も列国に支配されてしまう」

☆

テラコマリ・ガンデスブラッドが消えた後の戦場は騒然としていた。

まず第七部隊の連中がキレた。彼らが奉じる世界最強のコマリン閣下がネリア・カニンガムに連れ去られたのである。その怒りや不満は場に残された敵兵――カニンガム隊の翦劉たちに向けられ、遠路はるばるお越しになった鉄錆《てつさび》どもはものの数分で皆殺しにされた。それだけに飽き足らず、彼らは「閣下が連れ去らされたのは誰《だれ》の責任か」という益体《やくたい》のない議論を始め、すぐさま議論は口論に変わり、口論は殺し合いに発展して隊の半分くらいが死んだ。コマリ隊の残り人数はわずか百人程度である。

これを見ていたデルピュネーは呆《あき》れの溜息《ためいき》を禁じ得ない。

第七部隊は最悪の左遷《させん》先であるとしばしば囁《ささや》かれるが、これほどとは思わなかった。自分の指揮する第四部隊がマトモでよかったと心底安心してしまう。

まあそれはさておき。

「陛下から勅命《ちょくめい》だ。我々は夢想楽園に向かう道程でテラコマリを捜索しなければならない」

「は、はい。頑張りましょう」

かたわらで夕空に浮かぶ星を見上げていた同僚――サクナ・メモワールに声をかけると、彼女はびくりと全身を震わせてから拳《こぶし》を握った。どうやら恐れられているらしい。

「……あの吸血鬼のことだ。心配するだけ損かもしれないがな」

「でも心配です。ゲラ＝アルカの人たちは、ひどいことをするって聞きましたから」

「ならば迅速に取り戻すしかない」

「はい。絶対に取り戻します。そして……アルカを倒しましょう」

デルピュネーはちょっと驚いた。

第六部隊隊長サクナ・メモワールの世間的な評判は〝気弱な美少女〟である。普段の意志薄弱な物腰から、将軍としての使命などスイカの種くらいにしか思っていないのだろうとデルピュネーは勝手に決めつけていたのだが、意外とやる気らしい。根が真面目《まじめ》なのだろう。逆《さか》さ月に所属していたという地雷的な経歴はあるが、この白い少女はもしかしたらマトモな部類なのかもしれない。他の七紅天はどいつもこいつも奇人ばかりだから。

「コマリさんが心配です。はやく出発しましょう、デルピュネーさん」

「お前はテラコマリと仲が良いらしいな」

「はい……だから気が気でないんです。コマリさん、みんなからは最強の七紅天って言われてますけど、意外と危なっかしいところがありますから。私がついてないと……」

「そうか」

「私はコマリさんの妹だったんです。でも最近は立場が逆転してるような気がします。コマリさんのことは私が守ってあげないといけないんです。さっき白極連邦《はっきょくれんぽう》が攻撃してきたときも、私がいなければ、コマリさんは大変なことになっていました」

「そ、そうか」

「ヴィルヘイズさんには任せておけません。あの人はちょっとコマリさんに邪《よこしま》な気持ちがありますから、だから私がずっと一緒にいてあげないといけないんです。本当なら寝るときとかも一緒がいいんですけど、そうするとさすがに引かれちゃいますから我慢してます。でもパジャマパーティーとかに誘えば大丈夫なんじゃないかなって最近思ってます」

「…………」

マトモなのだろうか。この吸血鬼は。

「とにかく出発しよう。捜索系の魔法は使えるか?」

「いえ。コマリさんには発信機をつけてあります」

そう言って白銀の吸血鬼はてのひらサイズの魔道具を取り出した。対象にくっつけることによって居場所を特定できるアイテムである。ちなみに使用は違法である。

「随分と用意がいいな。まるで攫《さら》われるのを予期していたみたいだ」

「えへへ。普段からつけてますからね」

「…………」

マトモじゃないな、と思った。

どうやら七紅天は奇人の集まりらしい。

☆

マッドハルトは生きていた。

突如として発生した大爆発《ばくはつ》は大統領府を粉々に吹き飛ばしてしまった。普通の人間なら即死だっただろう――しかしマッドハルトはかつて八英将として、いや二英将として活躍していた武人である。この程度の奇襲でくたばるはずもなかった。

しかし問題は大統領府爆発に端を発する民衆の意識の変化だった。

政権を糾弾《きゅうだん》するビラはムルナイト帝国の手によるものだろう。感化された民衆がマッドハルト政権への不満を叫び始めている。警備隊を用いて抑圧を試みたが、むしろそれが引き金となったようで、首都に潜《ひそ》んでいた反政府組織がゴキブリのように現れて「マッドハルトを打倒せよ！」などと主張し始めた。民衆によるデモが始まるのも時間の問題と思われる。

「……ふむ。小癪《こしゃく》なことをしてくれたな」

マッドハルトは淡泊《たんぱく》に呟《つぶや》いて通信用鉱石を取り出した。

向こうがその気ならば徹底的に叩く必要がある。ゲラ＝アルカ以外のすべての国はすべからく奴隷になるべきなのだ。あらゆる種族は翦劉に跪《ひざまず》かなければならないのだ。

『大統領！　ご無事ですか！』

鉱石から声が返ってきた。パスカル・レインズワースである。

「問題ない。それよりも貴様に命令がある」

『は、しかし……』

「状況は聞いている。ネリア・カニンガムとテラコマリ・ガンデスブラッドの追撃は引き続き行え。――それと並行して、頼みたいことがある」

『なんなりとご命令ください』

忠犬のように待機するレインズワースの姿が目に浮かんだ。

マッドハルトは少し唇を歪《ゆが》めてこう言った。

「これから〝楽園部隊〟を動かす。カニンガムとガンデスブラッドを夢想楽園に放り込んだ後、貴様に指揮を任せよう。準備をしておきたまえ」

5　夢の潰《つい》える楽園

ネリアによれば【転移】によって飛ばされた先は核領域の東方だったらしい。

通りすがりの馬車に硬貨を握らせて運んでもらう。そのまま一日も進めば夢想楽園に到着するらしいのだが、さすがに夜を徹しての行軍は不可能であるため、途中で見つけた街で一晩を明かすことにした。城門には「カルナート」という看板が掲げられている。ずっと馬車で座りっぱなしだったから疲れた。お尻《しり》痛い。ベッドで寝たい。

しかしネリアは城に入る前に私たちを引き止めてこう言うのだった。

「ちょっと待って。さっき城から出てきた人に色々聞いたんだけど、こんなものが出回っているらしいわ」

ぺらっと一枚の紙を差し出してきた。何故《なぜ》か私とカルラの写真が載っている。

写真の下には指で血を塗りたくったような文字でこんなことが書かれている。

『ＷＡＮＴＥＤ　極悪《ごくあく》大将軍アマツ・カルラ＆テラコマリ・ガンデスブラッド
この顔を見たら警備隊まで！』

「「……何これ」」

私とカルラの声が重なった。

ガートルードが「ざまあみろ」みたいな感じでニコニコしながら説明してくれた。

「このカルナートという街はゲラ＝アルカ共和国の直轄地《ちょっかつち》です。お二方が夢想楽園を目指していることがバレて指名手配されたみたいですね！」

「「なんでそうなるのおおおおおおおおおおおおお⁉」」

再び私とカルラの声が重なった。一瞬だけ隣の和風少女から同族っぽいニオイを感じてしまった。まあ平和主義者という観点から考えれば似た者同士なのかもしれないが――いやそんなことはどうでもいい！

「ここって敵地なのか⁉　だったらのんびり宿泊できるわけもないだろ！」

「まったくです！　私は帰りますからね！　こはる～！　どこにいるんですか、こはる～！」

あんみつ作ったげるから私のところへ戻ってきて～！」

「心配しなくてもいいわ。――ガートルード、あれを用意して」

翦劉《せんりゅう》のメイドがニコニコしながら私の前にやってきた。

折り畳まれた服を差し出される。受け取って広げてみる。

ゲラ＝アルカのメイド服だった。……は？

「わけがわからないって顔ね。でもそれに着替えれば何も問題ないはずよ。天下の大将軍がメイド服を着て街を歩いているだなんて誰《だれ》も思わないもの」

「い、いや……確かにそうかもしれんが……」

「私にはそのような異国風の着物は似合いません。かわりの変装をします」

そう言ってカルラは懐《ふところ》からサングラスを取り出して装着した。

ファンキーな和装少女の誕生である。

「ほら、完璧《かんぺき》でしょう？」

「ヴィル！　私もサングラスがいい！」

「よく見てくださいコマリ様。どう見てもバカですよあれ」

何がバカなんだ。かっこいいじゃないか。私もメイドにはなりたくないのでサングラスがいい！――という必死の訴えはネリアには通じなかった。彼女は嬉《うれ》しそうに私の手を握り、

「いーい？　あなたは私のメイドとして街に入るのよ？　私のことは『ご主人様』か『ネリア様』って呼ぶこと。そうじゃないとバレて大変なことになるからね？」

「ぐ、しかし……メイド以外の選択肢はないのか？」

「ありません！　大人しくネリア様のしもべになってひれ伏してください！」

「お待ちくださいコマリ様。サングラスをかけるのはバカの極《きわ》みですが、こんな女の言うことを聞くのはもっとバカですよ」

　ヴィルがメイド服を引《ひ》っ手繰《たく》って叫んだ。

「コマリ様は天上天下を支配されるお方です。いくら『フリ』とはいえ他国の将軍に跪《ひざまず》くなど天道様《てんとさま》が許してもこのヴィルヘイズが許しません。かわりに私のメイドになってください」

「誰がお前のメイドになるかっ！　そうだ、ヴィル、お前なら他の服を持ってるだろ」

「私に服を脱げと仰《おっしゃ》るのですか？」

「誰もお前の着ている服をよこせなんて言ってねえよ！」

「冗談です。ここに替えの軍服と水着があります。どちらがよろしいですか？」

「………………………仕方ない、メイド服にするか」

「ありがとうっ！　これでコマリは私のしもべね！」

「しもべじゃないっ‼」

　そんなこんなで私はネリアのメイド（仮）をやる羽目になってしまった。

　外で着替えるのは嫌だったが背に腹は代えられない。私は木陰《こかげ》に身を隠すと、変態メイドがついてきていないことを確認してからメイド服に着替え始めた。ちょっとだけ丈が余っているような気もするが大した問題ではない。これならバレる心配も――

　いや待て。私の顔は手配書以前に六国《りっこく》新聞によって全世界に知れ渡っているのだ。

　少し工夫を加えておく必要があるな。とりあえず髪型だけでも変えておこう――そう思った私は髪を一つに結んでポニーテールにしてみた。ここまでやればさすがに大丈夫だろう。あとはサングラスがあれば完璧なのだが、ないものねだりはいけない。

私は手鏡で自分の姿を確認してみる。

……これ、めちゃくちゃ恥ずかしいぞ。

「コマリ、着替えは済んだかしら？」

「ひゃあああぁっ⁉」

いきなり声をかけられてひっくり返りそうになった。

ネリアが興味深そうな顔でこちらを見つめている。

「あら！　可愛《かわい》いじゃない。一億年に一度の美少女って本当だったのね」

「本当だけど！　や、やめろ。見るな。恥ずかしいだろぉ……」

「でもその恰好《かっこう》じゃないと街に入れないわよ？　宿でゆっくりできないわよ？」

「ぐ……そ、そうかもしれないけど」

「私のことは『ご主人様』って呼びなさい」

「そんなことする必要ないだろ！　あくまでメイドのフリなんだから！」

「誰がどこで聞き耳を立てているかわからないもの。もしあなたがテラコマリ・ガンデスブラッドだと露見したら通報されて殺されるけど、それでもいいの？　ほら、これは練習よ」

何でそんなアホなことしなくちゃならんのだ。お前にはガートルードという立派なメイドがいるだろうに。しかし羞恥心《しゅうちしん》と命を天秤《てんびん》にかけるなど愚の骨頂。……ええい仕方ない！

私はネリアの前に立つと、鋼《はがね》の意志で恥ずかしさを封じ込めながら呟《つぶや》いた。

「ご、ご主人様……」

「ッ――！　そ、そうね。ちょっと疲れたわ。肩を揉《も》んでくれる？」

「はあ⁉　自分で揉めよ！」

「あ、あなたに揉んでもらいたいのっ！　これも練習よ。通報されたいの？」

むしろ通報してやりたい気分であるが抗《あらが》うことはできない。

ネリアは空間魔法か何かで木の椅子《いす》を取り出すと、優雅に腰を下ろして足を組んだ。仕方ないので私は彼女の背後に立ち、その華奢《きゃしゃ》な肩をモミモミと揉んでやるのだった。

「……ど、どうだ、気持ちいいか」

「全然だめね。言葉遣いがなってない」

「き、気持ちいいですか？　ご主人様……」

「……あなた、やっぱり私のしもべにならない？」

「なるわけ――な、なるわけないですよ！　ご主人様！」

「べつにガートルードみたいに無理なことをさせるつもりはないわ。コマリは自分が得意なことだけをやればいいのよ？　悪い条件じゃないと思うけど」

「得意なこと？」

「コマリは何が得意なの？　やっぱり殺戮《さつりく》？」

「えっと、お菓子とか作ったり……」

「じゃあ私にお菓子を作ってちょうだい。それ以外は何もしなくていいわ。気が乗らなかったら好きなように休暇を取っていい」

「え」

「好きなだけ本を読んで好きなだけ遊んで気が向いたら戦場で虐殺《ぎゃくさつ》をすればいいわ。その他にも欲しいものがあったら何でも言いなさい。私が買ってあげるから」

「働かなくていいの？　引きこもっていいの？」

「ひ、引きこもり？　……まあそうね。コマリの手作りお菓子が食べたくなったら呼ぶわ」

「…………」

「私のこと、もっかい『ご主人様』って呼んでみて？」

「……………………ごしゅじんさま」

「っ⁉ ⁉　い、いい子ね！　今日からあなたは私のメイドよ、コマリ！」

頭をナデナデされた。つい「ご主人様」なんて言ってしまった自分の迂闊《うかつ》さを呪いたい。

でもよく考えたら最高の就職先じゃないか？　殺し合う必要はないんだぞ？　部下の下克上に怯《おび》える必要はないんだぞ？　まじでメイドになっちゃおうかな——と思っていたら、

「コマリ様、誑《たぶら》かされてはいけません！　今そいつ殺しますから！」

「止まれ吸血鬼メイドぉ！　ネリア様には指一本触れさせませんからねえっ！」

少し離れたところでメイド同士が殺し合っていた。ヴィルもガートルードも血走った目で武器を構えて容赦《ようしゃ》のない斬撃《ざんげき》を繰り出している――って何でだよ⁉　お前ら味方同士だろ⁉

「ごしゅ……じゃなくてネリア！　あいつら止めないとやばいことになるぞ！」

「ネリアじゃなくてご主人様でしょ！　もう！　……ふん、まあ一理あるわね。もたもたしてると日没で城門も閉まっちゃうから。――ほらガートルード！　遊びの時間は終わりよ！」

ネリアは椅子を魔法で片づけると、私の腕を引いて歩き出した。

さらにガートルードの首根っこをつかんで力づくで戦闘を停止させる。

私も変態メイドをねじ伏せられるだけの腕力が欲しいところだ。今日から腕立て伏せを始めようかな。でも二回くらいやると筋肉痛になるんだよな。やめておこう。

城の衛兵はネリアの正体に気づかなかった。彼女もサングラスを装備するという天才的な変装をしているのだ。何故変装しているのかというと、ネリアもゲラ＝アルカ政府のお尋ね者になっているから。夢想楽園を目指していることがレインズワースを通してマッドハルトにバレてしまったようで、私やカルラと同じく指名手配の紙が出回っているという。

衛兵はネリアの顔を見て、次いでカルラの顔を見て、ガートルードとヴィルの顔をまじまじと見つめ、最後に私の顔を舐《な》めるように観察した。彼の眉《まゆ》がぴくりと動いた。

「ん？　そこのお嬢ちゃん、どこかで見たような……」

私は慌《あわ》ててヴィルの背中に隠れた。やっぱりダメじゃん！　ポニーテールじゃなくてツインテールにすればよかったよ！――と己《おのれ》の浅はかさを懺悔《ざんげ》していたとき、いきなりネリアがポケットから金塊を取り出してドン！　と衛兵の前に置いた。

「この子は恥ずかしがり屋なのよ。あんまりジロジロ見ないでくれる？」

「で、でも……そのメイド」

「気のせいよ。殺されたくなかったらこの賄賂《わいろ》を受け取りなさい」

衛兵は押し黙った。とんでもねえ裏取引を見た気がする。

とにもかくにも、こうして私たちは「メイド三人と謎《なぞ》のグラサン少女を引きつれた謎の金持ちグラサンお嬢様ご一行」という扱いで街に入ることに成功したのである。

☆

日没のカルナートは多様な種族でごった返していた。とはいってもゲラ＝アルカ共和国の直轄《ちょっかつ》都市ということもあり、やはり翦劉種が多い。往来のあちこちに刀剣を象《かたど》った石像が飾られているのは明らかにあの国の趣味だろう。

宿屋で部屋を取ってから夕食を食べに行くことにした。

街中は「仕事が終わったから飲みに行こうぜ！」的なノリを存分に発揮した人々で溢《あふ》れており、私たちみたいな「旅行に来ましたよ」といった感じの女の子集団はどうしても注目を浴びてしまう。誰かとすれ違うたびに好奇の視線を向けられ、中には「ねえきみたち俺《おれ》らと遊ばない～？」と友達でもないのに遊びに誘ってくる人も現れてヴィルやガートルードに殺されるという殺人事件が発生した。言うまでもなく全力で逃げた。

そんなこんなでネリアおすすめのレストランに到着する。

路地裏にひっそりと佇《たたず》む隠れ家的な店だ。ここならば人目につくこともないだろう、そう思っていたのだが店内は意外と人が多かった。でもネリア曰《いわ》く「大丈夫」とのこと。何が大丈夫なのかわからなかったが、メニューにオムライスがあるのを見てどうでもよくなった。

「――さて、状況を整理しましょうか」

テーブルにつくなりネリアが口火を切った。

しかし私はそれどころではない。この店にはオムライスが十種類近くもあったのだ。オーソドックスなトマトケチャップのオムライス、夏野菜のデミグラスオムライス、ホワイトソースのきのこオムライス――あ、ハンバーグオムライスなんてのもある！

「私たちは夢想楽園の目前《もくぜん》まで来ている。あと少し歩けば到着よ。正直言ってここまで敵の襲撃がなかったのは僥倖《ぎょうこう》としか言いようがない。今後も細心の注意を払う必要があるわ」

「ネリア様。夢想楽園に辿《たど》り着いたら何をすればいいのでしょうか？」

「もちろん地下の秘密を暴《あば》くのよ。あそこにはゲラ＝アルカの闇《やみ》が凝縮されている」

「闇とはいったい何でしょう」

「やつらは非道な人体実験をしているのよ」

「ねえヴィル、どれ頼んでもいいの？」

「お好きなものを注文してください。――人体実験ですか。そういえばアマツ殿は夢想楽園に神具が運び込まれていると仰っていました。それと関係しているのでしょうか」

「そうね――おそらくはそう。私には夢想楽園の地下に入る権利がなかったから正直よくわからない。でも神具を使って何かやっていることは確かよ。ねえガートルード」

「はい……私、何度か偵察したことがあるんですけど、聞いたことがあるんです。夢想楽園の地下から人間の悲鳴が響いてきて……とても苦しそうで……」

「きのこオムライスにも興味があるけど普通のも捨てがたい。ハンバーグオムライスはちょっと贅沢だよな……でもせっかくここまで来たんだし……」

「尋常《じんじょう》ではないですね。そもそも神具はどこから仕入れたものなのですか？」

「さあね。でも非合法なテロリストグループとつながっている可能性も否定《ひてい》できないわ」

「ねえヴィル。二つ頼んでいいかな？　半分こしない？」

「そうですね半分こしましょう。――しかし奇妙な話ですね。マッドハルトは何故そんな国家機密の上にリゾート施設など造営しようとしていたのでしょうか」

「天照楽土《てんしょうらくど》や夭仙郷《ようせんきょう》から疑いの目を向けられていたからね。観光地にしてカモフラージュしようって魂胆じゃない？　馬鹿《ばか》げているとしか言いようがないけれど」

「はあ……」

「とにかくマッドハルトは畜生よ。ちょっとでも自分に反抗した者はすぐにでも楽園送りにされてしまうの。警備隊とか秘密警察とかを好き放題に操《あやつ》ってね。だから民衆は表立って政権を批判することができない」

「なるほど。ゲラ＝アルカは共和制とは名ばかりの独裁国家だった、というわけですね」

「そう。翦劉をマッドハルトの魔手から救うためには誰かがなんとかするしかない。夢想楽園の秘密を暴いてマッドハルトを退陣させなければならない。でも私ひとりで足掻《あが》いてもどうにもならない――悔しいことに敵が強大すぎるからね。だからあなたたちの力が必要なのよ。テラコマリ・ガンデスブラッドと、ついでにアマツ・カルラの力が」

「決めた！　きのこオムライスとシーフードオムライスだ！　ヴィル、これでいいよね？」

「……おいコマリ。私の話を聞いてたかしら？」

「え？　ご、ごめん。オムライスに夢中で……」

「正直ねあなたはっ！　そういうところも素敵だけれど！　ヴィルヘイズ、後でコマリに説明してあげなさい」

「あなたに命令されるのは癪《しゃく》ですが承知しました」

「よろしい。カルラは聞いてた？　聞いてたわよね――」

ネリアの言葉が止まった。

私はつられて対面に座るカルラを見た。サングラスをかけているためわかりにくいが、明らかに居眠りしている。口からよだれを垂らして背もたれに寄りかかっている。

ガートルードが冷たい目をしてカルラの頭をひっぱたいた。

がくん！　と黒髪が跳ねた。

「ふぇ⁉　にゃ、にゃんですか⁉　もう朝ですか⁉」

「このオトボケ和菓子っ！　ネリア様が大切なお話をしている最中なのに！」

「え？　え？——ああなるほど。本日の夕飯の話ですか。よければ私が作りましょうか？　お味噌汁は濃いめで構いませんか？」

「ここはレストランだっての！」

今度はネリアがこつん、とカルラの頭を拳《こぶし》で叩《たた》いた。

なんか薄々気づき始めたんだけど、もしかしてカルラってけっこう私と似たタイプの人間なのか？　いやまあ、戦闘能力は天と地ほども離れているだろうけどさ。

いずれにせよ二人とも聞いてなかったせいで再度掻《か》い摘《つま》んだ説明が行われた。申し訳ないという気持ちでいっぱいである。しかし——私はゲラ＝アルカ共和国の実情を知って少し驚いてしまった。マッドハルトが想像以上に壮大なことをやっていたからである。

とはいえ彼らの志向が悪辣な方面を向いていることは最初からわかっていた。

たとえば——八英将《はちえいしょう》レインズワースの差別的な発言。

皇帝と会話していたマッドハルトの高圧的で好戦的な態度。

ああいう連中が牛耳っている国はさぞかし窮屈《きゅうくつ》なんだろうなと思ってしまう。

「――コマリ様、オムライスが運ばれてきましたよ」

「ほんと⁉ やった！――あ、でも」

注文した料理が続々とやってくる。もくもくと立ち昇る湯気。ふんわりとした卵。クリーミーなホワイトソース。柔らかそうなきのこ……見るからに美味《おい》しそうだった。

しかし私はスプーンを握ったまま固まってしまった。

今は一応戦争中なのである。しかもエンターテインメントではないガチの戦争。

「……フォールに残った防御グループのみんなが頑張っているかもしれない状況で、私だけ美味しいものを食べるのはちょっと気が引けるな。というか第七部隊のみんな、無事かな」

「メラコンシー大尉から連絡がありました。メモワール隊とデルピュネー隊に合流して私たちを追いかけているそうです。敵軍と何度か戦闘があったそうですが」

「そうか……なんだか申し訳ないな」

「何を仰ってるんですか。食べられるときに食べておかないと肝心なときにダウンしますよ」

「まあ、確かに今日は何度か死にそうな目に遭ったせいでお腹《なか》ぺこぺこだけど」

「どうせコマリ様は明日も死闘を繰り広げることになるのですから、最後の晩餐《ばんさん》と思って味わっておかないと損です」

「……帰っていい？」

「帰る場所があると思いますか？　ムルナイトは国難に直面しているのですよ」

あまりにも理不尽だった。何故こんなにも大事になっているのだろう。

今すぐにでも将軍辞めたい。辞めてネリアのメイドになりたい。そうだ、もし明日戦闘が勃発《ぼっぱつ》しても私は応援する役に回ろう。適材適所だ。

「……ねえ。ちょっと前から思ってたんだけど、コマリって自分の力に無自覚なの？」

「無自覚？　かもしれないな。私の中に眠っている力を引き出せばもっと面白《おもしろ》い小説が書けるはずなんだ。日頃《ひごろ》からそう信じて文章を書いているつもりだよ」

「……小説？　いや、そうじゃなくて――」

ネリアが何かを言いかけた瞬間、
ばこぉん！　とレストランの扉が勢いよく開かれた。私はびっくりしてスプーンにのっけたオムライスを床に落としてしまった。悲しくて泣きそうになってしまった。とりあえず床を掃除しようとナプキンを掴《つか》んで屈《かが》んだが、いきなり怒声を浴びせられて固まってしまう。

「全員動くな！　警備隊だ！」

場に緊張が走った。客たちは一様に口を噤《つぐ》んで招かれざる客を見やった。

そこにいたのはゲラ＝アルカの官服を着た男たちだった。警備隊――つまり犯罪者を取り締まる公的組織ということである。嫌な予感がした。まさか私たちの正体がバレてしまったのだろうか。戦々恐々とした気分で硬直していると、警備隊の連中はズカズカと店内に踏み込んでまっすぐ私たちのほうへと近づいてきた。ヴィルが密《ひそ》かにクナイを構える。ガートルードが後ろ手でナイフを弄《もてあそ》ぶ。ネリアは頬杖《ほおづえ》をつきながら敵の動きをじっと観察する。カルラはなぜかテーブルの下に身を隠し始める。お尻が出ている。

「貴様らだな！　マッドハルト政権に楯突《たてつ》こうという不逞《ふてい》の輩《やから》はッ！」

あ、まずい。これ完全にバレてるやつだ――と思ったら、

「――ち、違うっ！　誤解だ！　俺たちにそんなつもりはない！」

隣の席の人たちが大慌てで立ち上がった。

しかし警備隊は有無を言わせなかった。隣の席の人たちが舌打ちをして走り出そうとした瞬間、何かの魔法が発動してすってんころりと転倒した。次いで魔力の縄を用いて彼らの身体をぐるぐると縛り上げてしまう。あまりにも鮮やかな手際だった。

「やめろ！　俺たちは何もしてないだろうが！」

「ほざけ。貴様らはマッドハルト政権を誹謗中傷《ひぼうちゅうしょう》するビラを流布した。弁解をする機会など与えん。アルカ法第二万五百三条に則って楽園送りの刑に処す」

「ふざけんな！　ここはアルカじゃない、核領域だ！　いったい何の権限があって――」

男の身体がびくりと跳ねた。まるで電流を流されたかのような様子だった。そのまま意識を刈り取られてしまったらしい、がくりと床に倒れ伏して物言わぬ屍《しかばね》と化してしまう。

縄で縛られた彼らはゴミのように引っ張られていく。客たちの怯えた視線に構う素振《そぶ》りも見せず、ゲラ＝アルカの番兵たちは夜の往来へと消えていった。

私は呆《あき》れてものも言えなかった。ネリアが舌打ちをして腕を組み、

「……ああいうのがまかり通っているのが今のアルカなの。あんまり滅多《めった》なことは言えないけれど、捕まったやつらは大した罪を犯していないはずよ。でもゲラ＝アルカの法では禁止されていることだから、警備隊がやってくる。夢想楽園の収容所に入れられてしまう」

「頭が腐っているのではないですか、この国は」

テーブルの下から出てきたカルラがぼやいた。そのぼやきは正論だと誰もが思ったに違いない。まさに頭が腐っているのだろう。私にマッドハルトの考えなんてわからないし、彼にも思うところがあってディストピア（らしきもの）を作り上げているのかもしれない――だけど、やっぱりゲラ＝アルカの在り方は間違っているような気がしてならなかった。

「……決戦の時は近いわ。今日は早めに寝て英気を養いましょう。明日、朝の五時に出発するから」

ネリアは真剣な表情をしてそう言った。彼女の瞳《ひとみ》の中では炎が揺れている。なんとしてでもゲラ＝アルカをぶっ壊そうという、輝かしい怒りの炎だった。

☆

翌朝、起きたら朝の十時だった。

「――なんでだよ⁉」

私は慌ててベッドから飛び起きた。ネリアは五時に出発すると言ったのである。完全なる寝坊である。もしかしたら皆に置いて行かれたかもしれない――そんな不安を抱きながら辺りを見渡していると、変態メイドが頬杖をつきながら窓の外を眺めている光景が目に入った。

「夏の風が気持ちいいですね……」

「気持ちいいのはわかるけど起こしてよ！　寝過ごしちゃったじゃん！」

「コマリ様もこちらに来ます？　窓の外に面白い光景が広がっていますよ」

「それどころじゃないだろ！　はやくネリアに謝りに行かなくちゃ……」

「それこそそれどころではありませんよ。とにかく見てください」

「なんだよ、お祭りでもやってるの？」

私は不審に思いながらも窓の外を眺めてみた。

まさにお祭りだった。ゲラ＝アルカ共和国の軍服を着た軍人どもが宿屋の手前の往来にたむろしていたのである。瞬時に首をひっこめてベッドに飛び込んで毛布にくるまった。私はおそらく寝ぼけているのだろう。それか夢を見ているのだ。あんな現実認めねえ。

「コマリ様、敵軍に取り囲まれています」

「それは夢の一種だな」

「どうやらレインズワース将軍が宿屋に押しかけてきたようです。既に私たちの捜索が始まっています。あ、今どこかの部屋のドアが破られましたね」

ばごぉん！　という破壊音とともに悲鳴や怒号が私の耳まで届いてきた。

もはや現実逃避をしていられる段階ではなくなった。私はバネに弾かれたような勢いで飛び起きると、メイドにつめよって絶叫した。

「おいどうするんだよ⁉　なんでバレてるんだよ⁉　はやく逃げなくちゃ……！」

「そう仰ると思って既にコマリ様を軍服に着替えさせておきました」

「その隙《すき》に私を連れて逃げろよ⁉　って本当に着替えさせられてるじゃねーか‼」

ばん！　と扉が開かれた。私は恐怖の絶叫をあげてヴィルの背後に隠れた。ああ終わったな――と死を覚悟したのだが部屋に入ってきたのはアルカの連中ではなかった。

昨日と違う柄の着物をきちんと着こなした少女、アマツ・カルラである。

「ガンデスブラッドさん！　窓の外を見たらたくさんの敵が……！」

「わかってるよ！　どうしようヴィル！」

「アマツ殿の圧倒的な力で蹴《け》散らすのが最善かと思いますが」

「ま、待ってください。私が本気を出したら敵はおろか街ごと消滅してしまいます。ここはガンデスブラッドさんが戦うのがよろしいかと」

「馬鹿言うな！　私が本気を出したら街どころか核領域が吹っ飛ぶんだよ！」

「間違えました！　私が本気を出したら核領域どころか全世界が吹っ飛びますからね！」

「おっと間違えた～！　私が本気を出したら全世界どころか全宇宙が消し炭になるんだ！　もう全宇宙以上に広い場所なんてないぞ、観念しろ！」

「はっ、全宇宙ですって？　笑止の至り！　私が本気を出したら全宇宙どころか時空が破壊されてこの世の法則がカタストロフィーなんですからね！　どうだ参ったか！」

「本気を出さなければいいだけでは？」

「「…………」」

ばごぉんっ！　ばごぉんっ！　と下の階で何者かが暴れ回る音がする。レインズワースたちが好き放題に宿を破壊しているのだ。この階に上がってくるのも時間の問題だろう。

しゃん、と鈴が鳴った。カルラが「仕方ないですね」といった表情を浮かべ、

「言い争いは建設的ではありません。まずはカニンガムさんに相談しましょう」

「そ、そうだ！　ネリアはどうしたんだ⁉」

「まだ寝てますね」

「あいつも寝坊かよおおおお‼」

「五時に出発するから」とか言ってたのはどこのどいつだよ！　朝に弱いって聞いてたけど敵地に攻め込む日まで寝坊するかよ普通！　ガートルードは何やってんだよ！――いやつっこんでる場合じゃない。私とカルラは大慌てでネリアの部屋へとダッシュした。ドンドンと扉を

叩いてみるが返事はない。マジで寝ているらしい。くそ、どうすればいいんだ！

「どいてくださいコマリ様！」

「え？　おわあああっ⁉」

いきなりヴィルが巨大なハンマーを取り出して扉に打ちつけた。どがぁん！――という破壊音とともに木の扉がひん曲がって吹っ飛んでいく。誰が弁償するんだろう。ゲラ＝アルカの連中のせいにしておけばいいか。うん、それがいい。

そうして部屋に足を踏み入れた私たちが見たものは予想通りの驚くべき光景だった。

ガートルードがベッドの上で爆睡していた。

ネリアもベッドの上で爆睡していた。

私は悲鳴をあげて寝ているネリアに飛びかかった。

「おいネリア！　すやすや眠ってる場合じゃないだろ、敵が来てるんだよぉ！」

「んぅ……バナナは皮をむかなきゃだめよ……」

「意味わかんねえよ‼　起きろ‼」

私はネリアの肩をつかんでガクガクと揺さぶった。瞼《まぶた》がゆっくりと上がっていく。

「……ふぇ？　こまり？　な、なんであなたが私のベッドにいるの⁉」

「まずいぞ！　ゲラ＝アルカの軍勢に見つかった！」

「は、はあ⁉」がばりと起き上がり、少し考えて、「……いいえ、そんなはずはないわ！　私たちの居場所は誰にも知られていないはずよ！　変装もしたし」

「一晩明けて頭が冷えたら気づいたけどあの変装ガバガバすぎだったんだよ！　誰かに通報されたに決まってるだろ！　はやく逃げないとぶっ殺されるぞ！」

「変装だけじゃないわ！　実はガートルードが認識阻害の魔法をかけていて――」

「――おやおや！　ネリア、なんだその恰好は？」

男の声が聞こえた。私はぞっとして振り返る。トカゲのような顔をした男が戸口に立っている。パスカル・レインズワース。昨日フォールに襲撃を仕掛けてきた八英将だった。

「ネグリジェも可愛らしいではないか。まあお前には水色よりもピンクが似合うと思うが」

「ほざけ変態。その口を削ぎ落としてやろうか？」

「相変わらず口が悪いな。だがその虚勢もいつまで続くかな？　お前はマッドハルト大統領から指名手配されている。国家転覆共謀罪の疑いだ。逃げ場なんてないんだよ」

「それがどうしたの？　私はもうマッドハルトのもとには戻らない」

「だが俺のところには戻ってくる。――とにもかくにも、罪人となったお前を武力で屈服させるのは合法というわけだ。この機会に力の差を思い知らせてやろうではないか」

何か突破口はないか――と辺りを見渡した瞬間、
ネリアがどこからともなく取り出した短剣を投擲《とうてき》した。私のほっぺたスレスレで飛んでいった刃《やいば》はレインズワースのほうに向かって驀進《ばくしん》する。しかし彼は流れるような動作で剣を素早く振るい、短剣を打ち落としてしまった。

レインズワースが踏み込んできた。ネリアが腰の双剣を抜いてベッドから飛翔《ひしょう》する。

甲高い音とともに火花が散った。

動体視力が追いつかなかった。気づいたときにはネリアとレインズワースが激しい剣の打ち合いを繰り広げていた。一合、二合と斬《き》り結ぶうちに私の周りのベッドやクローゼットやシャンデリアや花瓶《かびん》や壁掛けの絵が無残な姿になっていく。

「はははは！　寝起きにしては威勢がよいではないか！」

「起きろガートルード！　いったん撤退するわよ！」

ネリアが寝ているメイドの腕をつかんでバックステップ。そのままがしゃぁん！　と窓を突き破って宿屋の外へ飛び降りた――ってここ三階だぞ⁉

「コマリ様！　私たちも逃げますよ」

「え？――ちょっ、」

ヴィルが煙幕を放った。前回の七紅天《しちぐてん》闘争で見た〝男だけを殺す毒ガス〟である。

ぼふん！　と急激な勢いで煙が充満していく。

一寸先の闇の中から「なんだこれは」『貴様ぁ！』『卑怯《ひきょう》な！』という罵声《ばせい》が聞こえてくる。

どうしたらいいのかわからず足踏みをしていると、いきなりヴィルにお姫様抱っこされてそのまま窓からダイブすることになった。

「お、置いていかないでください皆さんっ！　そっちが出口なんですね⁉」

ついでにカルラもダイブしていた。悲鳴をあげる暇もなかった。とすん！　と重力に逆《さか》らうような所作《しょさ》で華麗な着地をヴィルが果たした直後、べしーん！　というコミカルな音とともにカルラが地面に墜落した。

……え？　あれ大丈夫？　顔面からいったよね？　ぴくりとも動いてないんだけど。

「さあ行きますよコマリ様！　カニンガム殿を追いかけましょう！」

「ちょっと待って！　カルラを置いていけないよ！」

「死んだので捨てていきましょう」

「死んだのかよ⁉」

あいつはいったい何のためについてきたんだ。世界最強の五剣帝《ごけんてい》じゃなかったのか？――という疑問はすぐさま霧散した。毒ガスで死ななかったレインズワースとその部下たちが殺意を滾《たぎ》らせながら続々と飛び降りてきたのである。まずい、あいつら足が速い！

朝のカルナートは人通りが疎《まば》らだった。しかし突如として始まった鬼ごっこで住人たちの目が覚めてしまったようで、家屋の窓から私たちの様子を眺めてわあわあ騒ぎ始めていた。

「コマリン閣下だ！」『ネリア将軍もいるぞ！』『がんばれ～！』『逃げろ～！』

テンションおかしいだろ。そんな暢気な話じゃねえんだよ。

「妙ですね」

「何が妙なんだよ！　あいつらが男じゃないかもしれないってことか⁉」

「男を殺す毒ガスで死ななかったのは単に生命力が強いからでしょう。そうではなくて――ゲラ＝アルカの軍がこんなにも早く我々の居場所を突き止めたのが妙なのです」

「知らないよそんなの、なんか探す魔法があるんだろ！　なんでもアリのご都合主義パワーの塊だからな魔法ってやつは！」

「そんな都合のいい魔法はありませんよ。――昨晩、我々にはガートルード殿による認識阻害の魔法がかけられていたのです。きちんと発動していることは確認したので、誰かが私たちのことを軍に通報したとは考えられません」

「あれ？　じゃあ変装する必要なかったよね？　なんで私はメイドになったの？」

「カニンガム殿の変態的趣味です。あと私も見てみたかったので」

「やっぱり変態だなあいつもお前も‼」

そのとき、背後からすさまじい速度で火炎魔法が飛んできた。

ヴィルが間一髪で回避する。昨日ラムネを買ったお店が大爆発《ばくはつ》して炎上した。

最近何かが爆発する映像を見ることが多い気がする。なぜだろう？　答えは簡単だ。私の周りには爆弾魔が多いから。

「コマリ！　この人数じゃレインズワースの第四部隊は相手にできない！　撒《ま》くわよ！」

先を走るネリアが私に向かって叫んだ。撒くわよなどと言われてもどう撒けばいいのかまったくわからない。レインズワースの軍勢は血走った目をして追いかけてくる。おそらく私たちを捕まえて夢想楽園に閉じ込めるつもりなのだろう。

「食らえッ！　上級刀剣魔法・【劉撃《りゅうげき》の雨】」

濃い魔力の気配。私がハッとして振り返るのと、レインズワースの剣から無数の斬撃が繰り出されるのはほぼ同時だった。ヴィルが咄嗟《とっさ》に身を捻《ひね》って進行方向を変える。雨あられと襲いかかる魔力刃の大群は標的を見失い、そこらの家屋や街灯やお店や通行人にぶっ刺さって弾け飛んでいく。しかし完全に躱《かわ》しきれなかった一本がヴィルの足首にかすった。

「ぐっ、」

「ははははは！　くたばれ吸血鬼めが！　貴様らが翦劉に敵《かな》うはずもないんだよッ！」

体勢が崩れる。私はヴィルの腕から放り出されて舗装された道路をごろごろと転がった。痛い。痛いけれど自分のことなんてどうでもいい、ヴィルは大丈夫だろうか――

声をあげようとした瞬間、レインズワースの魔法が再び襲い掛かってきた。

ヴィルは地面に膝《ひざ》をついたままクナイを振るって魔力刃を打ち落としていく。その隙を狙《ねら》ってレインズワースが踏み込んできた。危機を悟《さと》った彼女は後退しようと腰を浮かせ――足首の痛みに耐えきれずその場にひっくり返ってしまった。

「吸血鬼め、まずは一匹だ――!!」

長剣が振り上げられる。

ヴィルが殺されようとしている。

私は——私は、

「させるかぁっ!!」

「おいコマリ！　何やってんのよっ！」

遠くのネリアが怒声をあげた。しかし私の身体は勝手に動いていた。まったくもって愚かな行動である——私が前に出たところで何も変わらないのに。そんなことは重々わかっているはずなのに、あのメイドが真っ二つにされるのだけは我慢ならなかったのだ。

私はヴィルを庇《かば》うようにして彼女の前に立っていた。

目の前には鬼のような顔をした男が剣を構えている。

ヴィルが何事かを叫んだ。しかし私の耳には入らなかった。ああ——ここでついに初めての死を遂げるんだな、そういう非現実的な感覚だけが頭の中をぐるぐると巡り、
しかしいつまで経《た》っても痛みは訪れなかった。

「ぐッ……なんだ、これは……!?　動かないッ……！」

レインズワースが呻《うめ》いた。

見れば、彼の長剣には真《ま》っ赤《か》な鞭《むち》らしきものが巻きついていた。

忘れるはずもなかった。あんなに物騒な魔法の使い手は他にいないだろう。

「——鉄錆《てつさび》どもめ。貴様らにこれ以上好き放題させるわけにはいかん」

「で、デルピュネー⁉」

私は驚愕《きょうがく》した。武器売り場の屋台の上に立っていたのは、仮面を装着したミステリアスな吸血鬼——七紅天デルピュネーだったのである。しかも彼女が率いる第四部隊の連中までもが勢揃いしている。例によって全員が仮面を被った謎のサーカス集団である。その向こうには和魂種の軍勢もいた。カルラの部下たちだろう。

「このッ！　次から次へと蛆虫《うじ》のごとく……！」

「蛆虫は貴様だ。死ね」

デルピュネーが腕の傷口から大量の血のナイフを飛ばした。

相変わらず痛そうな攻撃方法である——しかしナイフの威力や速度はすさまじかった。レインズワースは迫りくる凝血魔法をさばくのに手一杯で私に構っている暇がない。そのかわりに右往左往している自分の部下たちをキッと睨《にら》みつけ、

「おい何をやっている貴様ら！　テラコマリ・ガンデスブラッドを殺せ！　やつはムル天同盟の盟主なのだ！　捕らえた者には褒美をくれてやる！」

翦劉たちが奇声をあげて襲い掛かってきた。しかし彼らの動きは一瞬にして阻《はば》まれた。レインズワースの隊に向かって横殴りの暴風のごとく襲い掛かる一団があったのだ。援軍はデルピュネーだけではなかったらしい。

次の瞬間、私にとっては迷惑な——しかし頼もしい歓声が響きわたった。

「閣下！」「こまりん閣下！」「ようやく追いつきましたよ！」「殺戮の時ですね！」「ふははははは腕が鳴るぜぇ！」「鉄錆どもは全員ぶっ殺して特注の箸《はし》にしよう」――第七部隊の馬鹿どもである。やつらは血走った目をしてレインズワースの兵を殺しまくっていた。そうして私の眼前で血生臭い大乱闘が始まった。一歩でも足を踏み入れたら即死しそうな勢いである。

「閣下！　ご無事でしたか」

そう言って私の前に現れたのはベリウスとカオステルだった。さっそく返り血で真っ赤になっているのはまあ許容範囲だが敵の腕や生首を鷲摑《わしづか》みにして持ってくるのはやめてほしい。

「閣下。ゲラ＝アルカ政府の発表によればネリア・カニンガムは閣下と協力して国家転覆を企《たくら》んでいるのだとか。そういう方針で構いませんね？」

「う、うむ。そういう方針だ」

「承知しました。それでは殺戮開始と参りましょう。――ベリウス！　どちらが多く殺せるか勝負しませんか？」

「ふん、たまには悪くないな。私が勝ったら一杯奢《おご》ってもらおう」

そう言って二人は乱戦の渦中《かちゅう》へ飛び込んでいった。相変わらず血の気の多い連中である。

そういえばヨハンとかどうしたんだろう。死んだのかな。ああそういえば死んでたな。

「コマリさん！　大丈夫ですか⁉」

さらにさらに聞き慣れた声が私の耳朶《じだ》を震わせる。

私は驚いて視線を遠くに投げかけた。第七部隊の向こうに立っていたのは――白銀の吸血鬼。私の後輩にして七紅天大将軍、サクナ・メモワールだった。彼女は愛用のでかいマジックステッキを抱えながら、とてとてと私のほうに走り寄ってきた。

「さ、サクナぁ……！　どうしてここに⁉」

「急いで追いかけてきました。私もデルピュネーさんも攻撃グループですからね」

「う、ううう、ありがとぉおおおおおおおサクナああああああ！」

「きゃっ――あ、あの、コマリさん……⁉　ふわぁあっ……」

私は感極《かんきわ》まってサクナに抱き着いていた。こんなにも嬉しいことがあるだろうか！　だって命が助かったんだぞ。間一髪！　ギリギリで！　やっぱり持つべきものは信頼できる友達だよなあ――と二人で感動していたら、背中に突き刺さる絶対零度の視線を感じた。

ヴィルがむすーっとした顔でこっちを睨んでいた。

「……コマリ様。私にも何か言うことがあるのではないですか」

「そ、そうだ！　ヴィル、足大丈夫⁉」

「はい。いえ、魔核《まかく》で治ったので大丈夫ですけれど。そんなことよりも命をかけて主人の命を守ろうとしたメイドにもハグのご褒美はあって然《しか》るべきだと思いませんか？」

「ぐ……そ、そうだな。仕方ない」

「コマリさん、そんなことをしている場合じゃないと思います」

ヴィルが石のように固まった。サクナはおずおずと言葉を続ける。

「周りは戦争中ですし……それに、コマリさんにはやるべきことがあります」

「やるべきこと?」

「夢想楽園です。ここは私たちに任せて、どうか先へ行ってください。――えへへ、こういう台詞《せりふ》、一度でいいから言ってみたかったんです」

サクナは満面の笑みを浮かべてステッキを握り直した。

その台詞はある意味で死亡フラグな気もするぞ。

とはいえサクナの言うことに間違いはない。私はネリアとともに向かわなければならないのだ。この世の地獄とまで言われているリゾート地――夢想楽園へと。

※

六国新聞　7月26日　朝刊
『ゲラ＝アルカ共和国　すごくやばい状況
【帝都―ティオ・フラット】ムルナイト政府は25日、城塞都市フォールを奇襲したゲラ＝アルカ共和国軍第二部隊、第三部隊を殲滅《せんめつ》・捕縛《ほばく》したと発表した。フォールではカレン・エルヴェシアス皇帝陛下を筆頭に各国の将軍たちが獅子奮迅《ししふんじん》の活躍を見せる。アルカ共和国と手を結んだ白極連邦《はっきょくれんぽう》、ラペリコ王国の軍勢も攻めあぐねており……（中略）……大統領府を爆破《ばくは》されたことによってマッドハルト首相は核領域に展開していた部隊を一部首都防衛に回した。アルカ国内外を問わずマッドハルト政権に対する不信が表面化の一途を辿っており、首都では過激派によるデモが深刻化している。首都防衛を担当するソルト・アクィナス将軍は警備隊を指揮して民衆を弾圧しているが、政権の寿命を自ら縮めていることは誰の目にも明らかだ。このままだとゲラ＝アルカは滅ぶ可能性が高いかもしれないので頑張りましょう。

※

首都は人々の熱気で溢れている。

マッドハルト打倒を謳《うた》うビラは一夜にして抑圧された翦劉たちの感情を奮い立てた。さらにはゲラ＝アルカ軍がムル天同盟に押され気味であるという情報。大統領府を木端微塵《こっぱみじん》に爆破した謎のテロリストの存在。ここまで深刻な事態に陥《おちい》りながらも姿を見せない大統領。不満は一気に爆発した。人々は大挙して爆破された大統領府に押しかけ、声高《こわだか》にマッドハルトへの批判を叫んでいた。

――マッドハルトは退陣せよ！

――無益な戦争をする必要はない！

──過激な法で人々を縛るのはやめろ！

「──壮観ね。これは本当にゲラ＝アルカが滅ぶ瞬間を拝めるかもしれないわ」

白銀の新聞記者メルカ・ティアーノは、民衆と警備隊が衝突する様子を遠巻きに眺めながらコーヒーを啜《すす》る。さすがに騒乱の只中であるためコーヒー・ハウスに客は少ない。というかもともと営業していない。勝手に入り込んで勝手に豆を挽いて勝手に飲んでいるだけだ。

これ泥棒じゃね？──と、冷蔵庫にあったチーズケーキを盗み食いしながらティオは思う。美味しい。美味しいけれど罪悪感がすごい。捕まる前にはやく帰りたい。

「あの、メルカさん。なんで私たちアルカに来てるんですか？　ムルナイト支局のやることじゃないですよね？　エビフライ食べて帰りましょうよ」

「ムルナイトが関係してるんだから私たちの仕事よ。ゲラ＝アルカ支局の連中は正しい文章も書けない無能揃《ぞろ》いだからね、私たちで世界を混沌《こんとん》に陥《おとしい》れるスクープを手に入れてやるの」

「……メルカさんって何が目的なんですか？」

「ペンで世界を創ること。それだけよ！」

世界を創るのは記者じゃなくて当事者だろ、と思ったのだが口には出さない。出したら舌打ちされる可能性が50パーセント、ぶん殴られる可能性が50パーセント。

さっさとこんな仕事は辞めて故郷に帰りたいところである。帰った後は適当に起業でもしよう。社長になって従業員を働かせて楽に金を稼ぐのだ。

「さて、我々がやるべきことは世界が変わる瞬間を記録することよ。ゲラ＝アルカ共和国がぶっ壊れる映像を全世界にお届けしてやりましょう」

「無理に決まってますよぅ。六国新聞って一部では捏造《ねつぞう》新聞扱いされてますし……」

「安心しなさい。いつもは証拠なしのデタラメ記事を書いているけれど今回は違う。本社から秘密兵器が届いたの」

そう言ってメルカはどん！　とテーブルの上にばかでかいカメラを置いた。

なんだこりゃ、とティオは目を丸くする。

「超高性能のカメラ《電影箱《でんえいばこ》》。これを使うことによって六国と核領域の主要都市に設置されたスクリーンに生の映像を映し出すことができる。世界に一つしかない激レア神具よ」

そんな激レアなブツをポンコツの私たちに貸し出す理由がわからない。やっぱり六国新聞ってロクでもない企業だったんだな——と呆れるティオ。

しかし彼女は知らなかった。

六国新聞の記者の中でもメルカとティオのコンビは「行動力」という観点からすさまじい高評価を受けており、社長が社内掲示板に張り出した「次に来るやつランキング」という意味不明だが栄誉あるランキングにおいて彼女たちは堂々の一位と二位を獲得していたのである。

「……これどうやって使うんですか？　壊したら弁償ですよね」

「こうやって使うのよ」

メルカは《電影箱》を肩に担《かつ》いで魔力を込めた。レンズの縁が光を発する。

そうして白銀の記者はにこやかに笑って言った。

「あんたがケーキを盗み食いしている証拠を全世界にお届けしているわ！」

「わあああああああああああ何やってんですかメルカさああああああんっ！」

その瞬間、全世界の街中に設置されたスクリーンにケーキを頬張《ほおば》る猫耳少女の顔がどアップで映し出されたという。ティオは慌てて《電影箱》を摑んで別の方向に向けた。メルカは大笑いして魔力を切る。レンズが発していた光がふと消える。

「もうお嫁に行けませんよぅ！　刑務所行きですよぅ！」

「嫁も刑務所も同じようなもんよ。――さて、そろそろ仕事の時間ね」

「すみません。話はケーキ食べ終わった後にしてください」

「食ってる場合じゃないわよ！　盗人猛々《たけだけ》しいなお前は！」

ぺこーん！　と頭を叩かれた。理不尽である。自分もコーヒー飲んでたくせに。

「これから私たちは決定的証拠をつかみに行くの！　ケーキなんか後にしろ！」

「デモならそこでやってますよ。はやく撮って帰りましょうよ」

「あんなものは誰にでも撮れるわ。私たちが目指すのはもっとヤバイものよ」

そう言ってメルカは一枚の紙を取り出した。首都全域でムルナイトの工作員がばら撒いているビラである。たしか「マッドハルトはくそだ」みたいな批判が仰々《ぎょうぎょう》しい文体で書かれていたような気がする。メルカはその中の一文を指で示してこう言った。

「『無実の人間が夢想楽園に収容されている』。——行かない手はないと思わない？」

「行かない手はあると思います」

「ねえよ!!」

ぺこーん！　と再び頭をぶっ叩かれた。

やっぱり理不尽である。本日中に退職願を書くと決めた。

※

「——今日も敵どもは憎たらしいほどに絶好調だな」

城壁のてっぺんから戦場を見下ろし、ムルナイト帝国皇帝は呆れたように呟いた。

戦いが始まって一日と少し。既にゲラ＝アルカの部隊は二つほど壊滅させた。とはいえこちら側の損害も大きい。天照楽土の部隊はアルカの刀剣魔法によって半数が串刺しにされてしまったし、フレーテ軍やヘルデウス軍にもちらほら負傷者が目立ち始めた。

「陛下。天照楽土大神《おおみかみ》からの親書が届きました。敵部隊の情報のようです」

護衛の吸血鬼が封筒を渡してきた。開けてみると墨文字が綴《つづ》られたエキゾチックな手紙が出てくる。内容を三秒たらずで確認し終えた皇帝は、「ふむ」と腕を組んで空を見上げた。

ゲラ＝アルカの首都で起きた騒ぎは予想外の影響をもたらしたらしい。
ゲラ＝アルカ軍の状況を整理すると次のようになる。

第一部隊　ネリア・カニンガム隊　↓　共和国を裏切りコマリと行動中（部隊は全滅）
第二部隊　ネルソン・ケイズ隊　↓　フォール襲撃（全滅）
第三部隊　オーディシャス・クレイム隊　↓　フォール襲撃（全滅）
第四部隊　パスカル・レインズワース隊　↓　カルナートで攻撃グループと戦闘中
第五部隊　アバークロンビー隊　↓　夢想楽園防衛
第六部隊　メアリ・フラグメント隊　↓　フォール襲撃（戦闘中）
第七部隊　ソルト・アクィナス隊　↓　首都防衛のため本国へ帰還
第八部隊　調査中（首都防衛？）

以上のゲラ＝アルカ共和国軍に加えて白極連邦とラペリコ王国の軍がいくつかフォールを襲撃している。状況的には少し厳しいように思える——が、マッドハルトのきな臭い噂《うわさ》を知った他国の連中がこれ以上の猛攻を仕掛けてくるとは思えなかった。事実、夭仙郷の仙人たちはゲラ＝アルカの誘いをつっぱねて中立を貫いている。あとはコマリとネリアとアマツ・カルラが夢想楽園の秘密を暴いてくれればすべてがひっくり返ることだろう。

「陛下、我が軍は大丈夫なのでしょうか」

「ああ。これ以上敵が増えたら面倒だが、増えることもあるまい」

眼下ではヘルデウスが拳で獣人どもを虐殺している。フレーテもお得意の暗黒魔法を惜しみなく発動させて敵を薙《な》ぎ払《はら》っていた。五剣帝率いる和魂種の部隊も負傷こそしているが、鬼気迫る勢いで戦闘を繰り広げている。

「――問題ないな。まったく問題ない。サクナとデルピュネーがレインズワース隊を撃破してコマリと合流すれば、もはやマッドハルトに打つ手はあるまい」

※

ムルナイト帝国皇帝の予想は少しだけ悪いほうに外れたといえよう。

ゲラ＝アルカは欲しいものを戦いによって手に入れる刀剣の民《たみ》である。快楽のために殺人を犯しがちな吸血鬼とは違い、鉄の理性と野望でもって人を殺《あや》めるのが彼らの伝統だった。

つまり、蒴劉は吸血鬼以上に〝殺す〟ことに特化していたのである。

城塞都市カルナートは静寂に包まれている。

家屋の窓から歓声をあげていた見物人たちも嘘《うそ》のように沈黙している。

辺りに立ち込めるのは噎《む》せ返るような死臭。

舗装された路面は真っ赤な血液によって元の色もわからないほどになっている。そこかしこに堆《うずたか》く重なっているのは死体に他ならない。吸血鬼も翦劉も和魂も等しく全員死んでいる。仮面の七紅天も白銀の七紅天もその部下たちも全員血だまりの中に沈んでいる。

しかし、ひとりだけ惨劇の中にたたずむ男の姿があった。

「手古摺《てこず》らせやがって……吸血鬼どもがッ！」

男——パスカル・レインズワースは、血に濡《ぬ》れた剣を拭《ぬぐ》って鞘《さや》に納めた。

彼の瞳はおぞましい赤色に染まっていた。

血ではない。烈核解放《れっかくかいほう》——この世の物理法則を無視した規格外の異能。

レインズワースは軽く舌打ちをしてから歩き出す。ゲラ＝アルカ第四部隊は吸血鬼たちの猛烈な攻撃を受けて全滅してしまった。生き残ったのはレインズワースのみ——しかし彼の身体には掠《かす》り傷一つなかった。無傷の勝利である。

少々時間は取られてしまったが、あとはネリアとガンデスブラッドを追いかけるだけだ。

あの小娘どもは夢想楽園に向かったという。しかしあの場所には八英将アバークロンビーの部隊が布陣している。たかが数人で突破できるわけもない。

突然、通信用鉱石が光った。いつもの定期報告だろう。魔力を込めて応答する。

「何かあったか」

『いえ。あと一時間ほどでネリア・カニンガムは夢想楽園に着きます』

「わかった。俺もすぐに追いかける」

それだけ言って通話を切る。

やるべきことは簡単だ。アバークロンビーの軍がやつらを迎え撃つ。自分は背後から奇襲する。それでネリアは終わりだ。すべての希望が潰《つい》えて生きる気力を失うだろう。その瞬間を見計らって甜言蜜語《てんげんみつご》を投げかけてやれば、やつの心を溶かすことなど容易《たやす》いはずだ。

その後は軍を立て直してムルナイト帝国に攻め込むのだ。

首都では民衆によるデモが頻発《ひんぱつ》しているが、そういう愚か者どもは武力によって弾圧すればいい。彼らがマッドハルトに楯突《たてつ》くようになったのは――もちろんムルナイトのビラも大いに影響しているが――大統領府爆発によって政権の脆弱《ぜいじゃく》さを印象付けてしまったからである。

ならばもう一度〝強さ〟を見せつけてやれば何も問題ない。

ムルナイト帝国と天照楽土を征服し、ゲラ＝アルカの強靭さを見せつけてやれば――

ぎゅ、と足首をつかまれた。

いつの間にか、血にまみれた白髪の吸血鬼がこちらを見上げていた。七紅天サクナ・メモワール。逆さ月の一員だったくせに罪を許されて将軍をやっている小汚い小娘だった。

「……行かせない。コマリさんの、もとには……」

「やかましいな」

「行かせない。私が……ここで……」

「やかましいと言っているだろうがッ！」

レインズワースは剣を抜いて少女の腹部に突き刺した。口からおびただしい量の血があふれた。それでも彼女の瞳から闘志が失せることはなかった。それが癇《かん》に障《さわ》った。

「貴様らに希望はないッ！　なぜならテラコマリ・ガンデスブラッドはじきに殺されるからだ！　夢想楽園にはアバークロンビーの隊が待ち構えている！　吸血鬼どもは翦劉の奴隷になり果てる、これは決定事項なのだッ！」

「アバークロンビー……？　ふふ、聞いたことがある」

「だろうな。やつは俺とネリアの次に優秀な八英将だ」

「そうかもね。だって強かったから。強かったけど……勝ったよ、私」

「なに……？」

「私は負けないよ。死んでも頑張るから」

背筋に冷たいものが滑り落ちていくような感覚を覚えた。

得体の知れない不気味さがレインズワースの脳を揺るがした。

一瞬だけ――本当に一瞬だったが――サクナ・メモワールの瞳が赤く光った気がした。

手が咄嗟に動いていた。荒々しく振り下ろされた剣が吸血鬼の右手を斬り飛ばす。

苦痛の悲鳴があがった。そんなものには構っている余裕はなかった。

レインズワースは胸にしこりのようなものを感じながらカルナートを後にした。

「ぜったいに、ゆるさない」

少女が漏《も》らした呟きは夏風にさらわれて掻《か》き消《き》えた。


もう一つ、彼は見落としをしていた。最初から死体と思われていたのでシカトされていたらしい。だが彼女は死んでいなかった。魔核の力でギリギリ回復までこぎつけたのである。

宿屋の入り口で倒れている和装少女のことである。

むくりと彼女が身を起こした。

その瞳は星のない夜空のように虚《うつ》ろだった。全身が痛む。頭が重い。視界が霞んでいる。まるで夢を見ているよう。辺りは血の海だ。人間はどうしてあんなにも汚い色をしているのだろう。私の力を使えばもっときれいにできるのに。きれいにしてしまおうか。

そのとき、少女――アマツ・カルラのそばに小さな影が現れた。

カルラお抱えの忍者集団〝鬼道衆《きどうしゅう》〟の長《ちょう》・こはるだった。

「カルラ様。鈴が外れているよ」

「すず？　……鈴、」

こはるに言われてようやく気付く。お兄様からもらった鈴がリストバンドから取れて地面に転がっている。危ない危ない。なんてことだろう。あれがなければ私は生きていけない。

カルラはこはるに手渡されて鈴を装着した。

しゃん、と涼やかな音が響いた。

世界が切り替わる。漆黒《しっこく》の瞳に輝きが戻ってくる。

「……ふぇ？　え？　な、何ですかこれはぁっ⁉　やだ、着物に血が……！」

「アルカの将軍が全員殺したらしい。血みどろ」

「こ、こはる⁉　あなた今までどこにいたんですか⁉」

「カルラ様を探してた」

「遅いわよ〜っ！　でもありがとう！　大好き」

ぎゅーっとこはるを抱きしめる。小さな忍者は「暑い」と迷惑そうに顔をしかめ、

「大神様からの通達。テラコマリやネリアと協力して夢想楽園へ向かえ、だって」

「え」カルラは顔を引きつらせた。「……まだ任務は続いてるんですか？　あんなに死ぬ思いをして頑張ったのに。というか私、死んでませんでした？」

「死んでない。……カルラ様、大神の命令を遂行するのが士《し》の務め。それに夢想楽園には天照楽土の人もいる。絶対に助けなくちゃ」

「…………」

「お願い、カルラ様」

純粋な瞳に見つめられる。お願いをされては動かないわけにはいかなかった。

アマツ家は士の一族だ。どれだけ戦闘が苦手であっても将軍の任を拝命した以上は職務を全うする義務がある。それに――平和主義者のカルラにとって、ゲラ＝アルカのやり方は許容できるものではなかった。ああいう悪鬼羅刹《あっきらせつ》どもには神仏の裁きを下してやる必要がある。

カルラは鈴の音を鳴らしながらゆっくりと立ち上がると、こはるの頭にぽんと手を置いてこう言うのだった。

「わかりました。五剣帝としてできる限りのことは致しましょう。私には知恵がある。戦わなくたって戦うことはできるのです――でも戦いになったら助けてくださいね、こはる」

☆

しばらく進むと穏やかな波の音が聞こえてきた。

私の眼前に広がるのは広大な海の景色である。輝く太陽。潮《しお》のにおい。こんな状況だというのに心が躍ってしまう自分は未熟者としか言いようがない。

しかしここで「ついでに海水浴しない？」などと言い出すほど私は愚かではない。

これから夢想楽園という名の軍事施設に潜入しなければならないのだ。いったいぜんたい何故こんなことになっているのか判然としないが、ネリア曰く夢想楽園の秘密をつかんで六国に暴露すれば世界は救われるという。

「暴露するって言ってもどうするんだ？　写真でも撮るの？」

「写真も撮るけど、捕まっている人の救出が主目的よ。そうすれば彼らは生き証人」

「マッドハルト政権は非難を免れないというわけですね」

「その通り。あとは脅迫をすればいい。夢想楽園の真実を世界にバラされたくなかったら軍を撤退させろってね。んで撤退したらバラしてマッドハルトを追い込むの」

先を行くネリアは自信満々にそう語っていた。海を無視して疎林《そりん》の獣道を進んでいく。第七部隊の連中がビーチフラッグス（？）を実施したときに爆走したと思われるルートである。

「――カニンガム殿。夢想楽園の手前には基地があったかと思います。そこでゲラ＝アルカの部隊が待ち構えている可能性はあるのでしょうか」

「そうね。おそらく楽園防衛にあたっているのは八英将アバークロンビー。あいつの斬撃を食らったら微塵《みじん》切りにされたタマネギみたいになるって評判よ」

「コマリ様、そっちは藪《やぶ》ですよ」

ぐいっと腕を引っ張られて進行方向を修正される。

「まあ心配はいらないわ。サシの勝負なら負ける気はしないし、そもそも真正面からやり合う必要もない。私たちは隙をついてニンジャのように潜入すればいいのよ」

そんな楽観的な会話をしながら歩を進めていたところ、
ふと、風に奇妙なにおいが混じっているのを感じた。

「……なんか血のにおいがしない？」

「ん？　全然しないけど」

「私たちは吸血鬼ですからね。血には敏感なのです。——あ、見えました。どうやらアバークロンビー隊は全滅しているようです」

「「「は？」」」

ヴィル以外の三人の声が重なった。林を抜けて見えてきたのはゲラ＝アルカ共和国の基地だった。本来ならばアバークロンビーとやらの隊が布陣しているのであろうが、なぜか彼らは血まみれの死体となって土の上に倒れている。

わけがわからない。しかしヴィルにはわけがわかったようである。

「殺し合いをしていますね。これはおそらくメモワール殿の仕業《しわざ》でしょう」

「サクナが……？　ここに来たの？」

「いいえ。第六部隊は先日の件の罰として他国に戦争を仕掛けまくりました。そのほとんどがゲラ＝アルカとの戦いだったようですが、その際にメモワール殿はアバークロンビーを殺したのです。そして烈核解放を発動させていつでも操れるようにした、と」

「…………」

えげつねえ。改めてサクナの恐ろしさを実感した。

そのとき、私はふと気がついた。一瞬、ほんの一瞬である。ガートルードが奇妙に顔をしかめた気がしたのだ。死体の山を見て嫌悪《けんお》感や恐怖心を抱いたという感じではない。まるで物事が上手《うま》くいかずに苛立《いらだ》っているかのような――

「これは幸運ね！　私たちは苦労せずに夢想楽園に入ることができる。あのサクナ・メモワールっていう子、私のしもべにしたいくらいだわ」

「サクナは渡さんぞ。私の友達だ」

「あなたの友達なら私のしもべみたいなものじゃない」

本気なのか冗談なのかよくわからない台詞だった。いずれにせよ戦う必要がなくなって一安心である。アバークロンビーさんはちょっと可哀想《かわいそう》だけど。

ネリアは死体を跨《また》ぎながら勇猛果敢に進んでいく。無人の基地を通り過ぎるとリゾート施設が姿を現した。といっても数日前に第七部隊が大暴れしたせいで廃墟と化している。例のホテルが倒壊したせいで瓦礫《がれき》だらけだった。まだ片づけは済んでいないらしい。

「……ガートルード。地下の入り口はどこにあると思う？」

「うぇえ？　わ、私に聞かれても――あ、こんなところに階段がありますよ」

そう言ってガートルードが瓦礫を素手でどけると、地下へと続く階段が現れた。なんたる怪力――いや怪力以前に引っかかる部分があった。その瓦礫の下に階段があると何故気づいたのだろう。透視する魔法でも使えるのだろうか？　まあ気にしても仕方ないか。

「お手柄ねガートルード。地上を爆破する必要がなくなったわ」

ネリアはずんずん階段を下りていった。心臓に毛が生えているとしか思えない。ガートルードも躊躇《ちゅうちょ》なく彼女に続いたので、私も続かざるを得なかった。

階段の幅は狭い。ネリア、ガートルード、私、ヴィルの順で一列になって進む。

薄暗かった。人の気配は感じられない。闇の奥から不気味な風が吹き上がってくる。何かが饐《す》えたようなにおいがした。私は本能的な恐怖を覚えてヴィルの腕をつかんだ。羞恥心など関係ない――それほどまでに恐ろしい気配が感じられた。

「なあヴィル。楽しい話をしない？」

「これが終わったら海に行きましょうね。今度は泳ぐ練習をしましょう」

「う、うん。……あの、なんか回答がマジじゃないか？　もっと冗談を言っていいんだぞ」

「善処します」

「……あのさ、未来を視《み》るやつ使った？」

「使うタイミングがありません。それに翦劉の方々に飲ませるわけにはいきませんので。彼らにとって吸血鬼の血は毒なのです。身体が錆《さ》びてしまいます」

「そんな設定初めて聞いたけど……じゃあ……私が飲むから。苦手だけど……」

「やめてください」

きっぱりと断られた。あまりにもショックすぎて涙が出そうになった。

ヴィルは真剣な顔をして辺りを警戒している。

しかし私の頭の中は吸血を拒否された衝撃でいっぱいになっていた。

サクナには吸わせてたのに。なんでだよ。私じゃダメなのか……?

「……すみません。血の苦手なコマリ様に無理をさせるわけには参りませんので。吸われるのが嫌だというわけではありませんから泣かないでください。かわりに私が吸ってあげます」

「な、泣いてなんかないっ！ おい吸おうとするんじゃない、あっちいけ！」

ヴィルは無表情のまま「すみません」と再び謝った。なんか少し安心してしまった。

いや安心する必要もないよな。べつにこいつの血を吸えなかったからといって死ぬわけじゃないし。全然問題ないよな──と思ったが未来を視てもらわなきゃ死ぬ可能性が高くなるので問題大アリである。私は意を決してヴィルの手首に口をつけようとしたのだが唇に人差し指を当てられて「ダメですよ?」と止められてしまった。羞恥《しゅうち》で顔に熱がのぼってきた。ピーマン食わせようとしてくるくせに血は駄目らしい。よくわからない。

そうこうしているうちに地下室へと到着してしまう。

にわかにネリアが声をあげた。

「人がいるわ。ここが……夢想楽園なのね」

「っ……、」

私は衝撃のあまりヴィルの腕にしがみついてしまった。

そこは広大な牢獄《ろうごく》だった。半ば予想していたことではあるが──ムルナイト宮殿の庭よりも広い空間のあちこちに、無数の牢が設置されている。

そしてその中にはこれまた無数の人間たちが閉じ込められていた。

翦劉種が多い。しかしそれ以外の種族もちらほら見えた。

彼らはぐったりとして牢屋の中にうずくまっている。しかし突如として現れた闖入者《ちんにゅうしゃ》の姿を認めると、泡を食って格子にすがりついてきた。

「お前っ！　ネリア……ネリア・カニンガムではないか⁉」

そこここでざわめきが起こった。人々の視線が私たちのほうに集まる。

ネリアは緊張した面持《おもも》ちで一つの牢に近寄った。

「私がネリアよ。安心しなさい、助けに来たわ」

「はやく逃げろ！　こんなところにいたら死んでしまうぞッ！」

「あなた……たしか先月くらいにマッドハルトを批判して捕まった演説家よね。ここでどんなことが行われているの？　夢想楽園って何なの？」

「それは……」男は忌々しそうに目を細めて俯《うつむ》いた。「詳しいことは知らない。このフロアにいるのは収容されたばかりの新人だからな。だが、やつらは捕まった連中を好き放題に弄んでいるんだ。強制的に労働させるなんて生易《なまやさ》しいものじゃない……人体実験だ。これを見ろ」

そう言って男は自らの腕を差し出した。そこには生々しい切り傷のあとが残っている。

「魔核の回復速度をはかる実験だそうだ。ここにいる者たちは毎日やつらに痛めつけられて放置される。傷の痛みに耐えながらじっと待つんだよ……回復するのをな」

見れば、他の人々の恰好もひどい有様《ありさま》だった。裂傷だらけの身体をさらしている者、血だらけになって倒れている者、心臓を潰《つぶ》されて死体となった者——私は吐き気を覚えてしまった。将軍になってから人間がボロボロになっていく光景は飽きるほど見た。だけどこれは異常だった。ただの戦争ではありえない悪意の証拠がそこにあった。

「私のお父さんは——前国王は、どこにいるの?」

「さあ。もっと奥だと思うが……あんまり希望は持たないほうがいいぞ」

ネリアの顔に動揺の色が浮かぶ。しかし力強く双剣の柄を握りしめ、

「あなたたちは私が助ける。レインズワースもマッドハルトもぶっ飛ばしてやる」

「やめろ……! レインズワースは目が赤く光るんだ! さすがにお前でも……」

「弱気になるなッ! この私がアルカを変えてやる! だから黙って私についてくればいいのよっ!」そこでネリアは私のほうを振り返り、「コマリ! 私は他の階も見てくるわ。ゲラ=アルカの悪行《あくぎょう》をこの目に焼きつける必要がある——行くわよガートルード」

止める暇もなかった。ネリアはガートルードを引き連れて大広間の奥へと駆けていく。

何もできずに硬直している私の手を、ヴィルが握った。

「コマリ様、敵地で別行動は危険です。カニンガム殿を追いましょう」

「う、うん……」

地下二階に下りるといっそうひどい景色が広がっていた。

壁には無数の武器がかけられている。あれは普通の武器ではない――神具だ。

廊下の左右には牢獄が設《しつら》えられている。収容されている人々はざっと見渡した様子だと若者が多く、ほとんどが十代か二十代の男女である。全身傷だらけで息も絶え絶え。しかし上階に囚《とら》われていた人々と違うのは、彼らの身体に刻まれた傷が尋常ではないことだった。

魔核によって回復する気配がない。あれは神具によってつけられた傷なのだ。

「ふざけている――ふざけているふざけているふざけているッ!!」

ネリアが怒りをあらわにして叫んだ。確かにふざけているとしか言いようがなかった。

ヴィルが辺りの様子を観察しながら言う。

「……どうやらここでは神具を用いた実験が行われていたみたいです」

「何だよ実験って。人の身体を傷つけることに意味があるっていうのか?」

「神具によって痛めつけられた者は稀《まれ》に精神を進化させて〝烈核解放〟を獲得することがあるのだとか。メモワール殿が言っていたような気がします」

「なんでそんなものを……」

「――簡単よ。烈核解放は発動するだけで大地を穿《うが》ち星をも動かす力を得ることができる。マッドハルトがこれを欲している理由は、この力を使って世界を独り占めしたいからなのよ。……とにかく鍵《かぎ》を探しましょう。みんなを助けなくちゃ」

ネリアが憎々しげにそう言って歩き出した。

私はほとんど呆然《ぼうぜん》自失の状態だった。傷だらけの人間。そこらに転がる死体。こんなことをする人間がこの世にいるとは思えなかった。義憤に駆られたわけではない──ただただ悲しかった。結局、私は世の中の道理も知らない引きこもり吸血鬼にすぎなかったのだ。

「……ヴィル。マッドハルトはどうして世界征服をしたいのかな」

「わかりません。私はコマリ様の心すら把握しきれていないのですから」

私はネリアの後ろ姿を眺めた。巨大な悪に立ち向かおうとしている彼女のことが眩《まぶ》しく見えてしまった。泣き言をほざいている場合ではない――私もやることをやらなければならない。そう思って彼女を追いかけようとしたとき、
ふと気づく。

ガートルードが後ろ手に鍵の束らしきものを持っていたのだ。

彼女はニコニコしながら口を開いた。

「ネリア様。鍵ならここにありますよ」

「へ？　……あれ？」

ネリアは驚愕して己のメイドが持つ鍵束を見つめた。

「どうしたの、それ⁉」

「そこに落ちてました」

「よかった！　これでみんなを助けられる……！」

ガートルードは笑みを崩さない。私はそこはかとない違和感を覚えた。このメイドはいつでも感情表現が豊かだった――だが今は違う。張りつけたような笑みだけが薄ぼんやりとした闇に浮かび上がっている。ガートルードが、呟くように言った。

「――助ける必要があると思いますか？」

「何を言ってるの？　当たり前じゃない。とにかく鍵を寄越《よこ》しなさい」

「彼らはアルカに楯突いた人間たちです。大統領の怒りに触れた愚かな売国者」

「は？――、」

「この鍵は、閉めるための鍵ですよ」

鍵の束がメイドの手から落ちてがしゃんと落ちる。

ネリアの視線が床に釘付《くぎづ》けになり――そして私は驚くべき光景を見た。

ガートルードの短刀が、ネリアの脇腹《わきばら》に突き刺さっていた。

赤い血がどくどくと床の上にこぼれ落ちる。

ネリアは悪夢にうなされるように己のメイドの姿を見上げる。

「な、んで……？　お前は、」

「私はガートルード。第八部隊隊長、ガートルード・レインズワース」

ネリアがガクンと膝から崩れ落ちた。お腹を押さえたまま苦しそうにその場に倒れ込む。

わけがわからず硬直する私に向かってガートルードが疾駆《しっく》した。手には真っ赤に染まった短刀。殺気すら感じさせない滑らかな動作でメイドが近づいてくる。

「コマリ様ッ！」

突然視界が真っ白になった。ヴィルがクナイを構えて私の前に出たのだ。

しかしガートルードの一撃は強烈だった。蜂のような勢いで繰り出された刺突《しとつ》がクナイを弾《はじ》き飛ばす。その隙を狙って放たれた回し蹴りがヴィルの腹部に命中した。

「ぐっ、」――ヴィルの身体は風に吹かれた木の葉のように吹っ飛んでいった。床にぽたぽたと血痕《けっこん》が残っている。ガートルードの靴の先に金属の刃物がついていたのだ。

私は何もすることができずに立ち尽くしていた。

ネリアは倒れている。ヴィルも苦悶《くもん》の表情を浮かべて起き上がれずにいる。

そしてガートルードは――いつものニコニコ笑顔だった。あまりにも異常。

「テラコマリ・ガンデスブラッド。あなたの血はゲラ＝アルカの礎《いしずえ》となるでしょう」

淡々とした台詞とともに容赦のない拳が飛んできた。「ぐふっ、」――お腹をしたたかに打たれて一瞬意識が飛んだ。それでもなんとか踏みとどまっていたのだが眼前に靴、

脳が揺れた。天地が回転していた。

私の身体はいとも容易く吹っ飛んでいき、そばにあった牢獄の鉄格子にガンッ！　と身体をぶつけたところでようやく顔面に蹴りを入れられたのだと理解する。

痛い。全身が痛い――何でこんなことに、

「――ようやく追いついたぞ。ネリア」

不意に男の声が聞こえた。

廊下の奥――夢想楽園の入口のほうからゲラ＝アルカの軍服を着た翦劉が姿を現した。

八英将パスカル・レインズワース。ネリアを苦しめる共和国の手先。

追いつかれてしまったのだ。……いや。待てよ。ここにこいつがいるということは、サクナやデルピュネー、第七部隊のみんなは、

「レインズワース!?　どういうことなの、これは……!」

ネリアはお腹を押さえたまま蹲《うずくま》っている。ヴィルもガートルードの一撃で完全にダウン、気を失って床の上に倒れていた。私も辛《かろ》うじて立ち上がろうとするが、足元がふらついてその場にひっくり返ってしまった。だめだ。痛くて動くことができない。

レインズワースは不気味な笑みを浮かべて近づいてくる。

「――残念だったなネリア。そいつは俺の妹だ。ずっとお前のことを見張っていたんだよ」

ネリアが息を呑《の》んだ。それが真実であるかどうかはわからない――しかしレインズワースの言葉は彼女のこれまでの世界観を丸ごと引っくり返すほどの威力を秘めていたに違いない。

前方には八英将レインズワース。そして後方には剣を構えたガートルード。

絶体絶命だった。

☆

城塞都市フォールは静まり返っていた。

激しい市街戦によって街並みは無残なまでに破壊されているが、すでに敵の姿はない。翦劉や蒼玉《そうぎょく》や獣人たちは吸血鬼の魔法によって一人残らず肉塊へと変えられ、魔核で復活しても暴れられないように牢獄に閉じ込められている。

「──白極連邦のやつらはムルナイトの底力を測るつもりだったようだな。捕虜《ほりょ》を人質にして停戦を求めれば十中八九応じるだろう」

瓦礫の上に腰かけながら、皇帝が呆れたようにそう言った。先ほどまで帝国宰相と打ち合わせをしていたようだが区切りがついたらしい。鉱石の向こうで慌てふためく宰相に対し、「五秒以内にやれ」「泣き言をほざくな」「できなければコマリの親権を奪うぞ」と脅迫していた姿が印象的だった。フレーテは彼女にコーヒーカップを手渡しながら、

「底力を測る……とはどういう意味でしょうか」

皇帝は「ありがとう」とカップを受け取り、

「我々が有事の際にどのように対処するのかを確認していたのさ。小賢《こざか》しいことだ」

「ですがカレン様の適切なご判断によって敵は完膚《かんぷ》なきまでに粉砕されました」

「あまり褒めるな。ご褒美に今度夕食に連れていってやろう。――だが、白極連邦のやつらは明らかに手を抜いていた。たとえば捕虜になっているあの小娘、なんといったかな」

「プロヘリヤ・ズタズタスキー将軍ですか？　簀巻《すま》きにして牢屋に放り込んであります。捕虜のくせして厚かましくもボルシチとピロシキを要求しておりますが」

「ジャガイモでも与えておけ。――戦闘の際、やつ自身は指示を出すだけでろくに戦わなかった。他の将軍にしてもそうだ。おそらく白極連邦書記長からそういう命令を出されているのだろう。つまりだな、最初から蒼玉のやつらはムルナイトを滅ぼすつもりなどなかった。やるとしてもゲラ＝アルカ主導ではなく自分たちでやる、そう考えているのだろう」

「なるほど。ではラペリコ王国は」

「軍を出さねばバナナの輸出を止めると脅迫されたらしい。かの王国では現在草食派と肉食派による熾烈な争いが繰り広げられている。肉食派の連中は『バナナなどいらぬ』とアルカの脅迫に屈しなかったようだが、草食派の連中には効いたらしいな。今回フォールに攻めてきたのは草食動物ばかりだっただろう？　ようするに彼らの進軍はラペリコ王国政府としての決断ではない。一部の草食動物がバナナ欲しさに暴走しただけだ。ムルナイトがバナナを売るといったら大人しくなったよ」

「異世界の話を聞いている気がします」

「異世界だからな」皇帝は笑った。「――さて、こちらの目標は達成された。あとはコマリが夢想楽園の秘密を暴露してくれればマッドハルトに後はない」

「ガンデスブラッドさんに可能でしょうか？　今から私が出陣してもいいですけれど」

「その必要はないよ。コマリだけじゃなくてネリアやカルラもいるからな。——さあ、後はのんびり吉報を待てばよろしい。宮殿の連中に宴《うたげ》の準備でもさせておくか」

皇帝はそう言って大きく伸びをした。胸元《むなもと》がはだけていてちょっとドキっとした。いやそんなことはどうでもいい。フレーテは状況を振り返ってみる。

ゲラ＝アルカの負けは確定したはずだ。八英将がフォールまで攻めてくる可能性は限りなく低いし、かの国の首都では大統領退陣を要求するデモが発生しているらしい。もはや敵方に反撃の余地はないだろう——そんなふうにフレーテが楽観的に考えていたとき、

「陛下！　急報です！」

伝令役の吸血鬼が駆けてきた。皇帝は表情を引き締めて瓦礫から立ち上がる。

「どうした。アルカが降伏でもしたか？」

「違います。ゲラ＝アルカの軍勢がこちらに迫っております」

「最後までやり合うつもりか。だが残りカスの部隊など相手にならないな」

「いえ、五千人の軍勢が迫っています……」

「は⁉」——と思わず声を出してしまったのはフレーテである。伝令役は恐懼《きょうく》したように手を震わせて言葉を続けた。

「間違いではありません。ゲラ＝アルカ本国から出発したと思われる五千の軍勢が核領域の草原を進んでおります。近くの〝門〟は破壊したのですぐに辿り着くことはないでしょうが」

「嘘を仰らないでください！　アルカには八つの部隊しかないはずですわ！」

「で、ですが。既にムルナイトと天照楽土の直轄都市がいくつか落とされているようです」

「なんですって……⁉」

　そのとき、通信用鉱石が光を発した。ゲラ＝アルカ共和国大統領とのホットラインである。皇帝は落ち着き払った手つきで魔力を込めて応答する。

　男の声が辺りに響いた。

『ごきげんよう、ムルナイト帝国皇帝陛下。そろそろ気づいた頃ではないかね？』

「ほう、生きていたのか。随分としぶといな」

『あの程度の烈核解放で私がくたばるはずもない。ペトローズ・カラマリアごときでは私を仕留めることはできないよ』

「いったい何の用だ？　捕虜になった将軍を返してほしければ謝罪をしたまえ。戦争を仕掛けてごめんなさい、とな」

『捕虜など返してもらう必要はない。私は降伏を勧告するために連絡をしたのだ』

　鉱石の向こうで笑う気配がした。

『ムルナイト帝国と天照楽土に未来はない。このまま戦争を続ければ不幸な結果に陥るだろう

――そこでだ。民のためを思って私の要求をのみたまえ。魔核のありかを教えるのだ』

「何度も言わせるな。教えるわけがない。お前の野望はムルナイトの将軍が打ち砕く」

『悲しいな、皇帝陛下。吸血鬼など所詮《しょせん》は劣等種族だ。私の率いる最強の翦劉に敵《かな》うはずもない。弱者は強者に支配されるのが世の 理《ことわり》だ――大人しく我々の支配に従っているがいい』

フレーテはいてもたってもいられなかった。靴音を高く鳴らしながら皇帝の隣に身を寄せると、彼女が手に持つ通信用鉱石に向かって大声で怒鳴りつけた。

「馬脚を現しましたね暴君！　あなたのような卑劣漢にムルナイト帝国は屈しませんッ！」

「おいやめろフレーテ。あまり挑発するとこの男は怒って大爆発してしまうのだ」

「ならばもっと挑発して差し上げましょう――あなたは人民からたいそう嫌われているそうですわね！　首都ではデモだのテロだのが頻発しておりますが、この件に関してはどうお考えなのでしょうか⁉　民に厭《いと》われる為政者《いせいしゃ》など存在価値もない！　あなたはカレン・エルヴェシアス皇帝陛下の足元にも及《およ》ばないっ！　くたばりなさいこの鉄錆が！」

『ふん、面白い部下をお持ちのようだな。だが少し騒がしい。フレーテとやらは生け捕りにした後、夢想楽園に収容して調教してやろうではないか』

「なッ――」

「朕《ちん》の可愛い部下たちに手を出すつもりか？　そんなことを許すと思っているのか？」

『まるでお笑いだな。貴様の可愛い部下たちがどうなっているかも知らずに』

そう言ってマッドハルトは魔力の出力をあげて写真を送り込んできた。

虚空《こくう》に映し出されたのはどこかの都市の光景だった。

それはまさしく皇帝の言う「可愛い部下たち」に他ならない。血だまりに沈んでいるムルナイト帝国軍の吸血鬼たち。そして七紅天大将軍のデルピュネー。サクナ・メモワール。

衝撃のあまりどうにかなりそうだった。

隣に立つ皇帝の顔色がどんどん険しくなっていく。

『降伏を受け入れない場合はこの者たちに罰を与えよう。そうだな――大昔の夭仙郷には凌遅刑《りょうちけい》という刑罰があったと聞く。身体の一部をナイフによって順々に削《そ》いでいき、長時間苦痛を味わわせる残酷な刑罰だ。――なに心配するな、魔核があるから死にはしないだろう』

「カレン様！　今すぐ皆さんを助けに行きましょうッ！」

『救援しようと思っても無駄だ。我々の精鋭部隊が貴様を斬り刻みに行く。ムル天同盟に残された道はただ一つ――降伏して我々の奴隷となること。それだけだ』

「馬鹿おっしゃいっ！　何が精鋭部隊ですか！　ハッタリに決まっています……！」

『〝本物の戦争〟に備えて秘密裏に軍隊を増強しておくのは当然だと思うがね』

「なッ……では、本当に、五千人もの軍勢が……」

『その通り。ゲラ＝アルカの将軍は八英将ではない』

マッドハルトは低い声でこう言った。

『五千八英将だ』

ブツリ、と皇帝が通話を切った。

それきり彼女は何もしゃべらない。往来を行き交う兵士たちの雑音だけが耳に入ってくる。

我慢できなくなったフレーテは顔色をうかがうようにして尋ねた。

「カレン様。いかがしましょう。私が迎え撃ちましょうか……?」

「その必要はないな」

きっぱりとした口調。彼女はフレーテの頭にぽんと手を置いてこう言った。

「五千人の軍勢などまさに残りカスだ。――だが、マッドハルト大統領と話をつけておく必要がある。やつがどんな人間なのか、この目で確かめておかねばならない」

「あの、どこへ」

「すぐに帰る。フォールのことは頼んだぞ、フレーテ」

その瞬間、すさまじい雷鳴の音が大地を揺るがした。

何の前触れもなかった。フレーテの視界は一瞬にして真っ白に染め上げられていた。拡散する熱波によって全身にすさまじい衝撃が走る。思わず尻餅《しりもち》をついてしまう。ひどい耳鳴りがしている。周囲を巡回していたマスカレール隊の連中もあまりの事態に悲鳴をあげた。

いくらもしないうちに白い光が消えていった。

そうして皇帝の姿も消えていることに気づく。

「カレン様……？」

後に残されたのは真っ黒こげになった瓦礫の山。粉々に破壊された通信用鉱石。

フレーテははっとした。

皇帝は敵の総大将のもとへ向かったのだ。フレーテが最後に見たものは――普段からエキセントリックで泰然自若《たいぜんじじゃく》としている皇帝陛下には似つかわしくない、静かな怒りを湛《たた》えた瞳。

その力強い姿がフレーテの脳裏《のうり》に焼き付いて離れなかった。

☆

事実を認識することを頭が拒否しているのかもしれない。

しかしガートルードが裏切ったということだけは確かだった。操られているような気配はない。ネリアがお腹を抉《えぐ》られたのも、ヴィルが戦闘不能にさせられたのも、私が蹴り飛ばされたのも、すべてこのメイド少女の意思によるものに違いなかった。

「――無駄ですよネリア様。刃に毒を塗っておきました。じきに動けなくなりますから」

「ガートルード……！　あなた、どうして」

メイドは答えない。かわりにレインズワースが邪悪な笑みを浮かべ、

「馬鹿だなあネリア。こいつはお前を監視するスパイだったんだ。だのに五年も気づかないな

んて……間抜けにもほどがあるよなあ」

「嘘よ……！　その子は私の味方のはずよ！　ねえガートルード！」

「……はい、私はネリア様の、味方です」

「違うだろう、ガートルード」

レインズワースがガートルードの肩に手を置いた。翦劉のメイドはわずかに表情を強張《こわば》らせた。しかしすぐに感情を押し殺したような笑みを浮かべ、

「間違えました。私はネリア様の味方ですが、今は敵です」

ネリアがひきつけを起こしたような声を漏らす。

「私はパスカル・レインズワースの妹です。兄の指示でずっとネリア様のメイドを務めてきました。そして――ようやくネリア様に諦《あきら》めさせる日が来たのです」

「諦めさせる……？」

「ずっとお傍《そば》で見ていて思いました。周囲の人々から陰口を叩かれ、どれだけ努力をしても報われず、遣《や》る瀬《せ》なさに身を震わせるだけの毎日……こんな日々が続けば、ネリア様は壊れてしまいます。だから……ネリア様は無理な野望を捨てて平穏無事に暮らすべきなのです」

「ッ……！」

ネリアは鬼気迫る勢いでガートルードに飛び掛かろうとした。しかしガクンと膝をついてしまう。毒が回り始めているのだろう。レインズワースはおどけたように口笛を吹いて、

「おー怖い怖い。アバークロンビー隊がやられているのを見たときはどうなることかと思ったが、こりゃガートルードのお手柄だな。俺がわざわざトドメを刺すまでもない」

「わ、私は……！　私はお前らには負けない！　まだ手は残っている！」

「残ってない。残念なことに残ってないんだなあこれが」

レインズワースはつかつかとネリアのほうに近寄った。

桃色の髪をさわさわと撫《な》で回しながら、爬虫類じみた視線で彼女の顔をねめつける。

「その〝手〟ってやつはムルナイト帝国と天照楽土のことだろう？　やつらがゲラ＝アルカの軍を粉砕するはずだという希望的観測だろう？　だがそれは現実にはならない。吸血鬼も和魂も翦劉の軍によって蹂躙《じゅうりん》される。これは決定事項だ」

「ま、待て……どういうことだ⁉　みんなは……まさか、負けたのか……？」

私は思わず声をあげていた。レインズワースがつまらなそうに鼻を鳴らし、

「これから負けるんだ。城塞都市フォールにはゲラ＝アルカが隠しておいた軍勢五千が向かっている。激戦に次ぐ激戦で消耗したムル天同盟にこれを迎え撃つすべはない」

「そんな軍隊聞いたこともないわ。アルカには八つの部隊しかないはずよ！」

「お前には秘密にしてたんだよ。あの五千人は夢想楽園で教育を施された翦劉たちだ。もとは政権に楯突いた罪人どもだったが、今ではすっかり従順なる下僕になってしまったよ」

わけがわからない。五千の軍勢――そんなものが本当に存在するとは思えなかった。だが

単なるハッタリとも思えない。レインズワースの態度はあまりにも余裕に満ちていた。自分たちが勝利すると信じて疑わない絶対の自信に満ち溢れていた。

ということは。本当に、ムルナイト帝国は絶体絶命の窮地《きゅうち》に陥っているのか……？

「――そういうわけだネリア。お前にはもう何もできない。妙なことは考えず、マッドハルト大統領のもとで繁栄を享受すればよいではないか。あの方は翦劉による翦劉のための理想郷を作り上げるつもりだ。俺が進言すれば、そこにネリアを加えてやることもできる」

「む、無理に決まってる、でしょ。私はマッドハルトを倒して……」

「大統領は世界平和を目指しているんだ。お前の理想と何も違わない」

「違うっ！　私はもっと別の方法で……！　そ、そうよ。人が人のために行動すれば、世界は平和になるって、先生も言ってたのよ……」

「難しく考えることはない。すべての苦痛から解放されるんだ――無体な夢など捨て去って、俺のものになってしまえ」

レインズワースの指がネリアのおとがいに添えられた。

ネリアは一切《いっさい》の希望を失ったような目をして黙っている。確かに状況は最悪だった。マッドハルトは五千の軍勢でフォールを攻め落とそうとしている。それが本当ならば防御グループになすすべはない。私やネリア自身も絶体絶命。

だが――だからといって、諦めるわけにはいかなかった。

私はネリア・カニンガムの事情もゲラ＝アルカ共和国の事情も深くは知らない。

でもこいつらの行いは間違っていると思う。自分の利益《りえき》のために人を平気で傷つけるような人間には負けたくない。人の努力を嘲笑《あざわら》うような馬鹿どもに負けるわけにはいかない。

「……ムルナイトは負けない」

「あ？」

レインズワースが私を睨んだ。怯《ひる》んでいる場合ではなかった。

「ムルナイトは負けないっ！　ネリアの夢だって終わっちゃいない！　お前らみたいなアホどもに台無しにされてたまるかってんだ！」

「貴様。面白いことを言ってくれるな――誰が阿呆《あほう》だって、えェ⁉」

「お前がアホだって言ってるんだよ。お母さんも言っていた――他人のことを道具としか思わない連中に未来はないってな。私は実際にそういうやつが破滅するのを見たことがある！」

「だからどうした！　翦劉以外はすべからく奴隷になるべきだ！　世の中はそういうふうにできている！　劣等吸血鬼の貴様に言われる筋合いなどないわッ！」

「そういう見下した態度がムカつくんだよっ！　そんなだからネリアに嫌われるんだ！」

「なッ――き、嫌われようが嫌われまいが関係ないッ！　俺は力ですべてを手に入れてやるのだ！　ムルナイトも天照楽土も、ネリアの心もな！」

「ネリアは強い子だ。お前なんかに屈するわけがない――そもそも力で屈服させて手に入れるって野蛮人のすることだろ！　お前はチンパンジーにすら劣る野蛮人なんだよ！」

「なん……だと……？　貴様、」

「さっさとネリアにごめんって言って消え失せろ！　この勘違い野郎ッ！」

「この、小娘がぁ――――――――――――――ッ‼」

ぐふっと口から空気が漏れた。お腹を勢いよく殴られたのである。

それだけでは終わらなかった。激情に流されたレインズワースは拳で幾度も私の身体を殴りつけた。鈍痛が連続して全身を襲う。だんだんと痛覚が麻痺してくる。

「私は、まけ、な」

「やかまわしいわ小汚い吸血鬼めがッ！」

顔面に蹴りが突き刺さった。脳みそが揺さぶられて一瞬世界が真っ暗になった。

頭がぐわんぐわんと鳴っている。口や鼻から血が溢れてぼたぼたと床に落ちる。遅れて激痛が全身を襲った。目から涙がこぼれ落ちる。痛い。あまりにも痛い。

だけど私は屈するわけにはいかなかった。こんな卑劣な男には、絶対に――

「――レインズワース！　コマリに手を出すなッ！」

床に這《は》いつくばったままネリアが叫んだ。

レインズワースの手が止まった。鋭い視線がネリアを串刺しにする。

「ネリア……何を言っているんだ？　こいつは吸血鬼の分際《ぶんざい》でゲラ＝アルカに楯突いた愚か

者だ。殺すだけでは足りん——夢想楽園で一生モルモットにしてやる必要がある」

「そんなことはさせないっ！　そいつは私の……私の大切な人だから！」

「大切な人だって？　笑わせてくれるな。吸血鬼なんぞ翦劉の奴隷だろうに」

「ッ——お前に、何がわかるッ!!」

ネリアが懐から小さな短刀を取り出して投擲した。

痺《しび》れた腕ではコントロールが上手くいかなかったらしく、刃はレインズワースの心臓を貫くことこそなかったが、その頰《ほお》の皮をわずかに切り裂いて後方へと飛んでいった。

「——は？」

たらりと彼の頰から血が垂れる。完全なる不意打ちだったのだろう。トカゲ顔の翦劉は突然の事態に頭が追いつかず、呆けたように立ち尽くし——そして頭が追いついた瞬間、
絶叫がこだました。

「ふ——ふざけるなあああああああああああああああああッ!!」

力任せに放った蹴りがネリアのお腹に炸裂《さくれつ》する。「ぐっ——」ネリアの身体は毬《まり》のように転がって牢獄の壁に叩きつけられる。レインズワースは容赦をしなかった。鬼のような形相で倒れた彼女に近寄ると、桃色の髪を引っ張り上げて大声で怒鳴り散らした。

「お前も俺に楯突こうというのか！　お前は俺のものだ！　大人しく従っていればいいものを——どうして逆らうのだッ！　殺されたいのか、ええ!?」

「私は決めたんだ……アルカを変えてやるって！　一人じゃ無理かもしれないけれど、コマリと一緒ならどんなことでもできる！　マッドハルトをぶっ飛ばすことができる！」

「やかましいッ！　無理だと言っているだろうがッ！」

レインズワースがネリアのお腹を蹴りつけた。黙っていることはできなかった。

「やめろ！　ネリアにそれ以上ひどいことをするんじゃないッ！」

「黙れ吸血鬼ッ！」

回転しながら飛んできた短剣が私の肩を掠め、軍服の下の皮膚がバターのように裂かれて血が飛び散った。肩口からじんじんと激痛が伝わってくる。痛みのあまり立つこともできない。

レインズワースがネリアを放り捨てて剣を抜いた。

「お前のせいなんだよ。お前がネリアに余計な希望を与えたから……あと一歩というところで折れないのだ。全部お前のせいだ……ここで殺してやろう……」

なすすべはなかった。ヴィルは起き上がる気配を見せない。ネリアも麻痺毒のせいで自由に動けない――それ以前に絶望の表情を浮かべて固まってしまっている。

悔しい。こんなところで殺されるのが悔しい――そんなふうに奥歯を噛《か》みしめた瞬間、

「――何やってんの？」

底冷えするような寒気を帯びた声だった。

全員の視線が一点に集まった。

そこには少女が立っていた。白銀の髪は乾いた血がこびりついて赤黒くなっている。衣服は刀剣で切り刻まれたかのようにズタボロだったが傷自体は治りかけているらしい。

それは、蒼玉の特徴を受け継いだ吸血鬼、サクナ・メモワール。

彼女はその瞳に凍《こご》えるような怒りを滾らせてレインズワースを睨んでいた。

まるで幽霊のような立ち姿だった。

「……コマリさん、怪我《けが》してますよね？　誰がやったんですか？　やっぱりそこの翦劉さんですか？　私たちだけでは飽き足らずコマリさんまで傷つけたんですか？」

ぴし、と彼女の足元に散っていた誰かの血液が凍《こお》りついた。

激情のせいで魔力が身体からあふれ出しているのだ。

「サクナ⁉　どうしてここに……！」

「コマリさんを追いかけてきました。よかった。間に合って」

「で、でもお前、怪我してないか⁉」

「掠り傷ですよ。コマリさんの痛みに比べれば」

サクナは左手で持っていた右手を右手首にズブリ！　と差し込んだ。凍《い》てつく氷の魔力と魔核の力によって、切断されていた右手がみるみるつながっていく。私は悲鳴をあげそうになってしまった。だがそれ以上に大きな反応を見せたのはレインズワースである。

「貴様……生きていたのか！」

「コマリさんにひどいことをする人は許せません」

「劣等種族を甚振《いたぶ》って何が悪いッ！」

「劣等種族……？」

サクナの瞳から温《ぬく》もりが消えていった。彼女から漏れ出た白い冷気が床を這っていく。

「そういうことを言う人はきらいです。この世に劣っている種族なんかない。吸血鬼も蒼玉も翦劉もみんな一緒。それを理解せずにおごり高ぶる人は必ず破滅します。他人のことを道具としか思っていないような勘違いさんは――みんな、凍りついてしまえばいいんです」

サクナが間髪容《かんぱつい》れずに踏み込んだ。巨大な杖《つえ》を振りかぶって殴りかかるという魔法使いにあるまじき戦闘スタイル、しかし彼女の攻撃がレインズワースに届くことはなかった。

ガートルードが割り込み、剣で受け止めたのである。

「――お兄様には手出しさせません」

「どいてくださいッ！　その翦劉は私が倒しますッ！」

サクナとガートルードの打ち合いによって生み出された火花が星のきらめきのように散っていく。武器と武器とが激しくぶつかり合う高音が牢獄に響きわたり、凝縮された殺意がそこら中に拡散した。サクナが助けに来てくれたことは嬉しい――けれど、まとう迫力が尋常ではなさすぎて言葉もなかった。サクナは激怒《げきど》していたのだ。これ以上ないくらいに。

ふとガートルードが何かに気づいたように顔をあげた。

「ッ――お兄様！　この蒼玉モドキだけじゃありません、敵襲です！」

そのとき、空間を揺るがすような地響きが轟《とどろ》いた。

サクナ以外の誰もが目を見開いた。

地響きは連続している。頭を揺さぶるような衝撃が夢想楽園の内部に響いている。ただの地震ではないだろう。まるで地上でいくつもの爆弾が連鎖的に爆発しているかのような――

「サクナ・メモワール！　貴様いったい何をした⁉」

サクナがバックステップでガートルードから距離を取った。

氷のように冷めた視線がレインズワースを射貫《いぬ》く。

「コマリさんを追いかけてきたら――ついてきちゃったんです。アマツ・カルラさんと、新聞記者さんが」

場に緊張が走った。ネリアも「嘘でしょ」と目を丸くしている。

カルラのやつ、窓から落ちて死んだと思っていたのだが――生きていたのか？

しかし考えている暇もなかった。サクナの背後に魔法陣が展開される。すさまじい冷気が彼女の周りに集まっていく。あれは――サクナが戦争とかでよく使う【ダストテイルの彗星《ほうきぼし》】に違いない。ガートルードが剣を構えてレインズワースの前に立った。

「お兄様。この蒼玉モドキとアマツ・カルラは私が引き受けましょう」

「あァ⁉　その小娘はともかくアマツ・カルラは危険だ！　お前が行っても殺される！」

「私とて八英将です。後れを取るつもりはありません。それに——先ほど大統領から連絡が入りました。お兄様に任務だそうです」

「——死ね」

氷結魔法が勢いよく発射された。白色の星々が空気を切り裂きながらガートルードに襲い掛かる。翦劉のメイドは巧みな剣技を駆使して星を打ち落としていく。打ち落とし損ねた星が私の隣の壁に激突した。壁には穴が開いていた。私はもうだめだと死を覚悟した。

レインズワースが同じく剣で星を落としながら叫ぶ。

「楽園部隊の指揮か⁉　それは侵入者を撃退してからでも遅くはないだろう」

「それでは少し遅いかもしれません！　どうやら彼らは暴走しているようです。このままではゲラ＝アルカの直轄都市まで襲い始めるでしょう」

「使えんやつらだな……俺がいなければ何もできないとは」

「楽園部隊は理性を失った人間の成れの果てです。指揮官がいなければ本領を発揮することができません。それに——どうやら彼らに接近する吸血鬼の部隊もあるようです」

「ムルナイト帝国軍の残党か。小賢しい」

私は顔をあげた。〝吸血鬼の部隊〟とは誰の隊だろう。サクナやデルピュネーではない。フレーテとヘルデウスはフォールにいるはずだ。第一部隊のペトなんとかって人だろうか。

レインズワースが表情を歪《ゆが》めた。力強く足踏みをするような歩調でネリアにつめ寄って、

「――ネリア！　俺が帰ってくるまで大人しくしていろよ。吸血鬼どもが皆殺しになれば頑固なお前でも気づくはずだぜ。ゲラ＝アルカがどれほど素晴らしい国家であるかにな」

「私は……お前なんかに、」

「身体が震えているぞ。やはりお前に将軍は相応《ふさわ》しくないな」

「ッ……、違う、これは毒のせいで……」

「――この蒼玉モドキがぁっ！　食らいなさい！　上級刀剣魔法・【劉撃の飛沫《しぶき》】」

ガートルードの放った魔法によって大爆発が巻き起こった。冷気と熱気が急速に混じり合って視界が真っ白に染まる。サクナは狭い場所での戦闘を避けて移動したらしい。ガートルードがそれを追って忍者のように駆けていく。

気づけばレインズワースの姿も消えていた。

魔法が発動する音や何かが爆発する音が断続的に聞こえてくる。

しかし私たちは動けなかった。状況が煩雑《はんざつ》すぎて何から手をつければいいのかわからない。

いや、それ以前に、殴られた痛みのせいで立ち上がることすら難しかった。

大統領府から少し離れたところに王宮がある。

かつてゲラ＝アルカ共和国が『アルカ王国』だった頃に使用されていた王族の住居だ。五年前のクーデターの際に一部の建物は焼失してしまったが、負の歴史を後世に伝えるという観点から近年は再建が進められているのだった。

その中でもひときわ高い塔がある。かつてアルカの国王が王都の繁栄ぶりを肴《さかな》にして酒宴を開いていたというクルトーズ時計塔、その望楼に男は立っていた。

伝統的なスーツ姿の、これといった特徴も見受けられない男。

ゲラ・マッドハルト大統領。

「――『水は舟を浮かべるが舟を覆すものでもある』、か。なかなかに至言だな。しかし私の国には当てはまらない。力ですべてを押さえつけてしまえば何も問題はない」

眼下に広がる首都の光景は異様としか言いようがない。暴徒と化した民衆があちこちに火を放っている。警備隊や軍との衝突が頻発《ひんぱつ》してそこかしこに死体が転がっている。誰《だれ》もが大統領の暴政を非難していた。非人道的な戦争をするな、冤罪《えんざい》で逮捕された人を返せ、夢想楽園の地下を解放しろ、はやく次の大統領選を開催しろ――まったくもって度《ど》し難《がた》い。

やつらも結局は力を見せつければ口を利《き》けなくなるのだ。五年の歳月をかけて集めた秘密の部隊。レインズワースに彼らを率いさせ、ムルナイト帝国を征服すれば、誰も文句を言うことはできなくなる。マッドハルト政権を批判できる者など一人もいなくなる。

「――世界を制するのは翦劉《せんりゅう》だ。何者にも邪魔はさせない」

「大した自信だな、マッドハルト」

いつの間にか背後に女が立っていた。

豪奢なドレスに身を包んだ金髪の吸血鬼――ムルナイト帝国の皇帝だった。彼女は静かな怒りの表情を浮かべながら、ゆっくりと近づいてくる。

「よくこの場所がわかったな。いや、それ以前にどうやって入ってきた?」

「そんなことはどうでもよかろう」

皇帝の瞳《ひとみ》は真《ま》っ赤《か》に輝いていた。雷帝と謳《うた》われるだけのことはある、やはりこの吸血鬼は下等種族の中でもそれなりに優れた部類らしい。

「……ふん、まあ座りたまえ。ムルナイト帝国が滅びる瞬間を共に見物しようではないか。遠視魔法用の水晶ならここに用意してある」

「お前をここで殺してしまってもよいのだが?」

「殺せるものなら殺してみたまえ。昔のようにはいかぬぞ」

「……？　ああ、そうか。そういえばそうだったな」皇帝は思い出したように笑った。「お前は朕《ちん》が七紅天《しちぐてん》だった頃に捻《ひね》り潰《つぶ》したアルカの将軍か。いやはや、あのときの小僧が大統領になっているとは驚きだ。しかもこれほど民衆に嫌われる暴君になっているとはね」

「小僧呼ばわりは冗談が過ぎるな。私のほうが年上だ」

「今でもお前は小僧だよ。心があのときから何も成長していないではないか」

マッドハルトは無視して遠視魔法を発動させた。

水晶に映し出されたのは五千の軍勢である。エンタメ戦争のための兵士ではない、実際に人を殺すために作られた精強なる殺人鬼の集団だった。

作り方は簡単である。見込みのある若者を夢想楽園に隔離して洗脳を施すのだ。「戦わなければお前の家族を殺すぞ」『言うことを聞けば多額の報酬を授《さず》けよう』『殺されたくなかったら敵を殺せ』――方法は多種多様である。中には途中で精神を壊してくたばった者もいた。

数々の犠牲のうえに成り立つ最強の軍団、それがあの〝楽園部隊〟なのだった。

「で、皇帝陛下は何の用があってはるばるお越しになったのかね？　降伏の申し出か？――ああ、そういえば他の国も戦々恐々として私に連絡を寄越《よこ》してきたようだが」

天照楽土大神《てんしょうらくどおおみかみ》からは「今すぐ軍を止めろ。凄惨《せいさん》な争いに意味はない」。

白極連邦書記長《はっきょくれんぽう》からは「話が違う。秘密部隊など聞いていない」。

天仙郷天子《ようせんきょう》からは「アルカは人の道を踏み外している。即刻戦闘をやめろ」。

ラペリコ王国国王からは「とりあえずバナナを寄越せ。話はそれからだ」。

どの国もゲラ＝アルカの武力に恐れをなしている。たとえ全世界を敵に回しても何も問題はないのだ。五千人の軍勢がいれば彼らを粉砕することなど簡単なのだから。

「——愚かだな。お前は大きな勘違いをしている」

「なに……？」

「暴力や脅迫で作り上げた軍隊など有象無象《うぞうむぞう》もいいところだ。——いや、言っても仕方がないな。とにかく朕がここに来たのはお前の最期《さいご》を見届けるためだ」

マッドハルトは失笑した。劣勢なのは明らかにムルナイト帝国のほうである。

「だが慈悲深い私はお前にチャンスを与えようと思っている。——死にたくなければ今すぐに軍を撤退させろ。でなければお前は死ぬよりもつらい目に遭《あ》うぞ」

「戯言《ざれごと》を。負け犬の遠吠えにしか聞こえんな——」

そのときだった。首都の上空に巨大な魔力が流れていくのを感じた。

青空にパッとスクリーンが映し出される。

六国《りっこく》新聞からの要請で設置した魔道具だった。「重要な情報をあらゆる場所に一瞬で伝えるため」という目的で世界中の都市に設置して回っているらしい。確か《電影箱《でんえいばこ》》なるカメラが写した映像を映し出すという話だったが——

『——全世界のみなさまこんにちは！　六国新聞のメルカ・ティアーノです！　このような

試みは初めてで緊張しておりますが、皆様にお伝えしたいことがあるのです！　ご覧ください！　我々六国新聞はいま、ゲラ＝アルカ共和国が管理する夢想楽園に潜入しております！』

　甲高い声が首都全域に響き渡った。青空に映し出されていたのは白銀の髪を持った蒼玉《そうぎょく》種の少女である。片手にマイクらしきものを持ち、必死でカメラに向かって——おそらく神具《電影箱》に向かって——語り掛けていた。

『言葉で伝えるよりも実際にご覧いただいたほうが早いでしょう——見てくださいこの牢獄《ろうごく》の数！　マッドハルト政権に逆《さか》らった人々が収容されております！』

『あのメルカさん、このカメラ重いんですけど。撮影役交代しません？』

『しゃべんなバカティオ！——失礼しました！　このように（推定）無罪の人々が収容されているわけですけれどもね、なんと収容されているのは翦劉種だけではありません。それ以外にも様々な種族が捕らえられているのです！　しかも何故《なぜ》か傷だらけ！　ゲラ＝アルカ政府が非道な人体実験をしているという噂《うわさ》は本当だったようです！』

　マッドハルトの額に汗が浮かんだ。夢想楽園を守備する隊は全滅していた。パパラッチどもが地下に侵入する可能性は考慮しておくべきだったのだ——しかし問題はない。あの秘密が暴《あば》かれたところで戦局に影響はないのだ。圧倒的な武力によって敵を叩き潰してしまえば——

『さて我々はマッドハルト政権の悪事を暴くためにやって参りました。現在アルカは五千の軍勢を動かしてフォールを襲撃しようとしています。これは明らかに人道に反する行為です。

まったくもって畜生の極《きわ》みとしか言いようがありません！　ゲラ＝アルカに恨みつらみを抱いている全国の皆さん、今こそ立ち上がるときです！　私は立ち上がります！　そして――我々を導く代表がここにいます！　さあアマツ・カルラ五剣帝《ごけんてい》大将軍、どうぞ！』

『ふぇ⁉　あ、はい。――ごほん、我々はゲラ＝アルカの卑劣な行為に屈しません。国境地帯で起こっていた〝和魂《わこん》種失踪《しっそう》事件〟は彼らの仕業《しわざ》だったのです。そしてこの新聞記者の方が仰《おっしゃ》る通り、被害を受けていたのは和魂種だけではありません、他の種族の方々も捕縛《ほばく》されてひどい仕打ちを受けています。こんなことは絶対に許せません』

『カルラ様。もっと強い言葉で』

『わかっています。――覚悟しなさいゲラ＝アルカの奸臣《かんしん》たちよ！　五千の軍勢など私の前では蟻の行列と大差ありません！　そして全世界の皆さん、ご安心ください。最強の五剣帝アマツ・カルラが不埒《ふらち》な軍隊を殲滅《せんめつ》してみせましょう』

『だそうです！　アマツ閣下、他に何か言いたいことは？』

『ええ？　もうありませんけれど――あ！　そうです、お兄様！　天津覺明《あまつかくめい》お兄様、見ていらっしゃいますか～⁉　カルラは元気ですからね！　頑張って世界一の和菓子職人……ではなく世界最強の将軍になってみせますから！　たまには帰ってきてくださいね～！』

マッドハルトは雷が落ちたかのような衝撃を受けた。

アマツ・カクメイ。逆さ月の幹部。ゲラ＝アルカと協力関係にあるはずの男が、何故。

あのアマツ・カルラという将軍は逆さ月とつながっているのか？　アマツ・カクメイは裏切ったのか？　五千の軍勢が蟻の行列と同じだという発言は――真実なのか？　いや常識的に考えれば真実であるはずがない。しかし逆さ月が相手ならば常識は通用しない――

『おわわ！　見てくださいアマツ将軍！　先行してたメモワール閣下がメイドさんと戦っていますよ！　あれは翦劉の兵士でしょうか!?』

『……え？　ん？　ガートルードさん？　なんで……』

『あれは敵。こはるも殺す』

『ちょっ……こはる!?』

スクリーンの中で忍者装束《しょうぞく》の少女が八英将《はちえいしょう》ガートルード・レインズワースの戦いに割り込んでいった。あのメイドは世間に公表されていない八人目の八英将である。相手がただの将軍ならば負けることはないだろうが――アマツ・カルラはただの将軍ではない。

「どうしたマッドハルト。顔色が悪いぞ」

「……貴様の最終兵器は、あの和魂の小娘か」

「違うな。あんなものは朕ですら想定外だ」

皇帝はにやりと笑った。

「ムルナイトの最終兵器はいつだってあの深紅の吸血姫なのさ。お前も感づいているんじゃないのか？　テラコマリ・ガンデスブラッドは人の心を導いていく吸血鬼なのだよ」

己《おのれ》の勝利を信じて疑わない、それは覇者《はしゃ》の笑みだった。

☆

悔しかった。死にたいくらいに悔しかった。

この五年間はゲラ＝アルカを改革するためだけに生きてきた。最初は家族を取り戻すため。お父さんを助けるため。それから次の大統領になるために死ぬ気で鍛錬を積んだ。でも何もかもが無駄だった。マッドハルトの暴挙を止めることができなかった。

五千人の軍勢なんて馬鹿《ばか》げている。そんなもんを後出しで登場させるなんて卑怯《ひきょう》にもほどがあるじゃないか。このままではムルナイト帝国がマッドハルトの奴隷になってしまう。夢想楽園の人々みたいにひどい仕打ちを受けることになってしまう。

ネリアは知らず知らずのうちに涙を流していた。

毒に身体を蝕《むしば》まれ、無様《ぶざま》に這《は》いつくばっている自分が情けなくて死にたくなった。

なぜ上手《うま》くいかないのか。あれだけ力を尽くしてもまだ足りないのか。

レインズワースには鼻で笑われた。ガートルードにも裏切られた。騙《だま》されていた。私の理想を理解してくれる人など誰もいないのではないか。

もう、諦《あきら》めてしまおうか。諦めて楽になってしまおうか。

「——ネリア。ごめん、ちょっと肩を貸してくれないか」

ふと顔をあげた。コマリが苦悶《くもん》の表情を浮かべて身じろぎをしていた。

「肩を貸して……どうするの？」

「レインズワースを追いかけるんだ。このままだと、みんなが危ない」

ネリアはぽかんと口を開けてしまった。コマリの姿はひどいものだった。力任せに殴打されたせいで着衣は乱れ、切り裂かれた肩口から血が溢《あふ》れて床を汚している。しかし彼女の瞳には諦めの感情が少しも浮かんでいなかった。あまりにも眩《まぶ》しかった。

「無理よ。毒で身体が動かないわ」

「そっか。……だけど、サクナだけじゃなくてカルラも来ている。諦めるのははやい」

「だから無理なのよ。アマツ・カルラはポンコツだから……」

「お前にカルラの何がわかるんだ。あいつは敵を一瞬で蕎麦《そば》にできるんだぞ」

「あなたこそ何もわかってないわ……」

ネリアは投げやりな笑みを浮かべて言葉を紡《つむ》いだ。

「どうして……どうして、この状況で、そんなに頑張れるの？」

「頑張りたくないよ。でも頑張らなくちゃいけないんだ……痛いけど、苦しいけど、私は七紅天大将軍だから……何にもできないけど、諦めるわけにはいかないんだ」

「無理よ。相手は五千人の軍勢なのよ……」

「そんなの嘘《うそ》かもしれないだろ！　行ってみなくちゃわからない！」

「嘘じゃないわ！　本当に五千人いるのよ。レインズワースに嘘をつく理由がないもの」

「五千人いたって関係ない。私は五億人を殺した大将軍だからな」

「それこそ嘘だろ！」

「そうだよ嘘だよっ！　でも行かなくちゃどうしようもないだろ！」

「行ってもどうしようもないわ！　いくら烈核解放《れっかくかいほう》があっても勝てるわけがない！」

「烈核解放!?　何を言ってるんだお前は――」

ネリアは愕然《がくぜん》とした。薄々気づいてはいたが――こいつは自分の力も正確に把握していないのだ。それなのに根性だけで敵に立ち向かおうとしている。目の前の小娘が何か別の生き物であるかのように思えた。コマリは苦しそうに息をしながら身を起こしている。

「勝てるかどうかは、やってみなくちゃわからないだろ」

「そうだけど！　でも……私にはできない。色々な人に貶《けな》されて……結果も伴わなくて……私の理想はただの絵空事だってことが、わかってしまったのよ……」

「どこが絵空事なんだよっ！」

コマリが絶叫した。ネリアは思わず背筋を伸ばしてしまった。

「……最初、私はお前のことを馬鹿だと思っていた。いきなり世界征服に誘ってくるなんてどうかしてる。でも、もう一度会って話してみたら少し見方が変わった。お母さんの教え子だったっていうのもあるかもだけど、お前の考え方は、すごくいいなって思ったんだ」

「……きれいごとでしょ。人が人のために生きる世の中なんて」

「でも、私は好きなんだ。お前の言ってることが」

寸刻頭が停止した。しかしすぐに動き出す。

「す、好きって言われても。実現できない理想に意味はないわ……」

「その理想が絵空事かどうかを決めるのは自分自身だよっ！」

お前に言われる筋合いはない――そう言ってやりたい気持ちは山々だった。

しかし言えなかった。圧倒的なまでの気迫に気圧《けお》されていた。

コマリは、ネリアの目をまっすぐ見据《みす》えてこう言った。

「――私は、お前のきれいな心が好きなんだ！」

「ッ……、私なんかが頑張っても……」

「私の血を吸ってよ」

「え？　……え？」

「吸血鬼は信頼の証《あかし》として血を与え合うらしいんだ。お前が誰にも認められずに不安だっていうのなら、私が認める。こういうこと、私は今まで誰ともしたことないけど……でも！　ネリアは同志だから！　お前とだったら世界を狙《ねら》えるって思ったから！　だから吸ってよ！」

きゅんとしてしまった。

血を与え合う――それは六年前、他ならぬ目の前の少女に断られた行為だった。

ようやくこの少女に認められたような気がした。

いや、本当にどうかしている。吸血鬼でもない相手に向かって「血を吸え」だなんて。

ネリアは心の迷いを断ち切るようにかぶりを振った。

血のことはさておき。

こいつの言っていることは本当に余計なお世話だった。

世界を狙うだって？　馬鹿げているにもほどがある。たかが小娘二人に何ができるというのだろう。相手は世界征服を企《たくら》む大国なのだ。五千人の軍勢なのだ。普通に考えれば虫のように殺されてしまうのがオチだろう。

しかし。

しかしネリアの心には炎が灯《とも》っていた。

マッドハルトに家族を奪われ、レインズワースに散々に甚振《いたぶ》られ、ガートルードに裏切られ――世界のすべては自分の夢を阻《はば》むために存在しているのではないかと思いこんでいた。だが違った。ネリアのことを理解してくれる人はいたのだ。

「ご……ごめん。偉そうなこと言って。血とか気持ち悪いよね」

コマリは夢から醒《さ》めたように俯《うつむ》いてしまった。

「……いいえ」

ネリアは目を閉じて首を振った。

そうして床を這いずりながらコマリのほうに身を寄せる。

「ネリア……？」

「あなたの信頼、受け取らせてもらうわ」

右手をそっとコマリの頬《ほお》に添える。見ているだけで痛ましい気持ちになってしまった。彼女の身体は傷だらけだった。抉《えぐ》られた肩口に触れるのはさすがに気が引けたので、彼女のほっぺたに顔を近づけて、口元についていた赤い血を、ぺろりとなめとった。

血の味がした。当たり前だった。

思わず噎《む》せそうになってしまった。他種族の血は翦劉にとって毒なのである。本来ならば頼まれたって吸血鬼の血なんか摂取しない。

だけどこれはどういうことだろう？　ネリアの心を満たしたのは途方もない満足感だった。やっとコマリと通じ合うことができた――そんな感慨。

ネリアは至近距離でコマリの瞳をじっと見据えた。

目の前の吸血姫は顔から湯気が出そうなほどに真っ赤になっていた。

「ね、ねりあ、大丈夫？」

「大丈夫よ。ごちそうさま」

「お、お粗末さまでした……」

ネリアは思わず笑みをこぼしてしまった。

こいつは昔から何も変わっていない。

いつでもネリアの心を良い方向に変質させてくれるのだ。

そうだ――まだ諦めるのは早いのだ。打つ手は残されているはずだった。

たとえばゲラ＝アルカ以外の五か国に援軍を要請するとか。マッドハルトを暗殺しに行くとか。煌級《こうきゅう》魔法を封じ込めた魔法石を用意して五千人を一網打尽にするとか。

そうだ。私はアルカを変えると決めたんだ。

無実の罪で捕らえられた人々の悲しみを思い出せ。マッドハルトに苦しめられている人々の声を反芻《はんすう》しろ。馬鹿どもに甚振られて命を落としていった者たちの思いを胸に刻み込め。

私は敵を殺すための剣だ。腰を抜かしている場合じゃない。

そのとき、ネリアの身体に異変が起きた。目が熱い。焼けるような痛みが走る。耐えきれなくなったネリアは手で顔を押さえながら膝《ひざ》をつく。コマリが必死になって呼びかけているが構っている余裕はなかった。心の内からすさまじい灼熱《しゃくねつ》が湧《わ》き上がってくる。

《――烈核解放・【尽劉《みなごろし》の剣花《けんか》】――》

脳裏《のうり》に言葉が浮かんだ。それは新しい扉を開く鍵《かぎ》に他ならなかった。

かつて先生が言っていた気がする。世界を変える端緒《たんしょ》は必ず人間の心であり、その不屈の心を具現化した力こそが《烈核解放》と呼ばれるのだ――と。

ネリアはゆっくりと立ち上がった。

念じるままに〝力〟を発動してみる。

からん、と床に双剣が現れた。先生から授かった大切な宝物だ。ネリアは右手に剣を握って軽く振ってみた。すると、身体を苛《さいな》んでいた痺《しび》れがすうっと消えていった。

〝毒〟という苦しみそのものを断ち斬《き》ったのである。

すぐに理解した。

【尽劉の剣花】はあらゆるモノを切断する異能。

一つしかないモノを他種族と分かち合う利他の剣技。

先生から授かった融和の思想に基礎づけられて顕現《けんげん》した心の形。

この力があれば、世界を変えられるかもしれない。

「……ネリア。まさか、それって」

「ありがとうコマリ。何かをつかめた気がするわ」

ネリアはコマリの手をとった。

彼女から流れてくる無限の勇気がネリアの身体を燃やしていた。傷が痛むのだろう、コマリはわずかに顔をしかめながら、それでも確固とした足取りで立ち上がる。

「どこに行くんだ？　もしかして……」

ちゃきん、とネリアは双剣を握りしめ、

「まずは本来の目的を達成する。敵を殺すのはその後よ」

☆

アマツ・カルラは怒りを抑えることができなかった。

ゲラ＝アルカ共和国は世界の和を乱す正真正銘のならず者どもだったのだ。牢獄に閉じ込められた人々は非道な暴力によって心身をすり減らしていた。彼ら自身に聞いた話によれば、彼らは新しい魔法の実験台にされたり、魔核《まかく》の回復力を調べるための測定器にされたり、兵士の鬱憤晴らしの的になったりしているのだという。

カルラは生粋《きっすい》の事なかれ主義だ。見たくないものを見ても見なかったことにするのが最高の生存戦略だ。でもこれは許せなかった。それくらいの正義感は、カルラにもあった。

「さあさあやって参りました夢想楽園！　マッドハルトはどこまでの悪事を働いていたのか⁉　しかし真実の前に立ちはだかったのは異様に強いメイドさんです！　現在我々の目の前ではゲラ＝アルカのメイドとサクナ・メモワール閣下、そして天照楽土〝鬼道衆《きどうしゅう》〟こはるさんによる激闘が繰り広げられています！　ご覧ください、流れ弾で壁や天井《てんじょう》がボロボロです！」

「メルカさん……もう帰りましょうよ。殺されますよこれ」

「殺されたって構わない！　戦場で死ぬのなら本望よ！」

「マインドが記者じゃなくて戦士なのはどうにかならないんですかぁっ！」

カルラの横では新聞記者たちが謎《なぞ》の漫才を繰り広げている。夢想楽園を目指している途中で遭遇したのだ。めちゃくちゃ根掘り葉掘り取材された後に目的地が同じであることが判明し、成り行きで行動を共にすることになってしまった。

だが、彼女たちを連れてきて正解だったのかもしれない。

あのカメラのような《電影箱》は全世界に映像を届けることができる激レア神具だ。ゲラ＝アルカの不正を一瞬にして暴露することができる――いや、そんなことよりも。

「こはる～！　がんばってくださ～い！」

カルラの眼前では少女たちが死闘を繰り広げていた。

サクナ・メモワールとガートルード。そして鬼道衆のこはる。

サクナはカルナートの生き残りである。なぜかテラコマリの居場所を知っていたので治療を施して連れてきたのであるが――夢想楽園についた途端に暴走して単身で特攻した。そしてガートルードとドンパチやりながら戻ってきた。わけがわからない。テラコマリやネリア・カニンガムは見つかったのだろうか。あのメイドはマッドハルトの手先だったのだろうか。

「くたばれ。翦劉」

こはるの放ったクナイがガートルードに殺到する。サクナの放った氷柱も殺到する。しかし彼女は曲芸のような動作で一つも漏《も》らすことなくクナイを打ち落としていく。かわりに放たれるのは必殺の剣戟《けんげき》魔法。すべてを切り刻む斬撃《ざんげき》が忍者の少女に飛んでいくがサクナの展開した【障壁】によって見事に弾かれ、弾《はじ》ききれなかった流れ弾はこはるの『かわりみの術』や『煙幕の術』によって巧みにいなされていく。

「死んでください、アルカの敵」

ガートルードが上段から剣を振り下ろした。こはるは軟体動物のような動きで回避。すぐさま敵の背後に回ると鋭い角度から脇差《わきざし》を突き出した。しかしガートルードは剣の柄で防御する、サクナが杖《つえ》を振りかざす、紙一重で躱《かわ》して返しの一撃をお見舞いする——そうした攻防が目にもとまらぬ速さで連続するのである。もはやカルラには何が何だかわからない。わからないけどわかったフリをするしかない。

「すごい……！　アマツ将軍、今の攻防はいったい⁉」

「あれはすごい攻防です」

「メイドさんの動きが速すぎますね！　あれは何かの魔法でしょうか？」

「はい、何かの魔法です。それが何であるかはご想像にお任せします」

「わわ、メモワール閣下が押され気味ですよ！　このままで大丈夫なんでしょうか⁉」

「このままではいけないと思います。だからこそこのままではいけないと思っています」

「……メルカさん、この人、適当なこと言ってませんか？」

適当なことを言っているのは確かである。

しかしカルラは目を凝らして辺りを観察していた。

捕らえられている人数——一階部分で二千五十八人。種族は翦劉八割、和魂一割、その他が一割。国境地帯で行方《ゆくえ》不明になっている和魂種百九十人のうち百五十人の生存が確認できる。それ以外は見当たらなかった。おそらく階下だろう。

カルラは通信用鉱石を取り出して魔力を込める。相手はすぐさま応答した。

「大神様。ゲラ＝アルカの有罪が確定しました」

『カルラの目を通して視《み》ました。これで心置きなく戦えますね』

「はい。ですが戦う前に捕らわれの人々を救助しなければなりません。幸いにもこの夢想楽園にはガートルードさんを除いて敵の気配がほとんどない。鍵の捜索に移ります」

『よろしくお願いします。——いえ、その必要はなさそうですね』

「？ どういう意味ですか？」

そのとき、桃色の旋風《せんぷう》が吹きわたった。

すさまじい魔力が牢獄の奥のほうから棚引いてくる。

それだけではなかった。人が——奥に捕らえられていたであろう大量の人々が、歓喜の感情を滾《たぎ》らせながら走ってくるのだった。

こはるもサクナもガートルードも一瞬、そちらに目を奪われた。

脱走だった。誰かの手によって牢が破られたのだ。

「ネリア様だ！」「ついにネリア様が立ち上がった！」「これでゲラ＝アルカは終わりだ！」――人々は口々に例の〝月桃姫《げっとうき》〟を讃《たた》えていた。

カルラは理解する。

これはあの桃色少女の仕業に違いない。あの少女は尋常《じんじょう》の蒭芻ではなかった。まさに国を背負って立つだけの器を備えた大人物だったのだ。

『囚人が解放されているようです。これで気運がこちらに傾《かたむ》きました』

「気運も重要ですが物事は公正であるべきです。ネリアさんは勢いに任せてすべての囚人を解放するでしょう。しかし全員が無実とは限りません」

『その点に関しては後回しでも問題ありません。カルラ、お願いしますね』

「はい。彼らの顔はすべて覚えますので取り逃がすことはありません。鬼道衆を動かせば、後でいつでも捕まえることができますので」

まったく地味な仕事だとカルラは思う。だが地味な仕事が自分には合っているのだ。

どうか戦いに巻き込まれませんように――と心の底からカルラは願うのだった。

☆

双剣で鉄格子を破壊していく。

鍵は必要なかった。烈核解放【尽劉の剣花】はあらゆるモノを切断する異能だ。それがたとえどんなに堅固な物質であっても、剣を振れば容易《たやす》く一刀両断されてしまう。

虜囚《りょしゅう》たちは最初、呆気《あっけ》に取られたようにしてネリアを見上げていた。しかしネリアが「助けに来たわよ！」と叫ぶと、彼らは瞳に希望の光を宿して駆け出していくのだった。

——ネリア様万歳！　ネリア様万歳！

——マッドハルト政権を打倒せよ！

そういう空気が夢想楽園に広がっていった。

「ネリア！　こっちにも牢屋がいっぱいある！」

「わかった！」

コマリに促されるまま次々に囚人たちを解放していく。

大脱走が始まった。咎《とが》める者はいない。彼らに残虐な仕打ちを施していた看守たちはレインズワースに引き連れられて核領域に向かってしまったから。

「さあ行きなさい！　アルカを変えるために立ち上がるのよ‼」

ネリアは牢獄を破壊しながら夢想楽園を進む。人々の歓声によって空気が震動している。たとえ牢を抜け出したところで、五千人の軍勢が待っているのだ。状況は大して変わっていないだろう——しかしネリアの心は変わっていた。

コマリからもらった勇気。人々から向けられる期待の眼差《まなざ》し。

なんとしてでもアルカを変えようという灼熱の意志が芽生えた。

そのためには敵を片づけなければならない。

たとえそれが五年もの間、片時もネリアのもとから離れることがなく、悲しいときも辛《つら》いときも、すぐそばで同じ気持ちを共有してくれた心優しい少女だったとしても——行く手を阻むのならば、容赦《ようしゃ》をしてはならなかった。

夢想楽園地下一階。そいつは剣を構えてカルラの忍者や白銀の吸血鬼と戦っていた。

「ガートルードッ‼」

メイドは頭から水を被《かぶ》せられたような顔をして振り返った。

「ネリア様、どうして……！」

「不出来なしもべを——叱《しか》りにきたのよっ！」

ネリアは力任せに双剣を振るった。

ガートルードがネリアの記憶にない長剣を振りかざして防御姿勢をとる。

金属と金属がぶつかり耳をつんざくような音が鳴った。

しかし拮抗《きっこう》はしなかった。烈核解放の前ではどんな金属も紙屑《かみくず》同然であった。

ガートルードの長剣はネリアの双剣によって真っ二つに切れてしまった。

「ネリア、様——！」

「お前は私のしもべだ！　主人に逆らったメイドには罰が必要なのよっ！」

「違います！　これは……すべてネリア様のためなんです！」

ガートルードは壊れた剣を放り捨てた。怒りや戸惑いが綯《な》い交《ま》ぜになった表情を浮かべながら、それでもさすがは八英将といったところだろう、彼女は流れるような動作で懐《ふところ》からナイフを取り出し応戦しようとした。

「遅いッ！」

ネリアが放った神速の突きによってナイフはいとも容易く斬り飛ばされる。

ガートルードが焦《あせ》ったように後退した。

逃がすわけにはいかなかった。

ネリアは双剣を捨て、左手で彼女の腕をつかんだ。

ガートルードが「しまった」という感じで表情を歪《ゆが》める。

そんな顔をするなら最初から反逆なんて考えなければいいのに――己のメイドに対して苛立《いらだ》ちや不満を爆発《ばくはつ》させながら、ネリアはぎゅっと拳《こぶし》を握り、

「しもべのくせに――私に逆らうんじゃねえええええええっ‼」

彼女の横っ面を、力いっぱい殴りつけた。

☆

ガートルードの身体はボールのように吹っ飛んでいった。

地面にうずくまったままぴくりとも動かない。まさか殺してしまったのだろうか――一瞬だけ不安に思ったが、ほどなくして彼女はしくしくと嗚咽《おえつ》を漏らし始めた。

ネリアはゆっくりと彼女のもとへ近寄った。

幼いメイドはひどい顔をしていた。殴られたからではない。深い悲しみと、無力感と、諦観《ていかん》と――その他の色々な負の感情が混ざり合った絶望の表情を浮かべていた。

「ネリア様……私は、私は、あなたに幸せになってほしかったんです」

「押しつけられた幸福なんていらないわ。――あんたは、私にどうしてほしかったの？」

ネリアは腰を折って彼女の顔をのぞきこむ。ガートルードは、いったい何が彼女をそうさせたのか、目からぼろぼろと涙をこぼして泣いていた。

「マッドハルトは倒せません。あいつは本当の、悪い意味での英雄なんです。だから……ネリア様には、これ以上傷ついてほしくなかったんです」

「あんた、レインズワースの妹なんでしょ。私のことなんかどうでもいいって思ってるんじゃなかったの？」

「違いますよぅ」ガートルードはぶんぶんとかぶりを振った。「私は……兄から虐待を受けていました。強くなければ生きている価値はないって……地獄のような訓練をさせられました。でも、ネリア様は、私のことを大切にしてくれました。怪我《けが》をしたら心配してくれるし、私のことを一番のしもべだって言ってくれたし、誕生日をお祝いしてくれましたし……」

「でもおかしいわ。あなたは私をレインズワースに屈服させるつもりだったんでしょ」

「兄はクソです。人間の屑《くず》みたいな鉄クズです。でも、昔はもっとマシだった気がするんです。それに……兄が虐《しいた》げる相手は、自分の敵か、自分の手駒《てごま》か、他の種族だけですから。自分の〝モノ〟は大切にする人なんです」

「ふざけている。いえ、歪んでいるわね」

「ごめんなさい。ごめんなさい。……でも、ネリア様は、つらいことを忘れて平和に暮らすべきだと思ったんです。あのままだったら……心が壊れてしまう気がして」

「私は壊れないわ。コマリがいるもの」

ガートルードが息を呑《の》んだ。そうして何かを悟《さと》ったように泣き笑いをする。

「さすがですネリア様。……私のことは、どうか忘れてください」

「あなたは反抗期だったのよ。しもべの一人がちょっと嚙《か》みついてきたくらいで、いちいち目くじらを立てたりしないわ」

「え……」

「でも私に不満があるのなら言ってね。一方的な関係はよくないから」

ネリアは踵《きびす》を返した。ガートルードが声もなく泣いている。彼女の事情はよくわからないけれど、時間はいくらでもあるのだ。これから言葉を交わして理解を深めていけばいい。

「カニンガムさん。少しお話をしてもよろしいでしょうか」

しゃん、と鈴の音がした。

いつの間にか周囲には多くの人がいる。アマツ・カルラ。その配下の忍者。カメラを持った猫耳少女とマイクを持った蒼玉少女。死にそうな顔をしながら死にかけの青髪メイドをおんぶしているコマリ。彼女に近寄って「大丈夫ですか⁉」と泣きそうな顔をしているサクナ・メモワール。そしてネリアによって解放された大勢の囚人たち——

「なに？　これから私はレインズワースを追うつもりだけど」

「相手は五千の軍勢だそうです。カニンガムさんが一人で行っても勝ち目はありません」

囚人たちからどよめきがあがった。

カルラの言は正論だった。いくら烈核解放があるとはいえ楽園部隊とやらを相手取るのは厳しいだろう。となれば他国に救援を要請するのが最善なのだろうが——しかし。わざわざ軍隊を動かしてくれる国があるのだろうか。今回はエンターテインメントではない本物の戦争である。消耗を恐れて静観を貫かれることも十分に考えられた。

「……勝ち目がなくたって戦うの。それが私の役目だもの」

「あなただけでは無理です。忍者の報告によれば、敵は核領域の都市を襲撃しながらフォールを目指して進軍しているとか。彼らが通った後には人の死骸が積み重ねられているそうです——尋常の相手ではありません。危険です」

「……あのメルカさん、逃げません？　これ死ぬやつですよ？　死のニオイがしますよ？」

「シッ！　黙ってなさいバカティオ！　これから次代を担う将軍たちがものすごい作戦を考え出すんだから！　見なさいアマツ・カルラの凛々《りり》しい表情を！」

「……ごほん。つまりですね、まずは作戦を考えようと思うのです。単騎で特攻したって無駄死にするだけですので」

「でもあんた、宇宙を破壊する五剣帝じゃなかったの？」

「…………………………そうですけど万全を期すためにまず対策を練りましょう」

「なんなのその間」

誰かが溜息《ためいき》を吐《つ》いた。「もう駄目だ。マッドハルトは世界征服をするつもりなんだ」――そんなふうに頭を抱えて諦める者もいた。

確かに状況は好ましいものとはいえない。現在の疲弊《ひへい》したムル天同盟の残存戦力から見て、五千人の軍勢はあまりにも強大である。夢想楽園の悪事を暴露することには成功したが、武力によってねじ伏せられてしまっては意味もない。これに対抗するためには全世界の人々が手をつないで立ち向かう必要があった。

だが、そのためには「勝てるかも」と思わせるきっかけがなくてはならない。

そう――世界の人々の心に火をつける、圧倒的な力が必要だった。

アマツ・カルラにその力はない。

宇宙を破壊するのは、この和装少女ではないのだ。

ネリアは場に視線を走らせる。目当ての少女――テラコマリ・ガンデスブラッドは、悲しそうな顔をしてヴィルヘイズを床に横たえていた。

「コマリ。ちょっといいかしら」

「な、なに？」

ネリアはゆっくりとコマリに近寄った。

サクナ・メモワールが慌《あわ》ててネリアの前に立ちふさがる。

「ネリアさん、あなたのことはまだ信用できません。コマリさんに近づかないでください」

「警戒しなくてもいいわ。だって私はコマリのご主人様だから」

「ふぇ？ ご、ごしゅ――」

白銀の吸血鬼を押しのけてコマリの前に立った。コマリは驚いた表情でこちらを見上げた。

こいつに力を発揮してもらわなければならない。先日の七紅天闘争でテロリストを圧倒し、ゲラ＝アルカの領土を凍《こお》りつかせた最強の力を存分に揮《ふる》ってもらわなければならない。

しかしコマリは自分で烈核解放を発動することができない。

そもそも己に破格の力が秘められていることに気づいてさえいない。

いったい何がトリガーなのだろう――そうしてネリアはふと思い出した。翦劉茶会におけるコマリの振る舞い。夢想楽園に潜入するときのヴィルヘイズとの会話。そして六年前――

ネリアの血を吸うことを頑《かたく》なに拒否したあの一件。これしかないと思った。

「――ねぇコマリ。私はあなたと一緒に戦いたい。あなたも同じ気持ちよね？」

彼女は少しだけ目を見張って、

「当たり前だろ。ヴィルやみんなを傷つけたやつは、許しておけない」

「そう。わかったわ」

ネリアは手に持った双剣をくるりと回転させた。かすかな痛みが走った。

刃が右腕を舐《な》めて薄皮が容易く裂け、たらりと指先まで血が垂れてくる。

周囲の人間が悲鳴をあげた。コマリが狼狽《ろうばい》して叫んだ。

「な、何やってるんだよ！　変態仮面じゃあるまいし……」

「お礼よ。あなたに私の血を飲ませてあげる」

「血⁉　いや待て、そういうのはいい！」

「私はあなたから血をもらったのに。私の血を吸ってもらえないのは悲しいわ」

「き、気持ちだけで十分だよ。かわりにトマトジュース飲むから」

「そういうわけにはいかないでしょ。これは信頼関係を確かめる儀式なんだもの」

ネリアはしゃがみこんでコマリと視線を合わせた。

彼女は顔を赤くして俯いてしまった。背後でサクナ・メモワールが「え？　コマリさんの血を飲んだんですか？　どういうことですか？　詳しく話してください」と凍《こご》えるような口調で何事かをしゃべっているがそれはいったん無視しておくとする。

「さあ、私の血も飲みなさい」

「や、やだ！　無理だ！　これは秘密にしてたことなんだけど、私は血が苦手なんだ！」

「好き嫌いはよくないわ。あなたの背が小さいのって血を飲まないからでしょ？」

「ぐ……でも牛乳は飲んでる！　これから伸びるはずだ！」

いやいやをするように後ずさるコマリを見て、ネリアはわずかに嗜虐心《しぎゃくしん》をそそられるのを自覚した。いや――己の趣味嗜好などどうでもいい。この少女には本気を出してもらう必要がある。そうしなければゲラ＝アルカを破壊することはできないからだ。

「コマリ。これは真面目《まじめ》な話よ。あなたにはすごい力がある。この血を飲めばわかるわ」

「……一日で背が180センチになるの？」

「そうじゃない。あなたの真価が発揮されるのよ」

「そんなこと言われても……」

「私の先生はあなたのお母さんよ。つまり私たちは姉妹《しまい》みたいなもの。お姉ちゃんの言うことを少しは信じてみない？」

「でも」

「私はあなたと一緒に世界を変えたい。今ならできる気がするの」

「………」

コマリはしばらく無言だった。

しかしすぐに決意のこもった視線を返される。

「……みんなを傷つけるやつは許せない。世界はマッドハルトだけのものじゃない、みんなのものだから……」

「そう」

「私に何ができるかわからないけど。お前と一緒に、戦いたい」

思わず笑みがこぼれてしまった。――やはり、この吸血鬼は誰よりもネリアのことを理解している。いつか絶対にしもべにしてやろうと心に誓った。

ネリアの指がコマリの口にねじこまれた。

彼女は最初、身をよじらせてわずかに抵抗をした。

しかし異変は突如として起きた。

世界は金色に染まった。

☆

その決定的な映像は世界中に届けられていた。
いや――映像だけではなかった。彼女の魔力を目にした者は数百万人にのぼったという。

たとえば五千人の楽園部隊によって蹂躙《じゅうりん》された都市。感情を奪われた機械のような兵士たちは容赦なく人を殺し、街を破壊し、すべてを奪い尽くしていった。

そうして都市は小一時間で見るも無残な廃墟と化した。

人々はゲラ＝アルカの武威《ぶい》に恐れおののきすべてを諦めていた。

「これから世界は変わってしまう」『マッドハルトが全《すべ》てを手に入れるのだ』「私たちに未来はない」『翦劉どもの時代が幕を開けるのだ」――そういう絶望が蔓延《まんえん》していた。

だが不意に希望は現れた。

はるか東方。青い空が金色に輝いている。

「なんだ、あれは」

それは天にのぼる黄金の龍のように見えた。

正確には違った。あれは膨大《ぼうだい》な魔力だ。

すべてを斬り刻んで無に帰さんとする、圧倒的なまでの魔力。

『ご覧ください全国の皆さん！　テラコマリ・ガンデスブラッド閣下がついに本気を出しました！――』

上空のスクリーンから誰かの声が降ってくる。

それだけで人々はすべてを理解した。ついに――ついに英雄が立ち上がったのだ。天を紅に染め上げる大将軍、テラコマリ・ガンデスブラッド。

彼女がいれば後は何も心配する必要はない。

世界を独り占めしようとする不埒な大統領に、裁きが下る時が来たのだ。

どこからともなく彼女の名を叫ぶ者が現れた。「コマリン！　コマリン！」――七紅天闘争のときでも発生したコマリンコールだ。叫びはやがて都市を満たすほどの大歓声へと発展する。

もはや楽園部隊に蹂躙された悲しみなど弾け飛んでいた。

人々の絶望を容易く払拭《ふっしょく》する力強さが、彼女には宿っていた。

だが当の本人にとっては人々の声援など雑音にしか聞こえなかっただろう。

彼女が考えていること――それは世界を脅《おびや》かす敵を殺すこと。

ネリアと協力してマッドハルトの野望を打ち砕くこと。それだけなのだから。


ごうっ！――と、すさまじい魔力の嵐《あらし》が夢想楽園の内部に吹き荒れる。

それはおぞましい殺気に彩《いろど》られた金色の魔力だった。その場にいた誰もが驚きのあまり声もなかった。アマツ・カルラが恐怖のあまり腰を抜かし、こはるが辛《かろ》うじて彼女の身体を支える。

立ち眩《くら》みがするほど強大な魔力の渦、そのど真ん中に彼女は立っていた。

テラコマリ・ガンデスブラッド。

世界を包み込むかのような黄金の魔力が、少女の身体から溢れ出していた。

表情は虚《うつ》ろ。しかしその紅色の瞳には決然とした光が宿っている。

不意に、テラコマリが猫を撫《な》でるような動きで手をかざした。金色の魔力に導かれるようにして何もない空間から〝物体〟が出現する。それは黄金に輝く剣だった。彼女は気負う素振りもなく自然な動作でその柄を握りしめ、まるで試し斬りでもするかのように、
ひゅん、と剣を振った。

筆舌に尽くしがたき衝撃が地下空間を襲った。それは暴力的な魔力による斬撃――その余波だった。テラコマリの剣から放たれた金色の衝撃波は牢獄の天井を抉り取り、さらにはその上の地表の岩盤をも突き破って空の彼方へと飛んでいった。

天井にぽっかりと穴が開く。

青々とした陽光にさらされながら、テラコマリは溢れる殺意をどこかへ向けていた。

彼女の姿は伝統的な翦劉そのものであった。

右手には黄金の剣を握っている。さらに虚空《こくう》から生み出された数々の刀剣が彼女の周囲を旋回し始めた。六国に名高い至高の烈核解放――【孤紅《ここう》の恤《とむらい》】。翦劉の血によって実現された奇跡の異能は、ありとあらゆる武器を自在に生み出しコントロールする究極の剣山刀樹《けんざんとうじゅ》。

「す、すごい……すごいですガンデスブラッド閣下！」

新聞記者が歓喜に震えながらテラコマリに近寄った。

猫耳少女から《電影箱》を奪い取り、自ら殺戮《さつりく》の覇者に向かって突撃取材を果たす。

「ご覧ください全国の皆さん！　テラコマリ・ガンデスブラッド閣下がついに本気を出しました！　これで世界は救われます！　五千人の軍勢なんて屁《へ》でもありません！――――さあガンデスブラッド閣下、意気込みをどうぞ！」

マイクが彼女に向けられた。馬鹿か、殺されるぞ――と、誰もが思った。

剣がゆっくりと持ち上げられる。「あ、用事を思い出したので私は帰ります」――――カルラがそう言って踵を返しかけたとき、しかし黄金の吸血姫は、輝く剣の切っ先を神具《電影箱》に、つまり全世界の人間たちの眼前に突きつけて、静かにこう宣言するのだった。

「げらあるかを、ぶっこわす」

☆

世界が震撼《しんかん》した。

テラコマリ・ガンデスブラッドの魔力は光の速さで六国中の主要都市を駆け巡り、ある者に希望を与え、ある者に絶望を与え、そしてある者たちを地獄の底から引っ張り上げた。

「閣下が……閣下がお目覚めだ！」

核領域、城塞都市カルナート。八英将パスカル・レインズワースによって血の海に沈められていた吸血鬼たちが、魔核の効果によって続々と蘇《よみがえ》り始めたのである。尋常の回復速度ではない。彼らはコマリン閣下の声だけで奈落の底から這い上がってきたのである。

「く、ふふ。ふふ……よくもやってくれましたね鉄錆《てつさび》どもが……」

血まみれの枯れ木男――カオステル・コントが被害者の過剰防衛でボコボコにされた犯罪者のような顔をしながら呟《つぶや》いた。他の第七部隊の連中も瞳に憎悪を湛えながら次々と起き上がってくる。誰もが憎んでいるのだ――ゲラ＝アルカの鉄錆どものことを。

しかも第七部隊だけではなかった。第六部隊メモワール隊、第四部隊デルピュネー隊、さらにはアマツ・カルラ隊の面々までもが続々と命を取り戻していった。

「《魔核よ魔核・万物の静かなるをして動かしめよ》――中級回復魔法・【供給活性化《かっせい》】」

デルピュネーの魔法である。ちなみにこの仮面の吸血鬼は普段からリストカットしまくっているので裂傷に対する耐性が高く、レインズワースの斬撃をもろに食らっても完全に絶命することがなかった。だから回復がはやかったのである。

デルピュネーははるか東の空、夢想楽園が存在している方角を眺めた。

天を貫くような黄金の柱が屹立《きつりつ》している。前回のような白色の魔力とは異なるが、テラコマリの仕業と見て間違いはないだろう。ついにあの吸血姫が立ち上がったのだ。

「……戦況は。どうなっている」

「は。敵はおよそ五千。道中の城を落としながらフォールに進軍しているようです」

五千という数は確かに驚愕《きょうがく》に値する。何故そうなったのかもわからない。しかしテラコマリ・ガンデスブラッドを知る者は恐れなど抱いていないだろう。あの吸血姫が敵を倒せるかどうかは未知数である――しかし彼女は世界の人々を導く灯《あか》りのようなものだ。周囲で騒いでいる群衆を見てもよくわかる、これを機に人々の心は燃え上がるはずだった。

第七部隊の連中が猛獣のような勢いで疾走を始めた。

他の隊に遅れるわけにはいかなかった。

「テラコマリ・ガンデスブラッド将軍の援護に向かう。――進軍開始」

たかが烈核解放で何を騒いでいる？――白極連邦書記長はそんなふうに鼻白《はなじろ》んだという。しかしテラコマリ・ガンデスブラッドの覚醒《かくせい》が列国を揺るがしたことは確かだった。たとえば先日行われた七紅天闘争はただの娯楽だった。しかし今回は違う。国が滅びるか否《いな》かの瀬戸際、前人未到の事態に誰もが恐れおののく中、まるで人々の不安を丸ごと払拭するかのように放たれた「ぶっこわす」発言は、あらゆる人々の心をかきたてた。

最初に動いたのは天照楽土。本国防衛のため待機させていた二部隊を核領域へ送り込んだ。次にラペリコ王国ハデス・モルキッキ中将が勝手に突撃を敢行《かんこう》。「ガンデスブラッド将軍に続け！」と声高《こわだか》に叫び、これに触発された獣人たちが草食派・肉食派を問わず暴れ始めた。続いて夭仙郷が全部隊を投入。公主にして《三龍星《さんりゅうせい》》アイラン・リンズは「日和見《ひよりみ》を気取っている場合ではない」と天子を責め立て、自ら軍を率いて核領域に打って出た。

最後に重い腰を上げたのは白極連邦である。彼らは「流れに沿わなければ後々割を食うことになるだろう」という政治的な判断で動いたらしい。一時的にムル天同盟に加入し、単身でフォールを脱走していたプロヘリヤ・ズタズタスキー将軍に部隊を与えて進軍させた。

さらにネリアの活躍によって夢想楽園に収容されていた人々がひとり残らず解放された。新聞記者メルカとティオのインタビューにより、大統領の悪行《あくぎょう》がつまびらかになる。

共和国首都のデモは暴動に発展していた。鎮圧にあたっていた八英将ソルト・アクィナスは背後から金属バットで殴られて死亡。

人々は消えたマッドハルトを捜し求めて空前絶後の乱痴気《らんちき》騒ぎを始める。

——ネリア将軍に続け！

——マッドハルトに鉄槌《てっつい》を！　アルカに変革を！

——今こそ立ち上がるときだ！　六国一丸となって悪党どもを粉砕せよ！

——コマリン!!　コマリン!!　コマリン!!　コマリン!!　コマリン!!　コマリン!!

世界のあらゆる都市でお決まりのコマリンコールが連呼された。

もはやゲラ＝アルカ共和国は完全なる悪役だった。

人々の先陣に立った二人の少女、コマリとネリアは敵軍を目指して駆ける。

六国中の期待と希望をその背に負いながら。

故郷は国王の暴政によって他国に売り渡された。

売り渡された先は白極連邦《はっきょくれんぽう》。とつぜん支配者として君臨した蒼玉《そうぎょく》どもは冬空のように陰気で冷たいやつらだった。翦劉《せんりゅう》に対する侮蔑《ぶべつ》の視線は日常茶飯事だった。鉄錆《てつさび》め、野蛮な刀剣め——そういう陰口は何度叩《たた》かれたかもわからない。

後ろ指をさされたり、いきなり突き飛ばされたり、家の戸口に汚物を投げられたりした。

幼い妹を庇《かば》いながら、公然と行われる差別に必死で耐え忍んだ。

耐え忍びながらも復讐《ふくしゅう》心を燃やした。自分を苛《さいな》む他種族への怒り。そして故郷を敵国に明け渡した日和見《ひよりみ》な国王への怒り。理不尽な運命を押し付けた世界への怒り。

強くなるしかなかった。すべてを取り戻すには力が必要だった。

だから、十五の誕生日を迎えたとき、妹を連れてアルカの王都へ向かった。王国軍に入って己《おのれ》の腕を磨くためだった。憎むべき国王に仕えるのは我慢ならなかったが、武力重視のこの国で栄達を志すならば仕官する以外に道はなかったのだ。

「はぁ？　お前のような餓鬼《がき》が軍に入れるわけもなかろう」

門前払いは覚悟のうえだった。当時、国王の意向により王国軍は縮小の一途を辿《たど》っており、新たな兵士を、しかも素性のはっきりせぬ若者を雇ういわれはなかったのだ。それでも何度も頭を下げて頼み込んだ。雨の日も、風の日も、何度も何度も地面に頭をこすりつけて――

「しつこいな。これ以上つきまとうようなら叩き斬《き》るぞ」

「――入れてあげればいいじゃない」

八英府《はちえいふ》の門。そこに突如として現れたのは桃色の少女だった。

衛兵が目に見えて狼狽《ろうばい》した。

「ネリア殿下！　どのようなご用件でしょうか」

「べつに、ただのお散歩よ。――ねえ、そこのあなた」

少女の顔を見上げる。どこまでも自信に満ち溢《あふ》れた、輝かしい笑みがそこにあった。

「毎日ここを通るから見てたけど、根性あるわね。あなただったら、世界征服のための良い手駒《てごま》になるかもしれないわ。私がマッドハルトに頼んで王国軍に入れてあげる」

すっと手を差し伸べられた。比喩でも冗談でもなかった――故郷を売られ、心ない蒼玉どもから虐《しいた》げられ、苦心のうちに王都にのぼってきた青年、パスカル・レインズワースは、この桃色の少女のことが、本当の神様のように思われたのだった。

この少女のために世界を独占してやろう。そう決意した。

それは恋慕に近い感情だったのかもしれない。

しかしこの慕情が歪《ゆが》んだ方向へ開花していくまでそう時間はかからなかった。

レインズワースが一兵卒として努力を重ねている間、ネリアは吸血鬼の教師によって間違った方向へと導かれていった。それまでマッドハルトに従って他種族を蹂躙《じゅうりん》するための思想を養っていたはずなのに、こともあろうに利他だの和平だの、蒼玉たちに虐げられてきたレインズワースからしてみれば失笑モノの理想を大真面目《まじめ》に奉ずるようになってしまったのである。

レインズワースは何度も諫言《かんげん》した。翦劉がいかに優れているか、他の種族、特に蒼玉や吸血鬼がいかに劣等であるか、国王の平和主義がいかに空論であるか――そして、優秀なるアルカ王国が世界を手中に収めるべき理由を幾度も説明した。しかしネリアには通じなかった。

「あなたはマッドハルトみたいに頭が固いわ」

「他種族と友達になることだってできるのよ?」

「プリンは半分こにするべきなのよ」

レインズワースの胸中に苛立《いらだ》ちが芽生えていった。復讐を成し遂げるために――世界のすべてを手に入れるために王国軍に入った。厳しい鍛錬を積み、そのための力も手に入れつつあった。ネリアのために世界を征服する準備はできているというのに。

ネリアを喜ばせるための努力は欠かさなかったつもりなのに。

危惧《きぐ》していたのはレインズワースばかりではなかった。レインズワースの部隊の長――マッドハルトは、より大局的な観点から冷酷な決断を下したのだった。

「ネリア殿下は腐ってしまわれた。あれが次の国王に即位すれば、アルカはムルナイトや白極連邦の傀儡《かいらい》となり果てるだろう」

かくしてクーデターが始まった。王侯貴族は捕らえられて夢想楽園に幽閉。王制は崩壊して共和制に移行し、ゲラ＝アルカ共和国が幕を開けた。あの時のネリアの顔は今でも忘れられなかった。すべてを失った人間にありがちな、真《ま》っ白《しろ》い絶望に満ち満ちた表情。

本来ならばネリアも夢想楽園に収容されるはずだった。しかしそれでは意味がない。彼女にはゲラ＝アルカが世界を征服する瞬間を目撃させ、改心させてやらねばならなかった。

「大統領。ネリア・カニンガムの管理は私にお任せください。あれは使えますので」

マッドハルトへの提案はほとんど私情によるものだったといえよう。とにもかくにもネリアを救ったレインズワースは、妹のガートルードをメイドとして送り込み、彼女の様子を四六時中監視することにした。だが——月桃姫《げっとうき》が折れることはなかった。

「くたばれレインズワース。私はお前の言いなりにはならないからな」

敵意のこもった視線がレインズワースの心を抉《えぐ》った。その言葉を実現するかのごとく、亡国の姫君は剣の修練を積み、有無を言わさぬ実力で八英将《はちえいしょう》にまで上り詰めてしまった。しかもその小さな身体の内側に「マッドハルト政権打倒」という壮大な野心を燻《くすぶ》らせながら。

気に食わなかった。何もかもが。

だからレインズワースは彼女を陥《おとしい》れようとする。

再び絶望のどん底に突き落とし、世界を支配した後、あの生意気な月桃姫に見せつけてやるのだ。お前の主義思想は間違っていた、ゲラ＝アルカの力をもってすれば全《すべ》てを手に入れることができたではないか――そうやってネリア・カニンガムの心を手に入れてやるのだ。

そのためには、劣等種族どもを皆殺しにしなければならないのだ。

※

ムルナイト直轄《ちょっかつ》領、城塞都市グレットは恐慌《きょうこう》の只中にあった。

楽園部隊の翦劉どもが目前《もくぜん》まで迫っていたのだ。城壁の望楼に立って遠視魔法を発動させていた見張り役は思わず息を呑《の》んだという。それほどまでに異常な敵どもだった。数は五千。一人一人が感情を失くした機械のように無表情、しかし肌を刺すような殺意だけは遠目からでも確《しか》とうかがえた。夢想楽園でマッドハルトやレインズワースによって洗脳された〝殺すための軍団〟。それが楽園部隊の本質なのである。

「本国からの応援はないのか⁉」

「いえ……連絡がつきません」

城壁の上では兵士たちが右往左往していた。既に近隣の城は翦劉どもの手によって蹂躙されたという。やつらは容赦《ようしゃ》をしない。すべてを破壊し尽くすまで止まらないのだ――

そのとき、楽園部隊から高濃度の魔力が立ち昇った。

翦劉どもが火炎魔法を射出した。高速で飛来する炎の弾丸が城門にぶち当たって大音がとどろく。魔法は連続した。殺意のこもった火炎弾が幾度もグレットの城壁を叩き、そのたびに城が揺るぎ、多くの人々の悲鳴があがった。

「もうだめだ」——誰《だれ》かがそう呟《つぶや》いた。

城壁の上で敵軍の様子を視察していた兵士たちも絶望の表情を浮かべて膝《ひざ》をついてしまう。核領域の一般的な都市にはろくな防御機能がない。外敵から攻められることなど想定していないからだ。誰にとっても〝エンターテインメントではない戦争〟など想像の埒外《らちがい》。

この城塞都市も他と同じように滅ぼされてしまうのだろう——誰もがそう思ったとき、
ふわり、と、
城壁の上に誰かが立った。

「え——?」

それは蒼《あお》い少女だった。鋭利な刃物を思わせる雰囲気の吸血鬼。その瞳《ひとみ》は力強い意志によって輝いている。兵士たちは思った——彼女はどこから現れたのだろう、と。

少女がくすくすと笑って右手をかざした。

細い指が示す先は、いままさに城壁を打ち破らんとしている無法の翦劉たちである。

「可哀想《かわいそう》に。殺してあげる」

少女の指先から青色の閃光《せんこう》が放たれた。

初級光撃魔法【魔弾】。

誰もが焼け石に水だと思ったことだろう――しかし結果は違った。

楽園部隊の先頭に着地した弾丸はすさまじい魔力爆発《ばくはつ》を巻き起こした。衝撃に耐えかねた蒴劉たちがなすすべもなく吹っ飛んでいく。立ち上る砂塵《さじん》、飛び散る血液、そうして突如として耳をつんざくような喊声《かんせい》があがった。

人々は見た。城門と蒴劉の間に続々と【転移】してくる軍団がある。

波打つ血液と蝙蝠《こうもり》を象《かたど》った軍旗が風にはためいている。見間違えようもない――あれはムルナイト帝国軍の吸血鬼部隊に他ならなかった。

九死に一生を得た人々は開いた口も塞《ふさ》がらずに石像と化していた。

少女は城壁の上から吸血鬼たちに向かって命令を下すのだった。その様子からはまさに殺戮《さつりく》の軍団を統率する七紅天《しちぐてん》大将軍に相応《ふさわ》しい貫禄《かんろく》が感じられた――と、後に人は語る。

「――さあ行け第五部隊。彼らを楽にしてやりなさい」


レインズワースが到着したとき、楽園部隊は足を止めていた。

城塞都市グレット、その城門の手前だった。

彼らはマッドハルトの命令によって自動的にフォールへ向かうよう強制されている。しかし調教が上手《うま》くいっておらず、ふとした拍子に暴走してしまうため、よく監督しておく必要があるのだ。実際、進軍する途中で無関係の都市を襲っていたようである。

どうやら彼らは眼前の城塞都市をも蹂躙するつもりらしい。

楽園部隊に合流を果たしたレインズワースは即座に彼らの進路を変えようとした。こんな場所を攻め落としている暇はないのだ。迅速に【大量転移】を発動させてフォールに向かわせよう——そう思ったのだが、どうやら既に戦闘が始まっているらしい。

前方、ムルナイト帝国軍の制服をまとった吸血鬼たちが、都市を守るようにして翦劉たちを攻撃している。レインズワースは舌打ちをした。敵の数は五百程度。とはいえ、いたずらに時間を浪費するのは得策ではない。すぐさま捻《ひね》り潰《つぶ》して目的に向かわなければ——

「——愚かね、ゲラ＝アルカは」

レインズワースの隣に、音も立てずに誰かが降り立った。

反射的に剣を抜く。静かな嘲笑《ちょうしょう》がレインズワースの耳に滑り込んでくる。

「嘆きの声が聞こえるわ。翦劉たちは為政者《いせいしゃ》を憎んでいる」

「何者だ貴様ッ！」

青いドレスをまとった少女がそこにいた。明らかに吸血種である。そうして同時に理解する。

城塞都市を守る部隊を指揮しているのはこの小娘に違いない。ムルナイト帝国にこんな七紅天はいなかったはずだが——レインズワースの困惑を無視するように少女は笑い、

「脅迫によって従わせた兵士は脆弱《ぜいじゃく》よ。やるなら心を奪わなければならない」

「貴様はムルナイト帝国の将軍か？　何をしにここに来た」

「功をあげて罪を償えって言われたのよ。とりあえず敵部隊の足止めはしておいたけど、結局あいつが出てくるんじゃ、功績のあげようもないわよね」

「何を言っている……？」

レインズワースは剣を構える。しかし少女は余裕の態度を崩さなかった。

「ねえ。夢想楽園とやらでは、烈核解放《れっかくかいほう》を開発する研究をしていたんでしょ？　それって〝逆《さか》さ月〟から入れ知恵されたわけ？」

「黙れ」

「まったくもって愚かよね。烈核解放は心の力、身体を傷つけたって意味はない。痛みで増幅するのは恐怖や憎しみだけよ。心が鍛えられるわけじゃないの。アマツ先生は間違っているのよ。あの人の言葉を信じて神具を輸入するなんて、愚かとしか言いようがないわ」

「……黙れッ！」

レインズワースは剣を振るった。こんな得体の知れない女を生かしておく理由はない。しかし吸血鬼は軽《かろ》やかな身のこなしで跳躍し——そのまま宙に浮いた。飛行魔法である。

「ゲラ＝アルカは滅びるでしょうね。残念なことに」

「馬鹿《ばか》を言うなッ！　滅びるのは貴様らのほうだ！」

何も心配する必要はないのだ。目の前の女だってすぐに解体してやる。六国《りっこく》を制覇し、ネリアの心を手に入れ、やがてマッドハルトから大統領の地位を継いで世界の支配者になる。フォールを陥落させることは、そのための第一歩なのだった。

――だが、物事はレインズワースが思うほど上手くは運ばなかった。

「あれを見なさい。光っているわ」

「ああ⁉」

少女が東の空を指差した。つられて視線を向ける。

黄金の魔力柱が天を貫いていた。あまりにも壮麗な光景。しかしレインズワースは言葉にしがたい不吉なものを感じて固まってしまった。

「あれはなんだ……？」

「私の大嫌いな小娘よ。――私があんたを殺してあげてもいいけれど、あいつにやらせたほうが効果的でしょうね。今日のところは譲ってあげるわ、テラコマリ」

「お、おい！　待て貴様……」

青い少女がどこかへ消えた。慌《あわ》てて魔力を追って【転移】の先を調べようとした瞬間、すさまじい金色の魔力が草原を駆け抜けていった。

翦劉たちが圧倒的な魔力にあてられ恐怖の悲鳴をあげた。強烈な存在感、肌を刺すような殺気、まさに神が降臨したかのような、太陽が陰った。

レインズワースは本能的に危機を察知して剣を抜いた。上段から不意打ちのごとく振り下ろされた衝撃を死ぬような思いで受け止める。金色の火花が散った。あまりの重量感に全身の骨が破壊されるかと思った。

そうしてレインズワースは見た。

上空から突如として襲撃を仕掛けてきたのは金色の吸血姫だった。

紅色の瞳。静かな怒りを湛えた表情。軍服にあしらわれた〝望月の紋〟はムルナイト帝国の大将軍であることを示すトレードマーク。

怒りが沸騰《ふっとう》した。

「テラコマリ・ガンデスブラッドォ――――――――――ッ!!」

力任せに押し返そうとしたが不可能だった。レインズワースは咄嗟《とっさ》に身を捻って敵の間合いから逃れる。地面に叩きつけられた黄金の剣から激甚な魔力爆発が巻き起こって周囲の翦劉どもが紙きれのように吹っ飛んでいった。

わけがわからない。何故《なぜ》ここにあの吸血鬼が――

「――レインズワース。年貢の納め時よ」

己の耳を疑った。それはレインズワースが欲してやまなかった少女の声に違いない。

濛々《もうもう》と立ち込める砂煙が剣筋にのっとって切り払われる。

桃色の魔力と金色の魔力が交錯してこの世のものとは思えぬ光景を作り上げている。

右手に黄金の剣を構え、重力魔法か何かで無数の刀剣を身の回りに旋回させているのは、あの憎たらしき吸血姫、テラコマリ・ガンデスブラッド。

そして彼女の隣で双剣を携えているのは――桃色の髪を風になびかせる、共和国最強と謳《うた》われる八英将、〝月桃姫〟ネリア・カニンガム。先ほど心を折ったはずの少女が、瞳を紅色に輝かせて、不屈の闘志を滾《たぎ》らせて、再びレインズワースのもとへ舞い戻ってきたのだ。

「随分と大所帯ね。これからひとり残らず殺してあげるわ」

「ッ、ふざけるな！　お前は俺《おれ》に従っていればいいんだよ！　そうすれば永遠の幸福を約束してやるッ！　今すぐ武器を捨てて土下座しろォ！」

「するわけがないでしょ。私はコマリと一緒に戦えればそれで幸せだもの。ねえコマリ、あなたもそうでしょう？」

そう言ってネリアは隣にたたずむ吸血鬼に微笑《ほほえ》みを向けた。

怒りのあまりどうにかなりそうだった。

彼女の瞳は希望に満ち溢れていたのだ。

その希望はレインズワースが与えるはずだった。彼女を絶望のどん底に突き落とし――救いの手を差し伸べて――自分のことだけしか見られなくしてやるはずだったのに――

「そんな目を……そんな目を他人に向けるなァ――――――ッ!!」

レインズワースは勢いのままに踏み込んだ。

絶対に許さない。力で屈服させてやらねばならない。ネリア・カニンガムはパスカル・レインズワースのものなのだ。どこの馬の骨とも知れぬ吸血鬼に奪われてたまるか。

横薙《よこな》ぎに放った剣戟《けんげき》がネリアの双剣に受け止められる。桃色の閃光がほとばしった。レインズワースは咄嗟に蹴《け》りを放つ——しかし上半身を華麗に反らして回避される。すぐさま異次元の角度から双剣が襲い掛かってきた。刃と刃が何度も打ち合わせられて甲高い音が響き、レインズワースの剣が中ほどで切断された。

切断された剣の半分が回転しながら背後に吹っ飛んでいく。

信じられなかった。しかしすぐに理解する——烈核解放だ。ネリアはいつの間にかレインズワースの想像を絶する力を手に入れていたのだ。

紅色の瞳が、自信に満ち溢れた双眸《そうぼう》が、レインズワースを鋭く射貫《いぬ》く。

「馬鹿な……馬鹿な、」

★

「——馬鹿なッ！　ネリア・カニンガムが烈核解放を発現させているだと⁉」

初めてマッドハルトが声を荒らげた。水晶の中では核領域における戦闘の映像がリアルタイ

ムで映し出されている。

「ありえない。あの小娘には神具による修練は施していないッ！　何故だ……」

「お前は勘違いしているんじゃないか？」

望楼の石壁に腰かけるムルナイト皇帝が呆《あき》れたように言った。

「神具で身体を痛めつける修練――そんなものも確かにあるらしいな。しかし烈核解放の本質はそうじゃない。あれは努力や才能でどうにかなるものではないのだよ」

「わけがわからぬ。努力と才能以外に何があるというのだ」

「運命さ」

マッドハルトは舌打ちをした。

しかしすぐに普段の余裕を顔面に張りつけて、

「ちんけな烈核解放が宿ったところで戦況は変わらん。レインズワースは夢想楽園で地獄のような日々を過ごし、そうして努力の末に最強の烈核解放を獲得した。ネリア・カニンガムもテラコマリ・ガンデスブラッドも敵ではない」

「なるほど、やつがお前の切り札だったのか。まあそれはともかく、我々の援軍が到着したようだぞ。お前にとっては憎たらしい増援だろうがな」

★

空間魔法【召喚】で替えの剣を手繰《たぐ》り寄《よ》せながらレインズワースは叫んだ。

「――貴様ら！　何をやっている、援護しろ！」

「レインズワース様！　しかし、他にも敵が……」

「ああッ⁉」

そのとき、楽園部隊の中央で大爆発が巻き起こった。命を守ることも忘れた兵士たちは面白《おもしろ》いように吹っ飛んでバラバラになっていく。「敵襲だ！」「敵が潜《ひそ》んでいたぞ！」――レインズワースが連れてきた部下たちが右往左往する。あの趣味の悪い爆発魔法はペトローズ・カラマリアをおいて他にいないだろう。

だがそれだけではなかった。

遠くから空気を震わせるような喊声が聞こえた。見れば、無数の敵兵が四方八方から津波のように押し寄せてくる。ラペリコ王国のチンパンジー部隊。ムルナイト帝国の吸血鬼部隊。その他にも天仙郷《ようせんきょう》の軍勢、白極連邦の軍勢、天照楽土《てんしょうらくど》の軍勢、ゲラ＝アルカの反乱軍――

誰かが〝門〟を作って【転移】させたのだ。

「さあ親愛なる兵士たちよ！　敵どもをハチの巣にしろぉっ！　百人以上殺せなかったやつは集団農場に左遷《させん》してジャガイモ職人にしてやるからなぁっ！」

白極連邦の将軍が大声で怒鳴り散らしている。

彼女だけではない——あらゆる国の将軍たちが雄叫《おたけ》びをあげて戦っていた。

敵どもの士気は異様なほど高かった。世界を包み込む金色の魔力によって戦意を高揚させた連合軍は、魔法だの仙術だの拳《こぶし》だのを変幻自在に駆使して翦劉たちを薙ぎ払《はら》っていく。

背後から失笑するような声が聞こえた。

「こいつら、マッドハルトの秘蔵部隊なんだって？　でも秘蔵されてるって不幸よね。実戦経験がないから戦いってもんを全然わかってないみたいだわ」

「ッ——ネリア！　お前は道を踏み外しているッ！　こんなことをしてもお前のためにはならない……俺のもとへ戻ってこいッ！」

「だから戻ってきたんじゃない。——あんたを殺しにねっ」

ネリアが地を蹴って加速した。レインズワースは予備の剣を構えて待ち構える。双剣が桃色の剣筋を描きながら迫りくる——しかし背後からも刺すような殺気を感じ、レインズワースは咄嗟に転がるようにしてその場を離脱した。

直後、どこからともなく飛来した金色の刃《やいば》が地面に突き刺さった。

追撃は終わらなかった。重力魔法によってすべての理《ことわり》から解き放たれた無数の刀剣が嵐《あらし》のように迫りくる。レインズワースは剣を構えながら必死で回避していく——そうして恐るべきものを目撃した。刀剣が突き刺さった地面が黄金に変色しているのである。

いや、あれは変色ではない。

金属としての「金」に変化しているのだ。

「ちょっとコマリ！　こいつは私が仕留めるのよっ！」

背後から襲い掛かるネリアの一撃を剣で受け止める。レインズワースの刃はまたしても大根のように切断されて地に落ちた。

今度は背後から黄金の刀剣が射出される。

レインズワースは歯軋《はぎし》りをしながらいったん距離を取った。

前方二十メートル。黄金に輝く吸血鬼は、まるで楽園部隊の兵士のように無表情で——しかし瞳には明確なる「敵意」や「殺意」を湛えながら、レインズワースを睨《にら》み据えていた。

そうして腹の底から怒りが湧《わ》いてきた。

落ち着いて考えてみよう——すべての元凶はあの生意気な小娘なのだった。

ネリアに偽《いつわ》りの希望を与え、全世界を無意味に沸騰させ、ゲラ＝アルカの繁栄を妨害してくる最低最悪の邪魔者だ。

なんとしてでも取り除かねばならなかった。

「蒴劉ども！　貴様らはネリア・カニンガムを取り押さえろッ！」

レインズワースの絶叫に呼応した兵士たちがネリアに殺到する。

「このっ、どきなさいよッ！」

ネリアは怨嗟《えんさ》の声をあげて猛攻を仕掛ける。何人かは双剣に薙ぎ払われてばらばらになってしまったが、それでも翦劉たちは次から次へとやってくるためネリアは身動きがとれなくなってしまった。これでしばらくは背後を気にする必要はないだろう。

「死ね——吸血鬼め!」

身を低くして疾走を開始する。

心に思い浮かべるのは夢想楽園で味わった身の毛もよだつような苦痛。怒りと悲しみと欲望にまみれたどす黒い記憶。神具によって身体を切り刻まれ、幾度逃げ出そうと思ったか知れないが、それでも己の栄達を夢見て耐えがたきを耐え、忍びがたきを忍んだ絶望の日々。

烈核解放・【快刀金剛《かいとうこんごう》】。

レインズワースの両目が紅色の光を発した。

肉体が冷たく変化していく。それは外界からのあらゆる攻撃を阻《はば》む鉄壁の金剛だった。マッドハルトは言った——「お前は矛《ほこ》でありながら究極の盾でもある」と。

【快刀金剛】はすべてを跳ね返す防御の烈核解放である。

この力を用いれば誰にも負けることがない。事実、八英将の誰ひとりとしてレインズワースの身体に瑕《きず》をつけることができなかったのだ。

そしてこれは能力の性質上、最強の烈核解放であることは疑いようがなかった。

そもそも烈核解放の弱点は「魔核《まかく》とのパスを切断するため傷が治らなくなること」だ。しかし最初から傷を受けることがなければどうだろう?　弱点など皆無ではないか。

「死ねテラコマリ・ガンデスブラッド――!!」

レインズワースは刀を振り上げて絶叫した。

その瞬間だった。

テラコマリの周囲を旋回していた短刀が高速で発射された。

防御する必要はなかった。自分には最強の烈核解放があるのだから。

金剛の肉体の前では敵の攻撃など紙吹雪《かみふぶき》と変わらないのだから――

そう思っていたのに、

「ぐ、はッ?!」

左肩に激痛。バランスを崩して黄金の上に転倒する。

わけがわからない。見れば、【快刀金剛】によって守護されているはずの肉体が――肩口がざっくりと抉《えぐ》られていた。

真っ赤《か》な血液がじくじくじくと溢れていた。

じくじくと溢れた溢れた真っ赤な血液はみるみるうちに金へと変換されていく。

変換された金がぼろぼろと崩れて黄金の大地に落ちていく。

怖気《おぞけ》が膨《ふく》れ上がった。

嘘《うそ》だろう、

「うそじゃない」

「ッ⁉」

強烈な殺気を感じてレインズワースはその場から飛び退《すさ》る。

テラコマリが放った数多《あまた》の刀剣が尋常《じんじょう》ではない速度で襲い掛かってきた。

篠突《しのつ》く雨のように降《ふ》り注《そそ》ぐ殺戮の刃がすさまじい勢いで土を噛《か》み、そのたびに溢れ出る金色の魔力によって大爆発が発生する。

レインズワースは死に物狂いで回避した。烈核解放を発動させている今、あれを食らえば本当に死ぬことになる。それだけは避けねばならない。では烈核解放を止めれば？　そんなことをしたら勝てない。いや勝てるのか――？

飛んできた剣が味方の翦劉に突き刺さって爆散した。

気づけば周囲は血で血を洗うような乱戦が繰り広げられている。

しかし楽園部隊の翦劉たちは壊滅寸前だった。彼らは拷問や脅迫、誑誘《きょうゆう》によって無理矢理に兵士とされた人形だった。最初から国家に対する忠誠心などあろうはずもない。剣を握って戦おうとしている者はまだマシである、一部の部隊は洗脳が解けてしまったようで、蜘蛛《くも》の子を散らしたように逃げ出していた。

夢想楽園の欠陥が如実に露呈していた。

暴力による支配は必ず破綻《はたん》を生む。マッドハルトはすべてを見誤っていたのだ。

「くそ……くそくそくそ！　戦え貴様らぁっ‼」

レインズワースは叫ぶ。しかしその叫びすら敵兵の大声にかき消されてしまった。手持《て も》ち無沙汰《ぶ さ た》になった劣等種族どもがこちらの戦闘を眺めて拍手をしたり歓声をあげたりしていた。

――コマリン!!　コマリン!!　コマリン!!　コマリン!!

――行け！

――ゲラ＝アルカをぶった斬ってしまえ！

「劣等種族の分際《ぶんざい》で……調子に乗りやがってえええええええッ!!」

己の内に湧いた弱気を振り払うようにレインズワースは突貫した。

何がコマリンだ。吸血鬼など翦劉に支配されるべき家畜でしかない。すべてはゲラ＝アルカ共和国が世界の覇権を握るための踏み台でしかないのだ。

このクソ生意気な小娘は何も理解していない。

理解していないのならば、理解させてやる必要がある――

高速で射出される無数の刀剣を寸前のところで回避していく。いくつかの剣が身体に掠《かす》って血飛沫《しぶき》が巻き上がる。しかしレインズワースは足を止めない。ここであの小娘を止めなければマッドハルト政権は終わってしまう。それだけは防がねばならなかった。

「ああああああああッ!!」

剣を水平に構えて渾身《こんしん》の横薙ぎを放った。

テラコマリが目にもとまらぬ速度で黄金の剣を振るう。

金色の魔力が吹き荒れる。金属と金属がぶつかり合う高音が響きわたる。

レインズワースの剣は真っ二つになって消え失せた。

「なッ――くそッ！」

レインズワースはなりふり構わず魔力を練って初級光撃魔法【魔弾】を連射する。翦劉はもとより魔法が得意な種族ではない。今まで剣に頼りきっていた将軍が苦し紛《くるまぎ》れに放った魔法攻撃など、本気を出したバケモノ相手に通用するはずもなかった。

テラコマリの周囲を旋回する剣が【魔弾】を綺麗《きれい》に打ち落としてそこら中で爆発が巻き起こる。爆風の中央に立つ金色の少女は、黄金の粒子を振りまきながら小さく息を吐いた。

「あきらめろ」

「、この、吸血鬼がッ！」

怒りに手が震える。全神経を集中させて替わりの剣を【召喚】する。

しかし振るうより前に粉々になってしまった。知らぬ間に黄金の剣によってへし折られていたらしい。ありえない。ありえない。こんなことがあっていいはずがない――、

「おまえは」

意識に空白ができる。

その隙《すき》を狙《ねら》って神速の斬撃《ざんげき》が飛んでくる。

懐《ふところ》から取り出した予備のナイフを投擲《とうてき》。しかし宙を旋回する刀剣どもの波によって呆気《あっけ》

なく弾かれてしまった。本能が警鐘《けいしょう》を鳴らしていた――このままでは死ぬ。

魔力によって魔核と人体を再接続する。レインズワースは咄嗟の判断で烈核解放を切り捨てていた。もはや避けることはできなかった。

「おまえは、まちがっている」

「ま――間違ってなどいるものかぁああああああああッ‼」

レインズワースが絶叫した瞬間、

空間を破壊するような勢いでもって黄金の光が一直線に走り抜けていった。

テラコマリの放った斬撃がレインズワースの身体を斜めに切り裂いたのだ。

川の堤防が決壊するかのように血液が飛び散った。

途方もない激痛、空中にばら撒《ま》かれた己の血が凍《こお》りつくように黄金へと変化していくのを見た瞬間、レインズワースの戦意は呆気なく霧散した。

がくんとその場に両膝をついてしまう。

敵との力量差がありすぎた。

何故こんなことに。ゲラ＝アルカは世界を支配する最強の国家だ。こんなところで吸血鬼の小娘に敗れるはずがない――そういう負の感情が呪詛《じゅそ》となって口からあふれ出た。

「――こ、殺してやるッ‼　絶対に殺してやるッ！　吸血鬼など劣等種族だ！　支配されるべき奴隷なのだ！　貴様のような小娘に……ゲラ＝アルカは、」

いつの間にか桃色の魔力が辺りに吹き荒れていた。

ネリア・カニンガム。

レインズワースが求めていた少女――〝月桃姫〟が、冷ややかにこちらを見下ろしていた。

かつてレインズワースに向けられた、慈悲に溢れた笑みとは程遠い表情がそこにあった。

不意に記憶の奥底から忘れかけていた彼女の言葉がよみがえる。それはまさに走馬灯としか形容できないものだった。

「ネリア、俺は……お前のことを、」

「レインズワース。私はお前のその考え方が嫌いなのよ」

――すごいわね。あなたならいずれ将軍になれるわ。

「他人を平気で傷つけられるようなやつは放っておくわけにはいかないわ」

――八英将、なれなかったの？　ああ、お父様が二英将にしちゃったからね。

「お前はお前なりにアルカや翦劉のために頑張っていたのかもしれない」

――でも大丈夫よ。頑張れば、報われる日がくるもの。

「……だけど、努力の方向性が間違ってるわ」

――応援しているわ。いつかアルカを強い国にしてね、未来の将軍さん。

「お前は……アルカには不要なのよ。レインズワース」

「ねりあ。どいて」

殺意の塊のような魔力がきらきらと降り注ぐ。

ネリアの背後から金色の吸血鬼が現れた。

辺りは輝く黄金の粒子によって目を開けていられないほどに煌《きら》めいていた。

宙をただよう刀剣たちの切っ先がこちらに向けられている。

見る者を震えさせる紅色の眼光がこちらを突き刺している。

テラコマリ・ガンデスブラッドが大きく剣を振りかぶっていた。

レインズワースの目には、彼女の姿が天から舞い降りた金色の死神のように見えた。

「や、やめ――」

「はんせいしろ」

流星のような速度で剣が降ってきた。

そうして辺りは黄金の閃光に包まれた。

★

歓声がとどろいた。

あらゆる国の、あらゆる街の人々が――吸血鬼も、和魂《わこん》も、蒼玉も、獣人も、夭仙も、そして翦劉までもが等しく大声をあげて熱狂した。

黄金の剣によって破壊された楽園部隊の五千人は見るも無残な屍《しかばね》をさらしていた。

もはやマッドハルトに手は残されていない。滅びの時を待つのみである。

一見すればテラコマリ・ガンデスブラッドが独りで成し得た偉業に思えるだろう——しかし決してそうではなかった。彼女に触発されたあらゆる人々が、六国の和を乱す破壊者に協力して立ち向かった結果がこれなのである。

「——ふん、やってくれるわね。コマリ」

草原はコマリの魔力によって黄金の大地と化していた。

凍土の次は黄金郷。いったいどれほど規格外なのだろう。どれほど強い心を持っていたらあなれるのだろう。その底知れなさがネリアには恐ろしくもあり、頼もしくもあった。

——コマリン‼　コマリン‼　コマリン‼　コマリン‼

黄金郷は大歓声に満ちていた。六国の歴史を変えた少女に対する惜しみなき称賛。

ネリアは隣にたたずむ黄金の吸血鬼の姿を眺めた。

相変わらず恐ろしいほどの魔力をふりまいている。辺りは彼女を讃《たた》える声でいっぱいになっていた。少しだけ嫉妬《しっと》心を覚えてしまったのは仕方のないことだろう。

そのとき、コマリがちょこんとネリアの軍服の裾《すそ》をつまんだ。

ネリアは膨大《ぼうだい》な魔力に気圧《けお》されながらも彼女の顔を見返す。

「どうしたの？」

「つぎ」

「次……？」

意味がわからなかった。しかしすぐに理解した。

まだやるべきことが残っているのだ。

諸悪の根源に、一発ぶちかましてやらなければならない。

★

居場所がばれた。

世界を混沌《こんとん》に陥れた元凶――マッドハルトの姿を見つけた民衆が旧王宮に殺到している。

首都の上空に掲げられたスクリーンには核領域の戦況が映し出されていた。『ご覧ください死屍累々《ししるいるい》！　テラコマリ・ガンデスブラッド閣下の大活躍でゲラ＝アルカ軍は壊滅です！

我々は今、歴史の転換点を目撃しているのですッ！』――新聞記者どもが実際に戦場に赴《おもむ》いて撮影しているのだ。青々とした草原は金属の魔力によって目に悪いほどの黄金に作り変えられてしまい、元の景色の影も形も失われていた。

八英将は全滅。マッドハルト秘蔵の楽園部隊も黄金の剣に呑まれて蒸発した。夢想楽園の秘密は暴《あば》かれ収容者たちは脱走。首都では民衆が大統領を非難し暴動を起こしている――もはや事態を打開する手段などないように思われた。

「――勝負あったな、大統領」

金髪の吸血鬼がぽつりと呟いた。

マッドハルトは呆然《ぼうぜん》として彼女の顔を見た。勝利を誇っている様子は微塵《みじん》もなかった。まるで最初からそうなることを予知していたかのように泰然《たいぜん》とした表情。

「もはやゲラ＝アルカに未来はない。さっさと隠居してしまえ」

「ひ――卑怯《ひきょう》だろうッ！」

マッドハルトは拳を握って立ち上がった。

「あんな烈核解放にどう太刀《たち》打ちしろというのだ！　策もへったくれもありはしないではないか！　貴様は最初からゲラ＝アルカのことを嘲《あざわら》笑っていたのか⁉　テラコマリ・ガンデスブラッドにかかれば蒻劉など敵ではないと――最初からそう確信して笑っていたのか⁉」

「笑っていられるわけがないだろう。朕《ちん》はコマリのことが心配で心配でしょうがなかったんだぞ。あの子は自分の力にまったく無自覚だから、下手をすれば死んでしまうのだ」

「戯言《ざれごと》を……」

「なあマッドハルト」皇帝は金色に輝く空を見つめながら、「朕が目指すのは世界征服だ。しかしお前のように武力で支配するわけじゃない。誰かが世界を独り占めするのではなく、人と人とが助け合える理想の世界を作り上げること、それがムルナイト帝国の目的なのだ」

「くだらん。テラコマリ・ガンデスブラッドの力を使えば武力で世界を屈服させることなど容易《たやす》いではないか。私だったらそうしている」

「コマリの力は人を殺すためのものではない。お前のような人間を殺すための力なのだ」

「結局殺しているではないかッ！」

「そうだな間違えた。――お前のような悪人を成敗《せいばい》し、世界に希望の光をもたらして、人々の心をよき方向に導いていくのがあの子の役目だ」

「心を導く？　ふざけているのか？」

「現にネリア・カニンガムはコマリによって救われた。あの〝月桃姫〟はもうお前の奴隷ではない。いずれ多くの民《たみ》に支持されるリーダーとなるだろう。そしてネリアに感化された人々は〝力で他者を征服する〟という阿呆《あほう》な考えを忘れていく」

「………、」

「そういう人間を増やしていけば、我が国の理想は達成されるのだろうな。おそらくは」

「無理に決まっている。人は自分のことしか考えられない生き物だ。だから私はゲラ＝アルカのためだけを考えて行動してきた。平和ボケした国王を弑逆《しいぎゃく》し、共和国を樹立し、夢想楽園を造営して最強の八英将を集め、翦劉のための楽園を作り出す――そういう理想のもとに行動をしてきたのだ。それを、まさか、たかが小娘ひとりに……」

「何を言ってもわからんようだな。そろそろ幕引きだ」

後に人は「天使が舞い降りた」と語ったという。

きらきらとした金色の魔力が、闇《やみ》に包まれていたゲラ＝アルカ共和国を明るく照らしていく。天から突如として現れた金色の少女——テラコマリ・ガンデスブラッド。彼女の身体に抱き着くようにして旧アルカ王国の末裔《まつえい》ネリア・カニンガムもいる。

人々の歓声が天空に向かって打ち上げられた。

二人の少女はゆっくりと旧王宮の時計塔に向かって降下していく。

それは確かに地上の巨悪を討《う》ち滅《ほろ》ぼすために舞い降りた天使のようでもあった。

「こ、こんなことが……」

「あるのだよ。諦《あきら》めたまえマッドハルト」

「…………、」

マッドハルトは小さく嘆息《たんそく》した。どうやらチェックメイトらしい。

頭の中に思い浮かぶのは、流星のように過ぎ去ったこの五年間のことだ。

すべてをアルカのために捧《ささ》げてきた。国王の一存で破滅的な平和主義に陥《おちい》るようなことがあってはならない、だからマッドハルトは共和制を打ち立てて人々の意思を汲《く》んだ。アルカには「欲しいものは力づくで手に入れる」という伝統がある。その伝統を守って政策を打ち出してきた。人のために、国のために、すべてを力で手に入れてやろうと思った。

だが、人々がそれを望んでいないのならば仕方がなかった。

これが翦劉たちの選択ならば、大統領であるマッドハルトには何も言うことはなかった。

テラコマリ・ガンデスブラッドとネリア・カニンガムは、人々に歓迎されながらゆっくりとマッドハルトの目の前に降り立った。

人から見捨てられた為政者は退場すべきであった。

だが。

悪役は最後まで悪役らしくいるほうが収まりが良いだろう。

マッドハルトは両腕を広げて高らかに叫んだ。

「――よく来たな若き英雄たちよ！　貴様らに私の野望を邪魔させるわけにはいかん。私に残された道は自ら貴様らと戦うことだけだ。しかし、この場で私が往年の将軍としての力を発揮して抵抗すれば、戦闘の余波によって多くの犠牲者が出るだろう。――そこでだ、私と手を組まないか？　貴様らの魔力と私の政治力があれば世界を支配することもできるはずだ」

黄金の剣と桃色の双剣が差し向けられた。

彼女たちは、口をそろえてこう言った。

「おことわりだ」

「お断りよ」

眩《まばゆ》い閃光がほとばしった。

こうしてゲラ＝アルカ共和国はその短い歴史に幕を下ろした。

※

六国新聞　7月27日　朝刊

『〝六国大戦〟終結　マッドハルト首相は蒸発か

【帝都――メルカ・ティアーノ】ムルナイト政府は26日、ゲラ＝アルカ共和国大統領マッドハルト首相を蒸発させたと発表した。これにより25日に発生したゲラ＝アルカ共和国の侵攻に端を発する「エンターテインメントでない戦争」、通称「六国大戦」は一応の終結を見た。……（中略）……ムル天同盟盟主テラコマリ・ガンデスブラッド七紅天大将軍は此度《こたび》も獅子奮迅《ししふんじん》の活躍を見せ、全世界に鮮烈なる黄金の輝きをもたらした。さらにネリア・カニンガム八英将やアマツ・カルラ五剣帝《ごけんてい》の活躍によりリゾート施設「夢想楽園」で行われていた人体実験の様相が暴露され、マッドハルト政権の凶暴性や残忍性が明るみに出た。……（中略）……ゲラ＝アルカ共和国では首相の蒸発に伴い9月に大統領選が実施される予定。複数人の翦劉が出馬を表明しているが、六国大戦で名を馳《は》せたカニンガム将軍の当選が確実視されている。』

ゲラ＝アルカ共和国は滅びた。

しかし王制が復活することはない。それは人々の意思に反するからだ。じきにこの国は〝アルカ共和国〟という名前に変わって発展していくことだろう。

「……変わってしまったわね。この場所も」

コマリの魔力によって半分ほど黄金と化してしまった王宮の前に立ち、ネリアは静かに溜息《ためいき》を吐《つ》いた。首都はお祭り騒ぎだった。暴君がこの世から消え去ったことで人々の熱狂は頂点に達し、もはや手のつけられぬ有様《ありさま》となっていた。

往来にはネリアやコマリの似顔絵が描かれた旗がいくつも掲げられている。まったくもって恥ずかしい話である——と思う反面、誇らしくもあった。この熱狂ぶりこそが、ネリアの野望がようやく達成されたことの証《あかし》なのだから。

「——ネリア様。遅れてごめんなさい」

黄金の生垣《いけがき》のところにメイドの少女が立っていた。

潑剌《はつらつ》とした笑顔は見る影もなかった。ネリアの忠実なるしもべ、ガートルードは、まるで叱《しか》られた子犬のように身を縮こまらせてこちらを見つめている。

「遅かったわね。あなたのほうから呼び出したくせに」

「ごめんなさい……寝坊しちゃって」

「ふん、こんなときまでドジなのね」

昨晩、ガートルードから通信用鉱石で連絡が入ったのだ。

——話したいことがあります。明日の正午、王宮の前まで来てください。

ちなみに現在時刻は午後四時。ネリアも三時間ほど寝過ごしたのだが秘密にしておくつもりである。

「ごめんなさい。ごめんなさいネリア様……私は本当に馬鹿《ばか》でした。ネリア様のためと思ってネリア様のお腹《なか》を抉《えぐ》ってしまいました」

「お腹のことはいいわ。——あなたは私に謝りにきたの？」

「はい。償っても償いきれません。何万回くらいごめんなさいって言えばいいですか？」

ネリアは呆《あき》れてものも言えなかった。

この少女がマッドハルトやレインズワースの手先として悪事を働いていたのは確実である。しかし、今はまだ追及する時ではないように思うのだ。

ガートルードはぽろぽろと涙をこぼして言った。

「私は、マッドハルトやお兄様を倒すのは不可能だと思っていました。ネリア様はこのまま実現できない理想にぶつかって苦しめ続けられるのだろうと——そう思っていました」

「だから私に諦《あきら》めさせようとしたわけ？」

「はい。実は私、何度か兄に言ったことがあるんです。ネリア様の言うことも少しは聞いてみたらどうですか、って」

「無駄だったんでしょ。あいつのことだし」

「全然聞き入れてくれませんでした。あの人はわがままだから。……だから、努力しても報われないネリア様が不憫《ふびん》で仕方なくって。もういっそ楽になってしまったほうがよいのではないかと思って。……でも、現実は違いました」

「そうね。コマリのおかげよ」

「っ……、私は、いらない子ですね……」

ネリアはゆっくりとガートルードに近づいた。殴られると思ったのかもしれない。彼女は怯《おび》えたようにきゅっと目を瞑《つむ》った。殴るつもりなどなかった。既に夢想楽園で一発ぶちかましてやったのだから十分だ。ネリアは彼女の前にたたずむと、その小さな身体に腕を回して優しく抱きしめてやった。そうするべきだと思ったからだ。

「え？　え??」

ガートルードは身を強張《こわば》らせてうろたえていた。このメイドがネリアの身を案じてくれていることは確かである。少し方向性がおかしかっただけで、この少女に悪気は一切《いっさい》なかったのだ。

ならば広い心で受け止めてあげるのが君主としての器というものだろう。

「……これからアルカはもっと良くなっていくわ。でも私だけじゃ力不足。あなたにも協力してもらう必要がある」

「あの、でも、私は……マッドハルトの、手先で」

「そんなことは関係ない。過去なんて関係ないのよ。マッドハルトに尻尾《しっぽ》を振っていたクソみたいな八英将《はちえいしょう》どもだって、私の考えに賛同してくれるなら使ってやるつもりよ」

「あのアホなお兄様もですか」

「あいつが私に従うのならしもべにしてやってもいいわ。──ねえガートルード。私にはあなたの力が必要なの。もう一回、私と一緒に来てくれる？」

「ネリア様……」

ガートルードはしばらく泣いていた。彼女の身を焦《こ》がしているのは途方もない罪悪感である──ならばそんなものを感じる暇もないほどの仕事と、生き甲斐《いがい》と、幸福を与えてやればいいのだ。そうするだけの覚悟が、ネリアにはあった。

ガートルードは涙をネリアの服で拭《ぬぐ》いながら、途切れ途切れに言った。

「……主人のお腹を裂いちゃう駄目メイドですが、よろしくお願いします」

「次に裏切ったらぶん殴ってやるからね」

ネリアは笑った。しかし腕の中の少女は申し訳なさそうに身を震わせるのだった。

「ネリア様。あと一つだけ、ネリア様に黙っていたことがありました」

「何か粗相でもしたの？　大抵のことは許してあげるわ」

「違います」――そう言ってガートルードはネリアから離れた。彼女の視線が黄金色に染まった王宮のほうへと向けられる。そこはかつてネリアが起居していた王族の居城。少しだけ郷愁の念を掻《か》き立《た》てられるのを感じたとき、しかしネリアは己《おのれ》の目を疑った。

前庭の噴水のところに誰《だれ》かが立っていた。

亡霊に違いないと思った。

だが亡霊ではありえなかった。見間違えるはずもない――頬《ほお》はこけ、やせ細り、服装も王族らしからぬ簡素なものだが、その優しげな雰囲気は五年前と少しも変わっていなかった。

「お父さん……！」

ネリアは驚愕《きょうがく》に目を見開いて一歩だけ踏み出した。その男――ネリアの父親にして旧アルカ王国最後の国王は、まさに亡霊のような足取りで近づいてくる。

「ネリア。……よく、よくここまでたどり着いたな」

感極《かんきわ》まって抱擁《ほうよう》を交わす――ことはできなかった。戸惑いが強すぎたからだ。気づけば父はすぐそこまでやってきていた。ネリアは泣きそうになってしまった。五年前、マッドハルトに平和を奪われてから、会いたくても会えなかった家族がここにいるのだ。

「……お父さん。無事だったのね。助けられなくて、ごめん」

「いいや。お前はよく頑張った」父は穏やかに微笑《ほほえ》んでネリアを労《ねぎら》った。「お前の活躍はガートルードを通じて聞いていた。マッドハルトを止めるため、八英将になって、身を粉《こ》にして頑張って、ついに夢想楽園を解放した。お前は私なんかよりも、よっぽど素晴らしい翦劉《せんりゅう》だ」

身体が震える。これは夢なのではないかと思ってしまった。

聞きたいことや言いたいことは山ほどあった。しかし思いは喉《のど》のあたりで引っかかって上手《うま》く言葉にならなかった。父が自分の頑張りを認めてくれた、それだけの事実で胸がいっぱいになってしまった。ネリアは目元を拭ってそっぽを向いた。気恥ずかしかったのだ。

「お父さんも立派よ。立派だったわ……」

「そんなことはない。私は間違っていたのだ。マッドハルトの考えも少しは汲《く》んでやるべきだった。あいつの気持ちをわかってやれなかったのは、私の人生における最大の失敗だ」

「失敗なんかじゃないっ！　全部、マッドハルトが悪いんだから！」

「そうかもしれないな。――いずれにせよ、ネリアには私のようになってほしくない。もちろんマッドハルトのごとく振る舞っても駄目だ。お前には、新しいアルカを作ってほしい」

ネリアは目を見開いた。

そうして己の使命を自覚した。革命を起こしたのならば責任を取らなければならない。人が人のために行動できる国――先生や、コマリの理想を体現する国を作っていく義務が自分にはあるのだ。大統領選で勝てるかはわからないけれど。

「……頑張るわ。この命にかえても」

「ふむ、心配はいらないようだな。お前には味方がたくさんいる」

「うん。——コマリと一緒なら、大丈夫よ」

父は柔らかく微笑んだ。そして——不意に神妙な顔つきになってこう言うのだ。

「お前が次の大統領になるのは確実だ。だから渡しておきたいものがある」

「渡しておきたいもの？」

父は懐《ふところ》から短剣を取り出した。黄金の鞘《さや》に包まれた、やたらと派手な一品である。ネリアは何度か見たことがあった。確かアルカ王家に伝わる秘宝か何かで、父が肌身離さず身につけていて、幼心に「金ぴかで趣味が悪いなあ」と常々《つねづね》思っていたアレである。

「マッドハルトはついぞ自国の秘密を知ることができなかった。なぜなら私が教えなかったからだ。どんな拷問を受けてもこれだけは喋《しゃべ》るわけにはいかなかった。これはすべての翦劉の宝物だからな——国が滅びるとき、そこの噴水の中に隠しておいたのだよ」

そう言いながらネリアの右手を取って短剣を握らせた。

己の掌中できらきら輝く〝翦劉の宝物〟を眺め、ネリアは何気ない気持ちで尋ねた。

「これ、何なの？」

「アルカの魔核《まかく》だ。大事にしたまえ」

卒倒しそうになった。隣でガートルードが卒倒していた。

アルカの前国王は、少女たちの慌《あわ》てぶりを見て、豪快に呵々大笑《かかたいしょう》するのだった。

「時代を作るのはいつだって若者だ。――ネリア。体調には気をつけて、ほどほどに頑張りなさい」

☆

「コマリ様、食べたいものはありますか？　りんごでもみかんでもぶどうでも好きなものを言ってくだされぱすぐさま買ってきてあーんして差し上げますよ」

「いらん。私はつかれた」

「では湯浴《ゆあ》みをしてリラックスしましょう。私がコマリ様の身体を丹念に五時間かけて洗いますのでじっとしていてください」

「ふやけるだろ!!　やめろ、こっちに寄るな!!」

七月二十九日。病院。ベッドの上。

半ば予想していたことであるが、気づいたら気を失っていた。いったい何が起きたのか正確なことはわからないが、今回に限っては記憶が途切れたタイミングがハッキリしている。夢想楽園の地下でネリアに血を飲まされた瞬間だ。あの後、たぶん私は苦手な血を過剰摂取したせいで一時的なショック状態に陥《おちい》り気絶してしまったのだろう。そうとしか考えられない。

それはともかく――ゲラ＝アルカ共和国VSムルナイト帝国の結末である。

六国《りっこく》新聞によれば、マッドハルトが投入した五千の軍隊は私によって殲滅《せんめつ》されたという。明らかに誤報である。ネリアの血を飲んだ後はずっと気絶していたのだから。しかしいくら「こんなのうそだよ」と主張してもヴィルは「はいはいそうですね」と嘲笑《ちょうしょう》するばかりだった。

「コマリ様、今回はさすがに逃げ場はありませんよ」

そう言ってヴィルが見せてきたのは一枚の写真である。

私が黄金の魔力（?）をまとい、黄金の剣（⁉）を構え、黄金の草原（⁉⁉）の中央に突っ立っている光景だった。ちなみに周囲には死体の山が築かれている。

いやこんなもんを見せられても。捏造《ねつぞう》としか思えんぞ。

「合成写真を作るならもっとリアリティを出せよ。これじゃファンタジーじゃん」

「ファンタジーですけどね。とにかく事実は小説よりも何とやらです。コマリ様は烈核解放《れっかくかいほう》・【孤紅《ここう》の恤《とむらい》】を発動させてゲラ＝アルカの秘蔵部隊を一網打尽にしたのです」

「お前は私が金ぴかになって戦っているところを見たのか?」

「いえ見てませんけど。ヴィルの妄想だよ。非常に残念なことです」

「ほーら、ヴィルの妄想だよ」

「でも真実ですから」

「もしこれが真実だったら毎日お前と一緒にお風呂《ふろ》に入ってやってもいいね」

「言質《げんち》は取りましたからね」

私はちょっと怯《ひる》んでしまった。ヴィルの顔がマジだったからだ。

しかしまあ、こんなもんが真実であるはずはない。私に五千人の軍勢を単身撃破できる力があったら今頃《いまごろ》苦労はしていない。腕力を駆使して思う存分引きこもる所存だ。

私の頑《かたく》なさを悟《さと》ったらしい、ヴィルは「言っても仕方ありませんね」と溜息を吐いた。

「いずれにせよコマリ様に最後までお供できなかったのは一生の不覚です。前回の七紅天《しちぐてん》闘争のときもそうでしたが、肝心なところで気を失っているようではメイドとして失格ですね」

「よくわかんないけど……お前はよく働いてくれてるだろ。失格なんてことは全然ないよ」

「ですが手柄をネリア・カニンガムに奪われてしまいました。本当なら私がコマリ様と一緒にマッドハルト大統領を懲《こ》らしめる予定だったのに」

そういえば、ゲラ＝アルカ共和国は私が寝ている間に滅びていたらしい。首都で過激なデモが発生してマッドハルト大統領が蒸発してしまったらしいのだ。夢想楽園の残虐な仕打ちも明るみに出て、それに関与していた八英将たちも処分され、じきに次のリーダーを決める選挙――大統領選が行われるという。

「……ネリアは大丈夫なのかな」

「心配する必要はないでしょう。此度《こたび》の一件でアルカの民《たみ》はカニンガム殿の思想をよく理解したはずです。次の大統領は月桃姫《げっとうき》で間違いないかと」

「そっか。よくわかんないけど、あいつが大統領になったらお祝いパーティーでもするか」

「駄目です。あの女はコマリ様を狙《ねら》う危険人物です。応援ではなく挑発をしましょう」

「お前はネリアの味方じゃないのかよ」

ヴィルは頬を膨《ふく》らませて「コマリ様の味方です」と言った。

確かにあの桃色少女は危険かもしれない。あいつの言葉は私に刺さるのだ。「働きたいときにだけ働けばいいわ」「三食昼寝つきよ」「あなたの仕事はお菓子を作ることだけ」――そんなふうに甘い言葉を畳みかけられたらメイド服を着るのも悪くはないかなと思ってしまう。

とにかく。

ゲラ＝アルカ共和国のことを考えても仕方がないだろう。彼女は確かにつらい半生を送ってきたかもしれない――でも、今はもう、彼女の行く手を阻《はば》む愚か者は存在しないのだ。私にできることは何もないけれど、彼女のことは密《ひそ》かに応援しておこうではないか。まあ、次にネリアに会ったときは（血生臭い話を抜きにして）色々と語り合う予定である。あいつはお母さんの教え子だったのだ。きっと話が弾むに違いないから――

「――話は変わりますが、アマツ・カルラ殿から贈り物が届いています」

「贈り物？」

「和菓子の詰め合わせですね。手紙もついてますよ――『お菓子を差し上げますので私の国を侵略しようなどとは決して考えないでください』だそうです」

「……いや、なんで？」

「よっぽどコマリ様の烈核解放が恐ろしかったようですね。文字が震えています」

「カルラのほうが一億倍強いはずなんだけど？」

「色々と事情があるのでしょう。しかしコマリ様のことを恐れている者ばかりではありませんよ。世界中からお手紙が届いております」

「お手紙？　うわ、ほんとだ。いっぱいある。お返事書くの大変そうだな」

「では私が書いておきます」

「やめろよ。というかなんて書くつもりだよ」

「すべて『受けて立つ』で問題ないでしょう」

「……は⁇」

途轍《とてつ》もなく嫌な予感がした。私は手紙の山を恐る恐る確認してみた。

『宣戦布告』『宣戦布告』『宣戦布告』『宣戦布告』『宣戦布告』『宣戦布告』『宣戦布告』『宣戦布告』『宣戦布告』『宣戦布告』『宣戦布告』『宣戦布告』『宣戦布告』——

気絶しそうになった。

「お喜びくださいコマリ様。六国中の野蛮人どもがコマリ様に夢中のようです」

「喜べるわけないだろ⁉　なんでこんなに宣戦布告されてるんだよ⁉」

「このうち半分はチンパンジーからですね」

「急にこんなに来るなんて明らかにおかしいだろ⁉」

「その謎《なぞ》を解明するとコマリ様は毎日私と一緒にお風呂に入らなければならなくなります」

「わけわかんないよっ！」

そのとき、がらりと扉が開かれた。

振り返る。白銀の少女――サクナ・メモワールが立っていた。この子は私が目覚めてからというもの、毎日のようにお見舞いに来てはお菓子や果物の差し入れをしてくれるのだ。

しかし今日はちょっと顔色が違った。少しだけ困惑の色が見える。

「コマリさん、七紅府《しちぐふ》にお手紙が届いてましたよ」

手紙と聞いただけで嫌な予感がした。サクナは私のベッドに歩み寄ると、「これ今日のお見舞いです」と言ってフルーツの盛り合わせを手渡してきた。

「ありがと。でも毎日もらっても食べられないよ」

「す、すみません。コマリさんにはやく元気になってほしくて……」

正直言って元気である。気絶した後に全身の魔力がごっそり抜けていたので検査入院しているだけなのだ。七紅天闘争の後と同じで合法的な引きこもりである。

サクナが勝手にバナナの皮をむき始めた。食べないわけにはいかないため、甘んじて「あーん」を受け入れる。あまい。おいしい。

「……メモワール殿。いったい何用ですか。コマリ様は私と愛を語らうのに忙しいのです」

「忙しくねえよ」

「あ、それがですね。第七部隊の郵便受けを見ていたらこんなものが入ってたんです」

何故《なぜ》サクナが第七部隊の郵便受けを確認する必要があるのか確認したいところだったが手渡された封筒を見て私は仰天してしまった。それが〝蒴劉茶会〟に招待されたときにもらったものとまったく同じ封筒だったからだ。つまり、これは、

「たぶん、ネリア・カニンガムさんからです」

「そ、そうだな。内容は……」

「透けて見えますね。でかでかと『招待状』って書いてあります」

「招待状？」

ヴィルがびりびりと封を破った。人の手紙を勝手に開けるのは普通に考えて失礼すぎる行為だがまあ大目に見ておくとしよう。彼女はざっと内容に目を通し、

「……なるほど。どうやらネリア・カニンガムは此度の一件のお詫《わ》びもかねて、コマリ様を海に招待してくれるそうです」

「へ？」

「海です海。コマリ様の大好きな」

「………………」

「行きます？」

「…………………………行く」

☆

青い空。白い雲。潮《しお》のにおい、さんさんと降りそそぐ陽光、キラキラと輝く海――海である。念願の海なのである。

内心では手舞足踏《しゅぶそくとう》といった気分だが希代の賢者であるこの私が「やったー海だー！」などと感情を爆発《ばくはつ》させて大はしゃぎをするはずもなかった。

私は更衣室で水着に着替えると、今度は確固とした足取りで砂浜に立った。

羞恥心《しゅうちしん》はあんまりなかった。前回の海水浴のおかげである程度慣れたのである。

「ヴィル。小説を書くために必要なことは綿密な取材と実地調査だ。ゆえに私はこれから〝海で遊ぶ〟ことに関して透徹《とうてつ》した視野でもって冷静な分析を加えたいと思う」

「はいコマリ様。ところで超特大イルカフロートを準備しましたが乗ります？」

「ええ⁉　何それかわいい！　乗りたいっ‼」

小説のことなど頭から吹っ飛んでいった。

白状しよう――私は海を楽しみにしていたのだ。だって友達と一緒に遊べるんだぞ。引きこもっていた三年間では想像もできなかった世界がそこに広がっているんだぞ。楽しまなければ損ではないか。恥ずかしいからそういう感情を表に出したりはしないけど。

私とヴィルはイルカフロートを抱えて海に入った。冷たい水が肌を潤していく。ああ気持ちいい。私の前世はイルカだったのかもしれない。そして現世でもイルカのごとく自由自在に泳げるようになるつもりだ。まあ泳ぎの練習は遊んでからにしよう。

「コマリさん、一緒に乗りませんか？」

水着姿のサクナが興奮したように近づいてきた。相変わらず美少女すぎるその姿は一億年に一度の美少女である私ですら「ふぁあ」と感嘆の溜息を漏《も》らしてしまうほどである。ちなみにサクナもネリアに招待されたのだ。あの月桃姫はこの少女のことを気に入っているらしい。

「そうだな、一緒に乗ろう。――ねえヴィル、これ二人乗りできるかな？」

「できますけどコマリ様は私と乗りましょう。メモワール殿はあちらで潮干狩《しおひが》りでもどうぞ」

「かわりばんこです。私が先にコマリさんと乗りますから」

ぐいっ、とサクナが腕に抱き着いてきた。あ、これデジャヴ。

「笑止ですねメモワール殿。このイルカさんを持ってきたのは私です。ゆえに私が先にコマリ様と楽しむ権利があるのです」

ぎゅっ！　とヴィルが私を抱きしめてきた。おいやめろ恥ずかしいだろうが。

「でも、それを膨らませたのは私ですので……」

「私が息を吹き込むことによって膨らませようと思っていたのに『私が魔法でやりますよ』などと言って功を横取りしましたよね。その節はありがとうございましたと一応礼を述べておきますがこのイルカフロートは私が購入したものですので」

「でもでも！　さっき私はコマリさんに『一緒に乗ろう』って言われたんです！」

「おい、喧嘩《けんか》はやめろ！　そんなに乗りたいんだったら私は後でいいよっ！　二人で楽しめばいいじゃないか！」

「「それじゃダメです」」

「なんで⁉」

よくわからなかった。結局じゃんけんで決めることになったらしい。

サクナがぱー。ヴィルがちょき。

水着姿のメイドは勝ち誇ったようにVサインをして「正義は勝つのです」とうそぶいた。これに対してサクナは不満そうに頰を膨らませている。べつに後で一緒に乗ればいいじゃん――という冷静なツッコミはさておき、サクナの子供っぽい表情が見られてなんだか新鮮だった。

「さあコマリ様、乗ってください」

「うん」

バランスを崩しそうになりながらもイルカの背に腰を落ち着ける。するとヴィルが軽《かろ》やか

な動作で私の後ろに着席して光の速さで私のお腹に手をまわして脇腹《わきばら》をモミモミと

「ひゃあああっ!?　おま、何やってんだよっ！」

「私は安全ベルトみたいなものです。コマリ様が落ちないために抱きしめておく義務がありま す。ついでにサイズも測っておきます。なるほどなるほど上から――」

「やめろばかぁ！　安全ベルトなんていらないよ、こう見えても私はバランス感覚がいいん だ！　片足で三十秒くらい立つことだってできるし――ってお前、なんだその魔法石」

いつの間にかヴィルが紫色の魔法石を握りしめていた。それをイルカの尻尾あたりに――

つまり背後に向けながらにやりと笑う。

「ぷかぷか浮いているだけでは面白《おもしろ》みがありませんので」

「おいやめろまじでやめろ」

「やめません。――魔法石・【衝撃波】」

次の瞬間、私はイルカごと一陣の風となって吹っ飛んでいった。

「あああああああああああああああああああああああああああああ!!」

眼下の海面はおそるべきスピードで流れていった。すさまじい向かい風によって目を開ける こともかなわず、私は必死でイルカの背びれにしがみつき、ヴィルもぎゅーっと私のお腹にし がみつき、そろそろ時空を超越するんじゃないかと思ったところではるか遠くから「コマリさ ああああん！」と絶叫するサクナの声が聞こえ、その直後、

ざぱーん‼

暴《あば》れイルカに放り出された私は頭から海に転落した。

死ぬかと思った。私はほとんどパニック状態になって藻掻《もが》いた。足はつくはずなのだが上手く身体が動かせない。まずい、溺《おぼ》れる——と思ったら、

「大丈夫ですかコマリさん！」

ざぶーん！　と誰かに腕をつかまれて引っ張り上げられた。

視界に入ったのは白。白い少女だった。そうして私は気がついた。どうやら急いで駆けつけたサクナに助けてもらったらしい。彼女は心の底から心配するような眼差《まなざ》しを私に向けて、

「あの、お怪我《けが》はありませんか？　水とか飲んでませんか？」

「だ、大丈夫。ありがとう、サクナ」

「よかったぁ……」

サクナは胸に手をあててほっと息を吐いた。私も安堵《あんど》したのは言うまでもない。下手すりゃあのまま死を迎えるところだったのだ。水難事故発生とか洒落《しゃれ》にならんぞ。

私は憤慨《ふんがい》をあらわにして諸悪の元凶のほうを睨《にら》んでやった。

「おいヴィル、よくもやってくれたな——」

出かかった言葉がつまった。

海面に、ぷか〜、とメイドが浮いていた。しかも顔は水につけたまま。

……え？　ヴィル？　嘘《うそ》でしょ？

「た、大変ですコマリさん！　ヴィルヘイズさんが失神してます！」

「はああああああ!?」

私とサクナは大急ぎで彼女の身体を砂浜まで運んだ。ヴィルはぴくりとも動かなかった。このまま死んでしまったらどうしよう――そんなふうに絶望感に苛《さいな》まれていたとき、しかし突然彼女が「げほげほ」とせき込んだ。私はヴィルの顔をのぞきこんで叫んだ。

「ヴィル！　しっかりしてよ！　大丈夫!?」

「だ、大丈夫……ではありません」

「大丈夫じゃないの!?」

「魔法石の出力を見誤りました。申し訳ございません……」

「そんなこと今はどうでもいいよ！　どうしようサクナ!?」

「任せてください！　私が回復魔法を――」

ガシッとヴィルがサクナの腕をつかんで止めた。まるで魔法をかけられることを阻むかのようである。……なんで？

「魔法では回復しません。私に必要なものは人工呼吸です」

「え？　必要なくない？　だってお前――」

「ゲホッエゲッホッゲゲゲゲホッオエエェエエエエエ」

「うわあああああああ‼　わかったよ‼　い、いまするから……」

「ちょっと待ってくださいコマリさんやっぱりこの人普通に呼吸してますよ⁉」

「でもヴィルが必要だって言ってるんだ！　だから……やらないわけには、いかない」

私はヴィルの両肩をつかんで彼女の瞳《ひとみ》をじっと見据《みす》えた。心臓がどきどきする。何故だか顔に熱がのぼってくる。だがこれは人命救助のための行為なのだ。仕方のないことなのだ。

「ふぇ？　コマリ様、……あの、本当にするんですか？」

「あ、当たり前だろっ！」

「す、すみません、心の準備が。ちょっと待って……」

「待てるかぁっ！　お前の命がかかってるんだぞ！」

ヴィルの顔が何故か赤く染まっていった。胸に手をあてカチコチに固まってしまっている。ええい、躊躇《ちゅうちょ》している場合ではない！――私は意を決して彼女の唇にロックオンした。ゆっくりと顔を近づけていく。吐息《といき》がかかるくらいの距離。ヴィルが瞳を瞑った。私も瞑るべきだろうか。だめだ。頭が回らない。なぜ私はこんなことをしているのだろう――

「――なに馬鹿なことやってんの、あなたたち」

私は弾かれたように振り返った。

そこには桃色の少女が立っていた。アルカの〝月桃姫〟ネリア・カニンガム。その後ろにはあろうことかメイドのガートルードも控えていた。二人とも当然のように水着姿である。

ばっ！　とヴィルが息を吹き返した。まるで何事もなかったかのように起き上がると、私の目をまっすぐ見て「もう治りました」などとのたまった。

「な、治ったぁ⁉　キス――じゃなくて人工呼吸はいいの？」

「はい。まだ私には早いということがわかりましたので」

わけがわからなかった。まあ無事だったのならよしとしよう。それよりも――

「コマリ！　よく来てくれたわね。水着姿も素敵よ」

「う、うむ。招待してくれてありがとう」

「ふふ――時間はいくらでもあるわ。一緒に語り合いましょう？」

そう言ってネリアは無邪気に微笑むのだった。私としてもこいつとは話したいことがたくさんあるのだ。夢想楽園で別れて以来、特に連絡も取り合ってなかったしな。


パラソルの下でヴィルが買ってきた桃ジュースを飲む。

私の右隣にサクナ。左隣にヴィル。対面にネリアが座り、その隣でガートルードが団扇《うちわ》をぱたぱたさせて主人に風を送っていた。小休憩といったところである。

「……カニンガム殿。一つだけお聞きしたいことがあります」

「何？　言ってみなさいヴィルへイズ」

「そのメイドはなぜ平気な顔をして私たちの前に現れたのでしょうか」

ガートルードがびくりと震えた。言われてみれば確かにそうだ。このメイドにはいきなり殴りかかられた覚えがある。ネリアは「悪かったわね」とばつが悪そうに片目を瞑った。

「この子はレインズワースの妹。脅迫されて兄に従っていたのよ。しっかり折檻《せっかん》しておいたから、もうあなたたちを攻撃することはないわ。——ほら、謝りなさいガートルード」

「は、はい。……この度は、殺そうとしてごめんなさいでした」

そう言って翦劉のメイドはぺこりと頭を下げた。しかしサクナはともかくヴィルのほうは警戒心を隠そうともしなかった。まあこいつはガートルードに殺されかけていたからな。無理もない。でも心配する必要はあまりないだろう。ネリアが大丈夫だと言っているわけだし、何よりガートルードからは邪悪な気配が微塵《みじん》も感じられないからだ。

「ヴィル、そんなに警戒しなくても大丈夫だよ」

「でも……」

「相手も謝ってくれてるし、私は水に流そうかと思うんだけど」

ヴィルはしぶしぶといった様子で引き下がる。ネリアが満面の笑みを浮かべた。

「ありがとう。こいつには継続的に調教を施していく予定だから、心配しないでね」

「お、お手柔らかにお願いしましゅ……」

「あなたしだいねガートルード。——さて、コマリ」ネリアは私の瞳をじっと見つめ、「私があなたを誘ったのはあなたと仲を深めるため。そして私に協力してくれたお礼を言うためよ」

「お礼なんかしなくていいのに」

「いいえ。あなたのおかげで私の野望は達成された。――ありがとね、コマリ」

私は改めて世に名高い〝月桃姫〟のかんばせを見つめる。ヴィルによればマッドハルトの軍勢は全世界の連合軍によって討《う》ち滅《ほろ》ぼされたという。そしてその連合軍を実質的に主導したのがおそらく目の前の少女なのだろう（世間では私が敵を殲滅したことになっているけれど誤報である）。メイド好きの変態であることは事実だが、こいつは世界を救った英雄なのだ。

「……いや。お礼を言われることはないよ。私は何もしてないから」

「やっぱり何もわかってないのね。――これはこのままにしておいていいのかしら？」

「はい。コマリ様に何を言っても聞きませんので」

「そう……面白いわ。あなたは心だけで世界を変えてしまうのね」

何が何だかわからない。とりあえず桃ジュースを飲んでお茶を濁しておく。

ネリアはガートルードから手渡されたスイカを食べながら言った。

「マッドハルトは世界を独占するために戦っていた。でもそれは間違いだったということが明らかになった。私はあいつの後を継いでアルカを変革しなければならない――ねえコマリ、どんな国を作ったらいいと思う？」

私は少し考えてから口を開いた。

「良識のある国がいいな」

「その通り。良識のある国とは他者に思いやりをもてる人間によって構成された優しい国。まさにあなたのお母様が目指していた理想郷のことよ」

ガートルードが「どうぞどうぞ」とカットされたスイカを配っていく。かじってみる。瑞々《みずみず》しい甘みが口内を満たしていった。あとでスイカ割りをするのも悪くない。

「先生の遺志を受け継いだのはあなたと私。ならば手を取り合って世界征服を目指さなければならない。――コマリ、あなたは私に協力してくれるでしょう？」

すっと手が差し伸べられた。果てしないほど真摯《しんし》な眼差しが注《そそ》がれる。

私はこの少女のことを尊敬してしまった。こいつの経験したことは常人には耐えられぬほど過酷なものだっただろう。家族を奪われ、身分も奪われ、その身一つで将軍にまで上り詰めて――まったく大したやつだと思う。こういう人間こそが世界を変えていくに違いないのだ。

私にできることなど高が知れているが、まあ、協力するのも吝《やぶさ》かではない。

「……そうだな。一緒に頑張ろう」

彼女の手を握り返す。ネリアはにっこりと笑って言った。

「ふふ。ありがとうコマリ。――じゃあ、同盟成立を祝して乾杯ね。今日は気がすむまで楽しんでいくといいわ。海で泳いでもいいし、ホテルで私と一緒に主従ごっこをしてもいい。夜は花火大会やバーベキューを開催しようかしら？」

「う、うむ！　せっかくだからご厚意に甘えさせてもらおうではないか！」

私は年甲斐《としがい》もなくワクワクしてしまった。ネリアはもう敵ではないのだ。前回のようにホテルを爆破《ばくは》して煙幕ばらまいて遁走《とんそう》する必要などない。今日は思う存分楽しもうではないか！

「よし！　じゃあビーチバレーしようよ」

「そうね。負けたほうが勝ったほうのしもべになるってどう？」

「し、しもべ⁉　お前……そんなに私を従わせたいのか？」

「当たり前じゃない。私はあなたにメイド服を着せることを諦めてはいないわ」

「諦めろよっ！　お前にはガートルードっていう立派なメイドがいるじゃないか」

「メイドは何人いても足りないもの。――まあビーチバレーでしもべ云々《うんぬん》は冗談だけど、明日の戦争が楽しみね。今回の戦争は敗者が勝者に絶対服従っていう血沸き肉躍るルールよ。あなたに無理矢理メイド服を着せて奉仕活動をさせる日は近いわ」

……ん？　こいつは何を言ってるんだ？

「ねえヴィル。ネリアは暑さで変になっちゃったのかな」

「おっと言い忘れていました。カニンガム殿から送られてきた招待状は招待状であると同時に宣戦布告の文書でもあったのです」

「は？」

「『リゾートに招待する。ついでに戦争しようぜ』みたいなことが書いてありました。んで負けたほうが勝ったほうのしもべになるというルールだそうです」

「はあああ⁉」私はスイカを持ったまま立ち上がり、「何だよそれ！　聞いてないぞ⁉」

「だってコマリ様、招待状読んでないですよね。私に読ませただけで」

「確かにそうだけど教えてくれてもよかっただろ！」

「勝てば問題ありませんので」

「勝てる見込みがどこにあるんだよっ！　こいつは五千人を殺した殺人鬼なんだぞ！」

「だ、大丈夫ですよコマリさん！　まだ戦争が始まったわけじゃないですし……」

「そ、そうだな！　おいネリア！　私はこれから急用を思い出すはずだから予《あらかじ》めムルナイトに帰っておくことにする！　せっかく招待してくれたのに悪いけど、お暇《いとま》するとしよう」

「無駄よコマリ。これは個人的な争いではなくて国家間の正式なエンタメ戦争だもの。明日には報道陣やギャラリーも来るわ」

「…………」

「ここで逃げたら大恥よ？　テラコマリ・ガンデスブラッドが臆病者《おくびょうもの》だっていうことが広まっちゃうかもしれないわよ？　失望した部下に下克上されてもいいの？」

「…………」

「安心しなさい、手加減してあげるから。――さあ、私と一緒に世界征服のためのデモンストレーションを始めましょう？」

「で、でも」

「それに今帰ったら海で遊べないわよ？　楽しい楽しい花火も天体観測もできないわよ？　ホテルではコマリの大好きなオムライスも準備しているわ。食べなくていいの？」

「…………………………そうだな。うむ」

なすすべはなかったはずである。

で、ぷろろーぐに戻る。

☆

翌日。私は本当に戦場へとやってきてしまった。

ネリアの目的は「大統領選で票を集めるためにムルナイトと戦って名声を高めること」だった。ようするに私は政治の道具として使われたのである。最悪である。だからといって逃げ出すことはもちろんできない。最悪の極《きわ》みである。しかも私が負けたらあいつのメイドとしてネリアを「ご主人様」と呼ばなければならないのである。最悪を通り越して絶望である。

そうしてネリアは私の眼前までやってきた。

桃色の髪。ガーリーな軍服。両手に携えた鋭利な双剣が真《ま》っ赤《か》に濡《ぬ》れている――刀剣の国のお姫様、否《いな》、刀剣の国の次期大統領、月桃姫ことネリア・カニンガム。

私と同い年の殺人鬼は、あどけない笑みを浮かべると、まるで旧来の友達に接するかのような態度で、しかしあくまで高圧的にこう言うのだった。

「コマリ、私のしもべになりなさい」

「誰がなるかぁっ――――!!」

「ふふふ、抵抗したければするといい。でもあなたは私とともに歩む運命にある！　私たちは世界平和を目指す同志。二人で力を合わせれば、どんな敵も怖くないんだから！」


こうして私は世界平和を目指す同志（？）を得た。

平和を目指しているくせに剣を構えて襲い掛かってくるなんてどうかしている。しかし彼女はマッドハルトやレインズワースのような馬鹿どもとは違うのだ。

輝く瞳。燃え上がる意志。ユーリン・ガンデスブラッドから受け継いだ遺志。

自分の利益《りえき》ばかりを優先させるのでなく、人が人のために行動できる世界を作る。そんな大それた野望を惜しげもなくさらけ出す、次代の大統領。

私は溜息を吐いてしまった。

こいつと一緒なら、本当に世界を狙えるかもしれない。

この期《ご》に及《およ》んでそんな感慨を抱いてしまった私は大馬鹿者なのだろう――――私は諦観《ていかん》にも似た気持ちを抱きながら、ネリアの輝くようなドヤ顔を見つめるのだった。


（おわり）

ロネ・コルネリウスは世にも珍しいモノを目撃した。

冷酷非道で悪逆無道の〝逆《さか》さ月〟ナンバー2がベンチに座って項垂《うなだ》れていたのである。

ゲラ＝アルカ共和国の首都は大量の人々が行き交い異常な賑《にぎ》わいを見せていた。マッドハルトの滅亡に浮足立った翦劉たちが「革命記念祭」なるお祭り騒ぎを開催しているのだ。かくいうコルネリウスもどさくさに紛《まぎ》れて出店で鯛《たい》焼きを買ってきたところである。

再びアマツの様子を観察してみる。明日は雪どころか鯛が降ってくるかもしれない。

「何があったんだ。お姉さんに話してみ？　今なら何でも聞いてあげるよ」

「聞かなくていい」

「まさか……失敗したとか？」

「…………」

図星だったらしい。コルネリウスは満面の笑みを浮かべた。

「確かに大失敗だよなあ。今回の目的はゲラ＝アルカを利用して魔核の情報を得ることだったのに、ネリア・カニンガムやテラコマリのせいでマッドハルトが吹っ飛んでしまった。これじゃあ魔核どころじゃない。……で、実際なんでお前は項垂れてたの？」

「おひい様に怒られた」

「ぷっ」とコルネリウスは噴き出した。「ぷぷぷー！　知ってるかよアマツぅ！　逆さ月は失敗した者には容赦《ようしゃ》がないんだぞ？　ほら打ち首だ打ち首ぃ！　死ねえい！」

ていっ、と彼の肩を拳《こぶし》でつついてやった。アマツは無表情でこちらを見た。

「いや、今回の作戦は大成功だ」

「どこが成功なんだよおい待て私の鯛焼きを奪うな食うなあと一個しかないんだぞ」

全部食われてしまった。アマツは「なんだ餡子《あんこ》か」と憮然《ぶぜん》とした態度で腕を組む。

「餡子の何が悪いんだ」

「昔、従妹《いとこ》に散々食わされたからな。菓子作りの練習だとか言って」

「美味《おい》しいのに。……いや、『作戦が大成功』ってどういう意味だ?」

「俺《おれ》たちの目的はゲラ＝アルカ共和国を滅ぼすことだったのだ」

「初耳なんだけど」

「テラコマリ・ガンデスブラッドにゲラ＝アルカの支部を破壊させたのはマッドハルト政権を刺激するため。俺たちが神具をやつらに売ったのはアルカ政府の戦意を高揚させるためだ。まさかこんなに早く戦争が始まって終わるとは思っていなかったがな」

「わけがわからん。戦争を起こすことが目的だったのか?」

「戦争を起こしてアルカを滅ぼすのが目的だったのだ。マッドハルトは愚かな自信家だからな
——戦えば十中八九負けるはずだった。負けはしなくとも夢想楽園の真実は必ず暴かれるはずだったのだ。そうなればゲラ＝アルカは滅びる」

「……ん?　ようするにゲラ＝アルカを滅ぼしたかったってことか?」

「最初からそう言っているだろう阿呆《あほう》」

「阿呆じゃないもん」

「端的に言えば、おひい様はマッドハルト政権が許せなかったんだよ。やつらは魔核の無限再生能力を用いて非道な人体実験をしていた。魔核の〝人を死なせない〟という悪辣《あくらつ》なる特性を利用して悪辣なる所業を繰り返していたのだ」

「ああそうか。確かにおひい様は怒りそうだよなあ」

魔核による再生力が当たり前となった世界で起こりうる悲劇――人命の軽視。『死こそ生ける者の本懐』をスローガンにする逆さ月にとっては忌《い》むべき事態だったのだ。

そういうことを平気でやってのけるゲラ＝アルカは、確かに逆さ月の敵だった。

「……ん？　じゃあなんでおひい様に怒られたんだよ」

「家族を大事にしろと言われてしまった」

「はあ？」

本気で意味がわからなかった。しかしアマツは大真面目《まじめ》な顔をして言うのだ。

「六国新聞の中継で天津迦流羅《あまつかるら》が出てきただろう。あれは俺の従妹なのだ。あいつを放置していることをおひい様に咎《とが》められてしまった」

――あんたは他のみんなと違って家族がいるんでしょ！　これ以上従妹さんを悲しませたら承知しないいんだからね！　ほら、休暇をやるから会ってきなさい！

「――という具合だ」

「会えばいいだろ」

「困る」

「いい年こいて実家に帰るのが恥ずかしいのか？　私がついていってやろうか？」

「それは別の意味で困る」

「まあ頑張れよ。壮行会を開いてやるから。しいたけのステーキを作ってあげる」

「いや。しかし――ふむ」

アマツは腕を組んで空を見上げた。こいつがこういう素振《そぶ》りを見せるのは珍しい――珍しいけれど、その頭の中では悪逆非道な計画を着々と構築しているに決まっていた。

やがてアマツは目を瞑《つむ》って邪悪なことを口にした。

「天照楽土《てんしょうらくど》を狙うのも悪くはない。あの娘の力は利用できるからな」

「……悪いやつだなお前は」

「世間一般では俺たちは悪者だろうよ」

そうだな、とコルネリウスは笑った。

平和を乱す大統領は英雄によって打倒された。

しかし、世界から争いが消える日は遠いように思われた。

あとがき

お世話になっております小林湖底《こばやしこてい》です。

この小説を書いていてよく言われるのが「吸血鬼と獣人は分かるが残りは何なんだ」ということであります。一巻は吸血鬼の国で終わる話だったので他の国や種族がどんなモノであるかはどうでもよかったのですが（語弊《ごへい》のある言い方）三冊目にもなれば話や世界観が広がっていくのは当然でありまして今回はじめて吸血鬼以外の連中にも肉付けしていくことになりました。

とはいえ抑《そもそ》もこの小説に登場する吸血鬼は他のフィクションに出てくるような吸血鬼吸血鬼した吸血鬼とはちょっと違います。太陽のもとを闊歩《かっぽ》して海でバカンスを楽しんで時と場合によっては十字架でチャンバラをするような吸血鬼モドキです（主人公にいたっては血を飲めないので吸血鬼モドキモドキなのかもしれません）。つまりそれほど異形《いぎょう》の存在に寄せられているわけではありません。作中では六つの種族が軒並《のきな》み「人間」と呼称されている通り吸血種も翦劉《せんりゅう》種も蒼玉《そうぎょく》種も地球に置き換えて考えれば結局〝別の国に住んでる人〟といった程度の差異しかないのでしょう。ようするに意思疎通のできないエイリアン同士ではないのでやろうと思えばみんな仲良くできるんだ――今回はそんなお話でした。殺し合ってますけど。

さて、このあとがきを書いている八月現在は不用意に外出することもできません。現実世界で引きこもりになりがちな時期だからこそ今回のコマリちゃんにはムルナイト帝国を飛び出してもらいました。友達と海に行ったり見知らぬ街に行ったりと引きこもり時代からは想像もできないような大冒険です。皆様にはコマリンと一緒に少しでも旅行気分／リゾート気分を味わっていただけたら幸いです。

遅ればせながら謝辞《しゃじ》を。

今回も素晴らしいイラストで物語を彩《いろど》ってくださったりいちゅ様。素敵なデザインに仕上げてくださった装丁《そうてい》担当の柊《ひいらぎ》椋《りょう》様。根気強く改稿作業に付き合ってくださった担当編集の杉浦よてん様。その他刊行に携《たずさ》わっていただいた多くの皆様。そしてこの本をお手に取ってくださった読者の皆様。すべての方々に厚く御礼申し上げます——ありがとうございました!!!

四巻はストレートでコマリズムな話にできたらいいなと思います。

小林湖底

ファンレター、作品の
ご感想をお待ちしています

〈あて先〉

〒106－0032
東京都港区六本木2－4－5
SBクリエイティブ（株）
GA文庫編集部 気付

「小林湖底先生」係
「りいちゅ先生」係

本書に関するご意見・ご感想は
右のQRコードよりお寄せください。

※アクセスの際や登録時に発生する通信費等はご負担ください。

https://ga.sbcr.jp/

ひきこまり吸血姫の悶々3

発　行　2020年 9月30日　初版第一刷発行
2023年 5月 1日　第五刷発行

著　者　小林湖底

発行人　小川 淳

発行所　SBクリエイティブ株式会社
〒106－0032
東京都港区六本木2－4－5
電話　03－5549－1201
03－5549－1167（編集）

装　丁　柊椋（I.S.W DESIGNING）

印刷・製本　中央精版印刷株式会社

ISBN978-4-8156-0743-2

Printed in Japan　GA文庫

第16回 GA文庫大賞
GA文庫では10代~20代のライトノベル読者に向けた
魅力溢れるエンターテインメント作品を募集します！
物語が、華ひらく。
イラスト／風花風花
大賞賞金300万円＋コミカライズ確約！
◆募集内容◆
広義のエンターテインメント小説（ファンタジー、ラブコメ、学園など）で、日本語で書かれた未発表のオリジナル作品を募集します。希望者全員に評価シートを送付します。
※入賞作は当社にて刊行いたします　詳しくは募集要項をご確認下さい
リニューアルで選考課程を一新!!!
応募の詳細はGA文庫公式ホームページにて
https://ga.sbcr.jp/